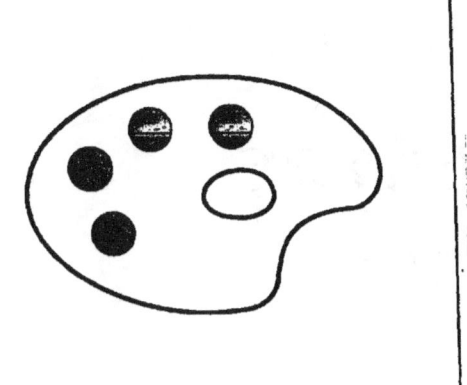

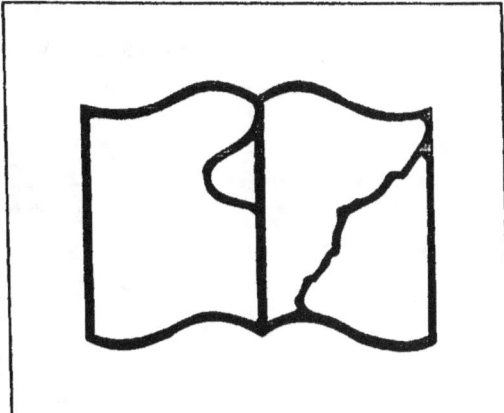

MAURICE BOUCHOR

THÉÂTRE

POUR LES JEUNES FILLES

✤ Librairie Armand Colin ✤
5, rue de Mézières, Paris

THÉÂTRE

POUR LES JEUNES FILLES

MAURICE BOUCHOR

LIBRAIRIE ARMAND COLIN

LIVRET [1]

PARTITIONS

Autres pièces de M. MAURICE BOUCHOR *pouvant être représentées par des jeunes filles.*

1. Les livrets séparés de *La Première Vision de Jeanne d'Arc,* du *Mariage de Papillonne* et de *La Belle au bois dormant* sont épuisés. Le livret de *Cendrillon* n'a pas été imprimé isolément.

904-06. — Coulommiers. Imp. PAUL BRODARD. — 11-06.

MAURICE BOUCHOR

THÉÂTRE

POUR LES JEUNES FILLES

NAUSICAA ❧ ❧ LA PREMIÈRE
VISION DE JEANNE D'ARC ❧ ❧
LE MARIAGE DE PAPILLONNE
❧ LA BELLE AU BOIS DORMANT
❧ CENDRILLON ❧ ❧ ❧ ❧ ❧ ❧

❧ Librairie Armand Colin ❧
5, rue de Mézières, Paris
1906

PREFACE

Les cinq pièces contenues dans le présent volume ont ce caractère commun de pouvoir être interprétées par des jeunes filles. Quatre de ces pièces, qui furent éditées séparément, ont, en effet, été représentées dans un grand nombre d'écoles normales, de lycées ou collèges, d'écoles primaires supérieures ou élémentaires de jeunes filles. La cinquième, publiée ici pour la première fois, a été lue par l'auteur dans plusieurs écoles normales, où elle sera représentée prochainement.

On sait que le théâtre est une récréation fort goûtée dans nos écoles: souvent les jeunes filles y manifestent, sans nul cabotinage, de très appréciables talents; il contribue à développer chez elles le sens littéraire et artistique. Comme les pièces qu'elles peuvent convenablement interpréter sont, pour diverses raisons, assez rares, toute contribution sérieuse à ce théâtre un peu spécial trouve aisément un accueil favorable. C'est pourquoi il nous a semblé utile de rassembler en un volume des œuvres jusqu'à présent éparses, et qui, toutes, comportent le même genre d'interprétation.

Il ne s'ensuit pas qu'elles ne puissent être jouées que par des jeunes filles. Elles peuvent convenir aussi à ces théâtres d'amateurs comme il y en a maintenant un peu partout, dans les milieux populaires aussi bien

que dans les milieux mondains. Ces derniers ne sont
pas les plus intéressants.

Bien qu'il appartienne à chaque organisateur d'adopter le genre d'interprétation qui lui paraîtra le plus
judicieux ou qui sera le mieux en rapport avec ses ressources, on nous permettra d'indiquer ici les diverses
manières dont, à notre avis, les cinq pièces peuvent
être jouées :

I. — *Nausicaa* convient à des jeunes filles ayant de
seize à vingt ans, ou un peu plus. Il va de soi que,
dans une troupe d'amateurs, sur un théâtre de famille,
on donnera le rôle d'Ulysse à un homme. A l'école
normale ou au lycée, ce sera un travesti.

II. — La *Première vision de Jeanne d'Arc* appelle de
plus jeunes interprètes. Historiquement, Jeanne a
treize ans à peine; mais on peut sans invraisemblance
confier son rôle à une jeune fille un peu plus âgée,
pourvu qu'elle ne paraisse pas plus de seize ans. La
plupart de ses compagnes ont le même âge qu'elle;
Mengette est plus jeune; deux ou trois autres peuvent
l'être aussi. Quant à saint Michel, qui sera forcément
une jeune fille — d'une vingtaine d'années — si on joue
la pièce dans une école, il pourrait, dans une troupe
d'amateurs, être figuré soit par un jeune homme, soit
par une jeune fille ou une jeune femme.

III. — Les âges sont moins précis en ce qui concerne
le *Mariage de Papillonne*. La pièce peut être jouée (avec
les exceptions que j'indiquerai) ou bien par des jeunes
filles de quinze à dix-huit ans, ou bien par de grandes
fillettes de dix à quatorze ans. Dans le second cas, les
personnages masculins pourraient être tenus par des
garçons dont la voix n'ait pas encore mué; mais je
doute qu'on en trouve pour bien jouer des rôles aussi
nuancés. De toute manière, l'Apparition sera une jeune
femme ou une jeune fille; Ver-luisant sera une fillette
aussi petite que possible, ou un très jeune garçonnet.

Enfin, quelques rôles peu développés pourraient être
confiés à de grandes fillettes, tandis que les principaux
seraient tenus par des jeunes filles.

IV. — La *Belle au bois dormant* comporte deux genres
d'interprétation très différents. Ou bien tous les rôles
seraient tenus par des jeunes filles, sauf en ce qui concerne le Petit Chaperon rouge, Frangipane et Furet,
qui ne peuvent être que des enfants; ou bien on les
partagerait entre des artistes des deux sexes, chacun
ayant à peu près l'âge de son rôle, ou plutôt paraissant l'avoir, puisque l'apparence est ici la seule chose
qui importe.

V. — Même alternative en ce qui concerne *Cendrillon*,
où, d'ailleurs, il n'y a pas de rôle d'enfant.

Les deux pièces IV et V pourraient encore être
jouées par de très jeunes filles (douze à quinze ans).
En ce cas, les choristes masculins de *Cendrillon* (compagnons et apprentis) pourraient être de grands garçons, n'ayant pas encore mué. J'aurai d'ailleurs l'occasion de dire, dans l'Avertissement de cette pièce,
que le quatrième acte — le seul où apparaissent les
choristes — peut, à la rigueur, être supprimé.

Quelques mots, maintenant, sur le caractère de nos
cinq pièces. Bien que la gravité domine dans les deux
premières, le sourire égaie plus d'une fois le visage
des compagnes de Nausicaa, et les petites amies de
Jeanne d'Arc s'amusent, se querellent, se raccom-
modent, avec la naïveté de leur âge. Le fond des trois
autres pièces est plutôt gai; mais, inversement, on y
trouve des scènes où la pensée est sérieuse, où l'émotion doit gagner le public. Il me semble que ce passage fréquent et parfois soudain de la gaîté à la gravité, à l'émotion, appelle toute l'attention des artistes,
pour qu'une chose ne nuise pas à l'autre, et que rien
ne détruise l'harmonie de l'ensemble.

Nausicaa et *Jeanne d'Arc*, malgré de très grandes diffé-

rences, ont ce caractère commun : une conception
religieuse y domine l'action. Il ne pouvait en être
autrement, à moins de renoncer à l'un et à l'autre
sujet. Or, il semble bien qu'une des fonctions du
théâtre, ou de l'art en général, soit de ressusciter des
milieux disparus, de recréer des états d'esprit qui ne
sont plus les nôtres; et la meilleure chance qu'ait
l'artiste de le faire d'une façon vivante est précisément
de le faire avec sympathie, en s'identifiant à ses personnages.

Il y aurait quelque chose de périlleux dans l'effet
possible de ces restitutions, forcément très incom-
plètes, si on les donnait pour une réalité totale, et si
l'enseignement de l'histoire n'était là pour en corriger
l'inévitable parti pris. Certes, il est nécessaire de le
savoir : les dieux si humains de la Grèce, et que l'épi-
sode de Nausicaa nous montre souriants, ont pu exiger
le sang d'une autre vierge, aussi pure, aussi noble que
la fille d'Alcinoüs; mais toutes les jeunes filles qui ver-
ront jouer *Nausicaa* ont lu l'*Iphigénie* de Racine, ou en
connaissent le sujet. Et personne n'ignore que Jeanne
d'Arc fut suppliciée au nom de cette même foi qui
avait suscité en elle de radieuses visions. Que l'on per-
mette donc au poète, quand son œuvre l'exige, d'entrevoir, avec Nausicaa, le sourire de la divine Sagesse et
d'écouter, avec Jeanne d'Arc, les voix célestes qui lui
ordonnèrent le sacrifice.

Une croyance moins traditionnelle que celles de
Jeanne d'Arc et de Nausicaa, une sorte de religion
sans dogme, apparaît à la fin de ce léger caprice : le
Mariage de Papillonne. En effet, le sentiment profond
que nous venons tous d'une même source : hommes,
animaux, plantes, êtres et choses; que cette commu-
nauté d'origine nous commande, dans la mesure du
possible, de vivre en paix les uns avec les autres, de
nous aimer et de nous aider; que nulle créature ne
doit provoquer notre dédain; que la plus infime peut,
à sa façon, posséder l'univers immense, et la plus

éphémère participer en esprit à son éternelle durée : à
bon droit un tel sentiment pourrait être appelé religieux, si le mot ne prêtait à de faciles équivoques.

Une pensée plus moderne, vigoureusement laïque,
se fait jour dans la *Belle au bois dormant*; et on peut
recueillir, dans *Cendrillon*, un écho des luttes contem-
poraines, d'où sortira un avenir plus beau et plus
noble que le présent.

Ainsi, à travers l'histoire, la légende ou la fantaisie,
notre *Théâtre pour les jeunes filles* se déroule depuis le
plus lointain passé de la civilisation jusqu'à l'heure
même où nous voici, le cœur parfois anxieux, mais le
visage tourné vers de hautes espérances; et je ne
pense pas que l'on reproche à l'auteur une diversité
de pensée qui, mêlée aux jeux de l'imagination, provo-
quera peut-être des réflexions utiles parmi nos jeunes
auditoires.

NAUSICAA

Pièce en un acte, tirée de l'*Odyssée*.

A *Raphaël Périé*.

PERSONNAGES

PROLOGUE

L'ODYSSÉE.

PIÈCE

ULYSSE, roi d'Ithaque.
NAUSICAA, fille d'Alcinoüs, roi de Schérie
THÉANO,
ANTIOPE,
DIONÉ,
TYRO,   } Compagnes de Nausicaa.
CLIMÈNE,
INO,
MESSÉIS,
POLYDAMNA,

*La scène est dans l'île de Schérie, terre des Phéaciens,
aux temps héroïques de la Grèce.*

Les indications de droite et de gauche sont données par rapport
aux spectateurs.

AVERTISSEMENT

Bien des personnes penseront que *Nausicaa*, différant en cela des autres pièces contenues dans ce volume, ne saurait intéresser que dans les milieux de culture classique. Je ne partage pas cette opinion, à moins que lire des fragments de l'*Iliade* et de l'*Odyssée*, regarder quelques moulages ou reproductions de l'art grec, ne suffise à donner cette culture. De toute la littérature antique, il n'y a peut-être rien d'aussi accessible qu'Homère, surtout en ce qui concerne l'*Odyssée*. Par le fait, les jeunes filles, dans nos lycées et collèges, n'apprennent pas de grec ni de latin, ce qui ne les empêche nullement de goûter les récits homériques et les tragédies grecques. Des expériences nombreuses prouvent qu'à cet égard les élèves des écoles normales ne leur sont nullement inférieures [1].

Il n'en est pas moins vrai que tous les milieux ne se prêtent pas également à fournir des artistes capables d'interpréter une scène antique, un public porté à y prendre plaisir. Il y a aussi des conditions préférables à d'autres pour en faire l'expérience. Quand les anciennes élèves d'une école s'y réunissent, les esprits sont fort agités; le plaisir de se revoir, le besoin de causer, rendent parfois difficile d'obtenir toute l'attention désirable, si elle est trop brusquement exigée. Cela est vrai surtout quand la pleine intelligence d'un sujet, d'ailleurs assez grave, exige des habitudes d'esprit, un entraînement, que l'on n'a pas ou que l'on n'a plus.

Je demande la permission de citer les lignes suivantes, que j'écrivais à ce propos :

« Le vrai public d'une représentation de ce genre (donnée

---

[1]. J'en dirais autant des écoles primaires supérieures de jeunes filles, surtout en pensant à celles des grandes villes. On peut avoir aussi, çà et là, de charmantes surprises. Un patronage laïque de jeunes filles, à Rive-de-Gier, a donné une très intéressante représentation de *Nausicaa*. Je n'y ai pas assisté, mais les comptes-rendus de la presse locale ne laissent aucun doute sur l'effet produit, et de belles photographies m'ont donné la meilleure impression des physionomies, des attitudes, des costumes et du décor.

dans une école normale, par exemple) comprendrait — au moins
comme un de ses éléments, et, bien entendu, sans exclure les
auxiliaires fidèles à l'école — les grandes élèves du lycée ou
collège de jeunes filles et de l'école primaire supérieure de la
même ville. Inversement, les normaliennes devraient être
admises, en pareil cas, au lycée ou à l'école supérieure. Mais
voilà : pour réunir toute cette jeunesse, il faudrait d'abord
vaincre les odieux préjugés antidémocratiques toujours vivaces
dans notre France républicaine; et ensuite mettre de côté toutes
les mesquines rivalités, toutes les sottes vanités locales. C'est
beaucoup demander [1]. .

Quoi qu'il en soit, il ne sera pas inutile de familiariser les
esprits avec le milieu homérique, avant la pièce, afin qu'elle
soit mieux comprise et suivie sans effort. Une brève conférence
pourrait atteindre ce résultat. Mais il vaudrait mieux, à mon
avis, choisir dans l'Odyssée quelques aventures d'Ulysse, anté-
rieures à son arrivée chez les Phéaciens, et les lire en y mêlant
un peu de causerie.

Le deuxième volume de contes, publié dans le Répertoire
des lectures populaires sous ce titre : Contes français, contes
homériques [2], contient les fragments qui me semblent le mieux
appropriés à la circonstance. On laissera de côté, naturellement,
ce qui concerne Nausicaa, et, dans le reste, ce qui pourrait
faire longueur. Si l'on intercale dans la lecture l'air du Cyclope,
celui de Circé, le chœur des Sirènes et le chœur des compagnons
d'Ulysse [3], cela n'en vaudra que mieux.

Telle est, d'ailleurs, la préface qui fut faite à deux représentations de Nausicaa que j'eus le plaisir de diriger : l'une à Aix-
en-Provence, l'autre à Limoges, dans les écoles normales d'institutrices de ces deux villes. Si cette introduction n'y était pas
nécessaire, elle fut cependant bien accueillie et mit l'auditoire
dans les dispositions les plus favorables.

C'est à Aix-en-Provence que j'avais particulièrement désiré de
voir Nausicaa pour la première fois. J'en donnais ainsi la raison
dans une préface écrite avant la représentation (1904) :

. Par la limpidité de son beau ciel, sa riche lumière, la ligne
de ses côtes, si nettement sculptées, sa mer bleue et le parfum
de ses herbes vives, joie des abeilles, la Provence a préparé ses
filles à se mouvoir naturellement dans l'atmosphère de la poésie
grecque, et il est surprenant, pour qui n'en a pas eu encore la
révélation, à quel point elles s'y sentent à l'aise et comme chez
elles. Ce n'est pas seulement leur terre et leur soleil, leurs oli-

1. Ajoutons que les salles de récréation sont parfois bien étroites. Si
on ne peut faire place aux élèves, même en nombre restreint, de divers
établissements, on peut toujours inviter les professeurs.
2. En dépôt à la librairie Hachette.
3. Sixième série des Illustrations musicales (Heugel, éditeur).

viers et leurs cigales qu'elles y retrouvent; on pourrait dire qu'elles s'y retrouvent elles-mêmes. »

La représentation de *Nausicaa* (mars 1904) ne fit que fortifier cette impression [1].

Je crois utile de faire suivre la pièce par quelques indications pratiques, données en vue de la représentation. Je ferai de même en ce qui concerne les autres pièces contenues dans ce volume.

[1]. La pièce fut parfaitement jouée aussi à Limoges. A Angoulême, j'en eus toute la surprise, qui me fut très agréable. De diverses villes j'ai reçu d'intéressantes photographies, où les personnages sont groupés comme dans les principales scènes. Les costumes ont été fort bien compris. J'aurais des réserves à faire en ce qui concerne la barbe d'Ulysse; mais ce grave sujet sera traité à la fin des Indications que l'on trouvera ci-après.

PROLOGUE[1]

(Le rideau étant écarté, on voit l'Odyssée, déjà en place et immobile.
Elle est coiffée du bonnet particulier aux marins grecs, vêtue d'une robe
et d'un manteau de nuance vert pâle, et appuyée sur une haute rame,
dont elle tient le manche et dont la partie large repose sur le sol. Elle
salue et parle :)

Après dix ans passés devant Troie, qui ne fut prise que grâce
à un stratagème imaginé par lui; après dix autres années,
pleines d'aventures, de périls et de souffrances, Ulysse, ayant
pu quitter l'île où la nymphe Calypso avait cherché à le retenir
pour toujours, espérait revoir enfin la pauvre Ithaque, sa patrie,
et les êtres chers qu'il y avait laissés vingt ans auparavant.
Depuis dix-huit jours, il naviguait, seul, sur un radeau, quand
Poséidon, qui soulève la mer avec son trident, l'aperçut tout à
coup, en revenant d'un long voyage qu'il avait fait. Irrité contre
Ulysse, — parce que le héros, s'armant d'un pieu rougi au feu,
avait crevé l'œil unique de Polyphème, le monstrueux Cyclope,
fils de Poséidon, — ce dieu déchaîna une tempête formidable,
qui entraîna Ulysse vers des régions inconnues. Enfin, après
avoir bien des fois échappé à une mort qui semblait certaine,
le naufragé, avec la protection de la sage déesse Pallas Athènè,
put aborder dans l'île de Schérie, terre des Phéaciens.
Figurez-vous que vous êtes dans cette île. Vous avez en face
de vous la berge élevée d'un fleuve à son embouchure. Dans
l'herbe abondent les fleurs odorantes : à votre gauche, il y a des
buissons de lentisques, de myrtes, de lauriers-roses; à votre
droite, quelques oliviers noueux et massifs. Au fond, sur votre
gauche, vous devez apercevoir (du moins avec les yeux de
l'esprit) un coin de mer bleue, vue de haut et de loin. Si je
reculais jusqu'au fond de la scène, je pourrais voir, dans la
direction opposée, le bord verdoyant du fleuve. Je distinguerais
même, à mi-chemin, un fourré très épais, formé par les rameaux

---

1. Ce prologue peut être récité ou omis, à volonté.

entrelacés de deux oliviers sauvages. Là repose Ulysse, encore
accablé par la mer. Il y a passé toute la nuit, après s'être ense-
veli, par crainte du froid, sous un amas de feuilles sèches. C'est
ainsi qu'un homme dont l'habitation est isolée cache un tison
ardent sous la cendre chaude, pour n'avoir pas à le rallumer
péniblement.

Mais je serais indiscrète si je vous en apprenais davantage.
Nausicaa, fille d'Alcinoüs, roi des Phéaciens, sera bientôt ici
avec ses jeunes compagnes ; elles-mêmes vous diront pourquoi.

Avant de disparaître, il ne me reste plus qu'à vous apprendre
mon nom ; car vous vivez dans un temps et dans un pays qui
me sont peu familiers, et peut-être ne me connaissez-vous pas.
Sachez donc que je suis l'Odyssée, ou, si ce nom vous étonne,
l'héroïque et merveilleuse Aventure de l'ingénieux Ulysse.

Malgré la forme ancienne de mes vêtements, j'ai passé pour
belle dans bien des lieux et des âges. Le vieil Homère, qui
m'engendra, m'a douée d'une immortelle jeunesse. A défaut de
toute autre beauté, je crois pouvoir revendiquer celle-là : vous
voyez que trois mille ans écoulés n'ont pas mêlé un fil d'argent
à mes cheveux, ni gravé une ride sur mon front, ni chassé le
sourire de mes yeux et de mes lèvres.

Écoutez donc avec bienveillance un antique récit dont le
temps n'a point flétri la grâce, bien qu'il ait été pour la première
fois conté avant que l'habile Phénicien eût inventé la figure des
lettres ; et puissiez-vous y prendre autant de plaisir que si,
vivant à cette époque lointaine, vous vous pressiez, pour entendre
l'histoire d'Ulysse et de Nausicaa, autour de l'Aveugle divin qui
a sauvé leurs noms de l'oubli !

(On ferme le rideau, tandis qu'elle salue sans quitter sa place.)

NAUSICAA

On commence le prélude [1] ; puis on écarte le rideau.

La scène représente la berge élevée d'un fleuve à son embouchure. Le spectateur ne voit pas ce cours d'eau, que les personnages sont censés apercevoir en se tournant vers la coulisse du fond, à droite. A gauche, un bosquet d'arbustes et de buissons : lauriers-roses, myrtes, lentisques ; à droite, quelques oliviers noueux et massifs. Profusion de fleurs dans l'herbe. Au fond, à gauche, un coin de mer bleue, vue de haut et de loin.

Quand le rideau est écarté, on aperçoit les jeunes filles formant trois groupes.

A gauche, Nausicaa est assise sur un escabeau ; près d'elle et plus à gauche, Théano est assise sur une grosse pierre un peu moins haute que l'escabeau ; Antiope, de l'autre côté, est debout, tournée vers le groupe du milieu, tandis que Nausicaa, pensive, reste face au spectateur, et que Théano fixe les yeux sur elle.

Au milieu de la scène, Dioné, Tyro et Climène sont agenouillées, plaçant dans trois corbeilles les restes d'un repas et les coupes qui leur ont servi. A gauche, Dioné, de profil et tournée vers la droite, remet dans la corbeille qui est devant elle des morceaux de pain et des fruits posés à terre sur des feuilles vertes : figues, raisins, poires, pommes, grenades, ou quelques-uns de ces fruits. Face au spectateur et un peu plus au fond que Dioné, Tyro place dans sa corbeille des coupes de métal, ou, si l'on préfère, une seule ; une petite amphore, posée à terre, est auprès d'elle. A droite et tournée vers la gauche, en face de Dioné, Climène vide dans une troisième corbeille une étoffe brodée de couleur vive, contenant ou censée contenir des os. Puis elle plie le linge et en couvre l'intérieur de la corbeille. Ces opérations ont lieu pendant que l'on achève le prélude, et ensuite, tandis que les jeunes filles commencent à causer entre elles.

A droite, entre le milieu et le devant de la scène, Ino, Messéis et Polydamna sont tournées vers le groupe précédent et forment

1. N° 1 de la partition.

une ligne oblique, Ino étant tout près de ce groupe central, Polydamna à droite et au bord de la scène. Ino a passé son bras
gauche et Polydamna son bras droit autour du cou de Messéis,
placée entre elles.

La conversation commence lorsque le prélude est achevé. Nausicaa tourne parfois la tête vers celles qui parlent; Théano
regarde tour à tour Nausicaa et les autres jeunes filles.

SCÈNE I

NAUSICAA, LES JEUNES FILLES

INO.

Il ne reste plus rien, Dioné?

DIONÉ.

                    Plus de viande;
Mais du pain et ces fruits, qui serviraient d'offrande
Si les dieux conduisaient vers nous un suppliant.

TYRO.

Cette amphore contient assez de vin brillant
Pour emplir une coupe.

MESSÉIS, étonnée.

                    Une?

TYRO.

                    Je vous l'atteste!
Voilà, de l'abondant festin, tout ce qui reste.

POLYDAMNA.

J'ai cru que pour deux jours nous en avions assez.

CLIMÈNE.

A juger par les os que j'admire entassés,
Nous avons combattu la faim avec courage.

TYRO, se levant.

Un lever matinal, notre ardeur à l'ouvrage,
L'air vif et le bain frais ont fait merveille.

(Elle prend sa corbeille d'une main, l'amphore de l'autre.)

INO.

                              Moi,
J'aurais voulu, pareille aux Cyclopes sans loi,
Te dévorer, Tyro, toute crue!

TYRO, riant.

Ah! je tremble...

(Tandis que Nausicaa parle, Tyro passe derrière Dioné et Antiope, et
va poser l'amphore et la corbeille derrière l'escabeau de Nausicaa.)

NAUSICAA.

Ce fut un gai repas que nous prîmes ensemble.

(Dioné et Climène se lèvent; chacune va poser sa corbeille derrière
la pierre qui sert de siège à Théano. Puis elles reviennent, ainsi que
Tyro, se placer au milieu de la scène, sans que la conversation ait été
interrompue.)

ANTIOPE, à Nausicaa.

Certes, je chanterai la grâce de tes dons.
Nulle de nous — ceci, toutes nous l'accordons
— N'a reçu de tes mains une part inégale.
Gloire à Nausicaa!

NAUSICAA.

Tu peux chanter, cigale.
Criblant de flèches d'or les feuilles et les eaux,
Le soleil trop ardent fait taire les oiseaux.

ANTIOPE, montrant la gauche.

Eh bien! dans ce bosquet brillant de fleurs nouvelles
Vibrera la chanson stridente de mes ailes.

(Messéis fait un pas vers Antiope; Ino et Polydamna la laissent aller).

MESSÉIS.

Tais-toi, plutôt. Après la lessive et le bain,
Et lorsqu'en épargnant tout juste un peu de pain
On a si proprement nettoyé les corbeilles,
On peut dormir au doux murmure des abeilles.

INO [1],

Dormir? Moi, je préfère, aimable Messéis,
Respirer ce parfum d'hyacinthe et de lis
En bavardant. Tu sais comment je m'en acquitte.

MESSÉIS.

Ta langue, chère Ino, va peut-être un peu vite.

INO.

J'ai peur quand tout à coup je n'entends plus ma voix.

1. Si l'une des actrices se trouve un instant masquée par ses voisines
à cause de l'exiguïté de la scène ou de mouvements exagérés des unes
ou des autres, elle aura soin de s'avancer pour se rendre bien visible,
lorsqu'elle devra parler. Les autres lui faciliteront ce mouvement.

CLIMÈNE.

De grâce, mets un bœuf sur ta langue, parfois.

INO.

Un bœuf? ce serait trop; mais, si tu veux, Climène,
Une alerte souris qui trotte et se démène.

DIONÉ.

Il vaut mieux agiter nos pieds et nos genoux
Que de faire siffler nos langues. Dansons-nous?

INO.

Quand nous eûmes lavé dans l'eau claire du fleuve
Chaque tunique, nette et blanche et comme neuve,
Nous foulâmes aux pieds la laine avec le lin,
Comme l'on voit, dit-on, dans les fêtes du vin,
Les bacchantes fouler sous leur danse légère
La grappe aux sombres fruits, dont l'âme leur est chère.
Pour moi, j'ai trépigné, vois-tu, de si bon cœur
Qu'il me sourirait peu de me mêler au chœur.

DIONÉ.

Peut-on se sentir lasse à l'appel de la danse?

POLYDAMNA.

J'aime les mouvements réglés par la cadence,
Quand d'agiles pieds nus frôlent ces prés fleuris;
Mais le choix de l'instant donne aux choses leur prix.

TYRO.

Douce Polydamna, tu parles comme un sage.

CLIMÈNE.

Enfin, que ferons-nous, Tyro?

TYRO.

Sur le rivage
De cette île sacrée où nous avons grandi,
Quelquefois le passant, quand rayonne midi,
Voit les nymphes tisser sur un métier de pierre,
Avec des fils couleur de la mer printanière,
Les voiles transparents faits pour leurs blonds cheveux.
Si nous les surprenions?

MESSÉIS.

Guette-les si tu veux;

Mais les nymphes des eaux cachent bien leurs retraites.
Elles pourraient aussi punir les indiscrètes.

TYRO.

J'en doute, Messéis, car leur sourire est doux;
Jamais leurs beaux sourcils ne se froncent pour nous.

ANTIOPE, montrant le fond à droite.

En liberté, là-bas, paissent les mules blanches.
Pressés par des galets ou suspendus aux branches,
Les tissus bien lavés sèchent au clair soleil :
Nous ne pouvons partir tout de suite. Un conseil,
Nausicaa!

NAUSICAA.

Jouez à la balle.

DIONÉ, TYRO, CLIMÈNE, ANTIOPE.

A la balle [1]!

INO, MESSÉIS, POLYDAMNA.

A la balle!

DIONÉ.

Vibrez, tambourin et cymbale!
On va donc remuer après ce long repas.
Enfin!

MESSÉIS.

Je m'y résigne.

(Toutes font un mouvement vers la sortie du fond à droite, sauf Nausicaa et Théano, toujours assises.)

ANTIOPE.

Et toi, tu ne viens pas,
Nausicaa?

NAUSICAA.

Plus tard, chère Antiope.

INO.

Un guide
Dont le sûr jugement, dans tous les jeux, décide
Sans irriter personne et suivant l'équité,
C'est précieux. Viens donc, loi de notre cité!

ANTIOPE.

Viens.

1. C'est un cri d'acceptation enthousiaste.

NAUSICAA.

Je suis un peu lasse, et j'irai tout à l'heure.

THÉANO.

Te quitterai-je aussi?

NAUSICAA.

Non, Théano; demeure.

DIONÉ.

Alors, trois contre trois! Qui jugera les coups?

MESSÉIS.

Moi : c'est moins fatigant.

DIONÉ.

Soit. Allons, venez-vous?

(Musique[1]. Les jeunes filles sortent rapidement par le fond à droite
Nausicaa et Théano restent seules. Théano se lève, passe derrière Nausicaa, fait quelques pas vers la droite et regarde s'éloigner les jeunes
filles; puis elle revient vers son amie, s'asseoit près d'elle et fixe sur
elle des yeux interrogateurs. Elle parle quand la musique a cessé.)

SCÈNE II

NAUSICAA, THEANO

THÉANO.

Eh bien! Nausicaa, toujours silencieuse?
Dès l'aube tu semblas émue et soucieuse.
Caches-tu dans ton cœur quelque tourment secret,
Dis-moi, qu'une parole amie allégerait?
Qu'a donc Nausicaa? Tout cherche à lui complaire,
Tout lui sourit : un père affectueux, sa mère,
Le peuple entier, les dieux et l'avenir serein.

NAUSICAA.

Non, chère Théano, je n'ai pas de chagrin;
Rien n'attriste pour moi la beauté de notre île.

THÉANO.

Qu'as-tu donc?

NAUSICAA.

Cette nuit, je sommeillais tranquille,
Quand l'illustre Athènè se dressa devant moi.

1. N° 2 de la partition.

Pour ne point me troubler par un trop vif émoi,
La déesse avait pris ton aimable visage.

THÉANO, vivement.

Que dis-tu?

NAUSICAA, souriant.

Te sachant l'âme prudente et sage,
Elle avait emprunté des traits que je chéris;
Je crus te reconnaître, amie, et je souris.

THÉANO.

Était-ce bien Pallas?

NAUSICAA.

Écoute. L'immortelle
S'approcha de mon lit : « Nausicaa, dit-elle,
D'où te vient, depuis peu, cet esprit négligent?
Pourquoi ne vas-tu pas au lavoir? En songeant
Aux vêtements salis, je t'en fais un reproche.
Pour toi, certes, le jour du mariage est proche :
Il faudra des tissus d'une exquise fraîcheur,
Des robes, des péplos éclatants de blancheur,
Pour ceux qui, ce jour-là, vers ta maison nouvelle
Te conduiront parée, ô vierge, et toute belle.
Dès l'aurore, va donc laver aux clairs bassins;
Autour de toi, pareil aux bourdonnants essaims,
Voltigera le groupe ailé de tes compagnes;
Et quand l'ombre, ce soir, tombera des montagnes,
Ta mère sera fière et joyeuse de voir
Les beaux vêtements frais rapportés du lavoir. »
Quand la fille de Zeus eut parlé de la sorte,
Je la vis s'éloigner; puis, sans ouvrir la porte,
Cette image pareille à toi s'évanouit,
Comme un souffle de vent, dans l'ombre de la nuit.
Alors, m'étant dressée en sursaut, je m'éveille.
Qu'en dis-tu?

THÉANO.

Mon esprit s'étonne et s'émerveille.
Oui, les premiers parmi nos jeunes Phéaciens,
Les meilleurs, les plus beaux, fiers d'ancêtres anciens,
Te recherchent; c'est vrai; mais la rieuse enfance
Devient jeunesse un jour sans même qu'on y pense,

Et la fuite du temps, qui nous fut si léger,
Ne nous a point permis encore de songer
Que la vierge, dans peu, va devenir l'épouse...

(Avec une émotion continue, et prenant les mains de Nausicaa dans les siennes :)

Je n'affligerai pas d'une amitié jalouse
Les instants qu'il me reste à vivre près de toi.
Chère Nausicaa, noble fille d'un roi
Que chérissent les dieux immortels, sois heureuse!

NAUSICAA.

J'accueille le souhait d'une âme généreuse;
Mais écoute la fin.

(Leurs mains se quittent.)

                              Levée au jour naissant,
J'allai bientôt trouver mon père; et, l'embrassant,
Je le priai (toujours il cède à ma prière)
De me prêter un char et des mules. « Cher père,
Dis-je, accorde-les-moi pour aller au lavoir;
Car il est loin d'ici. Lorsque tu vas t'asseoir,
Dans le conseil, avec les premiers de la ville,
Quand mes frères, qui sont remarqués entre mille,
Se mêlent à la danse ou prennent part aux jeux,
Vos riches vêtements attirent tous les yeux;
Tuniques et manteaux, loués pour leur finesse,
Doivent être brillants de fraîcheur, et sans cesse
Renouvelés : ceci me regarde. » Il sourit
En écoutant ces mots, car, sans doute, il comprit
Que je n'osais parler de mes noces prochaines.
« Nausicaa, dit-il, n'a point perdu ses peines;
Va, nous t'accorderons tout ce que tu voudras. »
Alors je m'échappai, confuse, de ses bras,
Et j'entrai dans la salle où ma mère, entourée
De servantes, filait une laine pourprée.
Elle remplit pour nous les corbeilles; mes cris
Vous firent accourir avec des yeux surpris;
On attela le char, et je saisis les rênes.
Telle fut la raison de ces heures sereines
Que nous passons ensemble après le gai labeur.
Ai-je été le jouet d'un beau songe trompeur,
Dis, chère Théano?

THÉANO, se levant.

Non. La vierge céleste
A voulu t'apparaître; elle voudra le reste.
Mais viens : après le temps des paroles, celui
Des rires et des jeux nous appelle aujourd'hui.
Viens donc, pareille à la divine chasseresse
Qui bondit, l'arc en main, en criant d'allégresse,
Lorsque, sur l'Érymanthe aux sommets escarpés,
Elle se réjouit des cerfs qu'elle a frappés.
Les nymphes des forêts se pressent autour d'elle;
Mais la déesse, bien que chacune soit belle,
Resplendit au milieu de ces vierges des bois.
Allons, sois Artémis pour la dernière fois!

NAUSICAA, se levant, un peu troublée.

La dernière, dis-tu?

THÉANO, le bras gauche passé autour du cou de Nausicaa.

Viens, je veux que tu ries!

NAUSICAA.

Soit; mais puisse le jour de mes noces fleuries
Être encore éloigné de cette heure!

(Elles marchent vers la sortie qui est au fond à droite, la main gauche de Théano étant appuyée sur l'épaule gauche de Nausicaa. Au moment où elles sont au milieu de la scène, une balle vient tomber à leurs pieds.)

THÉANO, ramassant la balle.

Voilà
Que la balle, à présent, vient te chercher. Prends-la.

(Elle la donne à Nausicaa.)

NAUSICAA.

D'où vient-elle?

(Toutes les deux remontent vers le fond.)

THÉANO, regardant vers la droite.

Je vois Climène faire un signe :
Je pense qu'elle aura, par maladresse insigne,
Jeté vers nous la balle en visant l'ennemi.

NAUSICAA.

Renvoyons-la.

THÉANO.

C'est loin : n'y va pas à demi.

(Musique [1]).

1. N° 3 de la partition. On frappe quelques accords; Nausicaa parle sur la musique.

NAUSICAA, élevant la balle.

Pallas te guidera ; fuis comme la pensée!

(Elle vise attentivement un point dans l'espace, devant elle ; puis, avec vigueur, elle jette la balle au fond à droite. La musique cesse.)

THÉANO.

Bien.

(Un court moment de silence.)

CRI LOINTAIN DES JEUNES FILLES [1].

Ha!

NAUSICAA, regardant Théano.

Pourquoi ce cri?

THÉANO, tournée vers la droite.

Tu l'as trop bien lancée.

NAUSICAA, regardant du même côté.

Elle est dans le fleuve?

THÉANO.

Oui.

(Elles font un pas en redescendant.)

NAUSICAA.

J'ai senti dans mon bras
Une force inconnue, étrange...

THÉANO.

Tu pourras
Te vanter d'avoir eu la vigueur d'un athlète.

NAUSICAA, remontant pour regarder vers le fleuve.

Regarde : elles ont l'air d'imiter la navette
Qui sans cesse refait le chemin parcouru.

THÉANO, de même.

Un monstre, tout à coup, leur est-il apparu?
Certes, je le croirais, tant elles sont troublées.

NAUSICAA, toujours tournée vers le fleuve.

Qu'est-ce donc?

THÉANO, de même.

On dirait des fourmis affolées,
Dont on a renversé les fragiles remparts.

NAUSICAA, de même.

Dioné, hors d'haleine et les cheveux épars,
Vient à nous en courant.

1. C'est un cri de saisissement : elles ont vu la balle tomber dans le fleuve.

THÉANO, de même.

Toutes suivent sa trace.

(Elles se regardent.)

NAUSICAA.

Quel est donc le péril si grand qui les menace?

THÉANO.

Je sens passer en moi leur épouvante.

NAUSICAA, tournée vers la droite, et parlant
comme à une personne éloignée.

Quoi,

Dioné? que dis-tu?

LA VOIX DE DIONÉ, à quelque distance.

Sauve-toi! Sauve-toi!

(Théano entraîne Nausicaa vers le milieu de la scène.)

THÉANO.

Nausicaa, mon sang se glace dans mes veines.
Fuyons.

NAUSICAA.

Mais, Théano, si leurs terreurs sont vaines?
Moi, j'aurais honte...

(Musique [1]. Dioné entre par le fond à droite, en courant.)

SCÈNE III

NAUSICAA, THÉANO, DIONÉ [2], puis les autres
jeunes filles.

THÉANO.

Eh bien! Dioné?

DIONÉ, haletante.

Nous fuyons

Devant un étranger... oui... pareil aux lions
Dont la pluie et le vent hérissent la crinière...

THÉANO.

Où se cachait-il donc?

1. N° 3 bis de la partition. On parle sur la musique, sans que le dialogue soit interrompu.
2. Nausicaa au milieu, Théano à gauche, Dioné à droite.

DIONÉ.
Il avait son repaire
Dans ce fourré, tu sais, formé par les rameaux
Des nerpruns emmêlés.

NAUSICAA.
A-t-il dit quelques mots?

(Ino, Climène et Messéis entrent en courant par le fond à droite, passent derrière le groupe et se placent à gauche, près de Théano. Le dialogue n'est pas interrompu.)

DIONÉ.
Non. Il s'est élancé vers nous sur le rivage,
Et nous avons cru voir une bête sauvage,
Aux yeux ardents, qui va fondre sur des brebis
Pour assouvir sa faim...

THÉANO.
Dieux!

INO.
Il n'a pour habits
Que d'horribles haillons, et l'écume salée
Souille ses noirs cheveux, sa figure hâlée...

THÉANO, cherchant à entraîner Nausicaa vers la gauche.
Viens, Nausicaa, viens!

NAUSICAA, très calme.
Non, je ne fuirai pas [1].

DIONÉ.
Terrible à voir, te dis-je, il s'avance à grands pas.

MESSÉIS.
Affronter sa fureur serait d'une insensée.

(Antiope, Tyro, Polydamna entrent en courant par le fond à droite.)

TOUTES LES TROIS.
Le voici! le voici!

(Sans s'approcher du groupe, elles traversent la scène en courant et sortent par le fond à gauche. Dioné, Ino, Climène, Messéis sortent précipitamment par la gauche au premier plan, en passant à droite ou à gauche de l'escabeau et de la pierre.)

1. Ces mots coïncident avec un silence de la musique.

SCÈNE IV

NAUSICAA, THÉANO.

THÉANO, pleine d'effroi.

Quelle est donc ta pensée?

NAUSICAA.

Celui qui nous l'envoie est peut-être un ami,
Peut-être un dieu, par qui j'ai le cœur affermi.

THÉANO.

Je ne te quitte pas; mais quel dessein funeste...

(Elle voit entrer Ulysse par le fond à droite.)

Ah! viens!

NAUSICAA, la repoussant avec douceur.

Éloigne-toi si tu veux; moi, je reste.

(Enveloppé dans de misérables haillons, les cheveux et la barbe en
désordre, mêlés de sable et collés par l'eau de mer sur la tête et le
visage, Ulysse entre en scène. Son allure précipitée devient hésitante.
Il regarde les jeunes filles à la dérobée, comme avec la crainte de les
effrayer. Il s'avance sur le devant de la scène à droite, et se tourne
vers Nausicaa, qui reste immobile, tournée vers lui. Théano, dominée
par la peur, mais ne voulant pas abandonner son amie, fait quelques
pas vers la sortie de gauche au premier plan, s'arrête au moment de
disparaître et assiste à la scène suivante. D'abord craintive, elle se
rassure peu à peu et s'avance de quelques pas.)

SCÈNE V

NAUSICAA, ULYSSE, THEANO.

(Court silence des personnages, tandis que la musique s'achève.
Ulysse parle quand elle a cessé.)

ULYSSE, à part.

Dois-je, pour l'implorer dans mon cruel besoin,
Me jeter à ses pieds? Parlerai-je de loin?
Oui, plutôt; car je crains de l'offenser.

(A Nausicaa :)

Écoute!

Je suis ton suppliant, jeune reine. Sans doute
On t'invoque, déesse, on te vénère ici;

Ou bien ne serais-tu qu'une mortelle ? Ah ! si,
Parmi les dieux, tu vis de céleste ambroisie,
Alors, te contemplant, vierge, l'âme saisie,
Et jugeant par ta fière et pudique beauté,
Je salue Artémis au front ceint de clarté !
Mais, jeune fille, si ton séjour est la terre,
Heureux, trois fois heureux et ton père et ta mère !
Heureux tes frères ! Tous, ils t'admirent, joyeux,
Quand ta grâce, à la danse, émerveille les yeux.
Heureux surtout, parmi les âmes fortunées,
L'homme opulent et beau qui, dans quelques années,
Dans quelques mois peut-être, agréé par les tiens
Et fier de partager avec toi ses grands biens,
T'emmènera chez lui, le jour du mariage !
Autrefois, à Delos (car je fis ce voyage
Avec des compagnons au cœur aventureux,
Mais pour n'en recueillir que peu d'instants heureux,
Parmi bien des travaux et des peines sans nombre
Souffertes dans la guerre ou bien sur la mer sombre),
Je vis, près de l'autel d'Apollon, un palmier
Svelte comme toi, vierge, et c'était le premier
Dont je voyais jaillir si haut la jeune tige.
Ainsi je m'extasie à ta vue, ô prodige,
Sans approcher de toi mes suppliantes mains.
Que de maux j'ai subis ! Sur combien de chemins !
Hier, après longtemps, j'ai pu toucher la terre.
Pendant vingt jours, guidant mon radeau solitaire
Ou fendant de mes bras les vastes flots mouvants,
J'avais lutté parmi les vagues et les vents.
Maintenant que les dieux hors de la mer stérile
M'ont jeté, sans ressource et brisé, dans cette île,
Je crains d'autres malheurs, qui renaîtraient sans fin.
O reine, prends pitié de mon cruel destin !
Après la longue nuit sois l'aube désirée !
Assure mon salut, toi que j'ai rencontrée
La première, après tant de souffrances ! Dis-moi
Le chemin de la ville et le nom de son roi,
Car je ne connais rien encor sur votre terre,
Et ne me prive pas d'un avis salutaire.
Jeune fille, en retour puissent les justes dieux

Sourire en exauçant les plus chers de tes vœux !
Qu'ils te donnent bientôt une heureuse demeure
Où, près d'un cher mari, nul souci ne t'effleure !
Qu'ils maintiennent toujours la concorde entre vous
Et la tendresse, bien suprême des époux !

NAUSICAA.

Étranger, qui nous viens de ces dieux, ton langage,
Ton aspect, sont, je crois, d'un homme bon et sage,
Bien que pour le pouvoir comme pour la beauté
Je pense avoir bien peu d'une divinité [1].
Tu m'apparais ainsi. Quant à la destinée,
De la plus éclatante à la moins fortunée,
C'est le souverain Zeus qui l'assigne aux humains :
Les bons et les méchants la tiennent de ses mains.
Celle que tu subis, sans doute, est son ouvrage :
Sache donc l'accepter et souffre avec courage.
Mais, puisqu'il a voulu te conduire vers nous,
Je crois que ton destin va devenir plus doux.
Je te dirai d'abord le nom de ma patrie.
Nous habitons l'heureuse et fertile Schérie,
Terre des Phéaciens, qui descendent des dieux.
Dans la ville, apaisant les conflits odieux,
Mon père Alcinoüs règne plein de sagesse ;
Tu recevras de lui — ton hôte — avec largesse
Vêtements, nourriture et l'accueil bienveillant,
Les soins hospitaliers qu'on doit au suppliant.
Pour moi, je puis déjà secourir ta détresse.
J'ai du pain et des fruits ; et, si la faim te presse,
Tu pourras soulager ton mal, en attendant
Que mon père t'invite au repas abondant.
Tu peux aussi, le long du fleuve aux ondes claires,
Ou sur la plage unie, en soulevant les pierres,
Choisir des vêtements bien secs et te couvrir.
Peut-être as-tu fini maintenant de souffrir.

ULYSSE.

Jusqu'à mon dernier jour tu me seras sacrée !
Dépouillant ce lambeau de toile déchirée,
Je vais me revêtir comme tu le permets ;

1. Cette réflexion est accompagnée d'un demi-sourire.

Puis je réparerai mes forces, grâce aux mets
Que tu daignes m'offrir; car la faim me tourmente.
Par toi ma destinée apparaît plus clémente.
Ah! lorsqu'après la nuit du dix-huitième jour
L'Aurore aux doigts rosés fut enfin de retour,
Que mon cri s'éleva joyeux vers sa lumière!
Je voyais, à travers la brume, votre terre
S'arrondir sur les flots comme un grand bouclier;
Fatigues et malheurs, j'allais tout oublier.
Lorsqu'à de tendres fils, longtemps privés d'un père,
Est tout à coup rendue une tête si chère,
Sa vue est douce au cœur et leurs yeux sont mouillés;
De même, les forêts qui cachent vos foyers
M'apparurent soudain, et je pleurai de joie.
Mais de quelle fureur j'allais être la proie!
Le ciel se couronna de nuages, la mer
Fut partout soulevée, et Zeus tonna dans l'air;
Le radeau dont j'avais moi-même joint les planches
Se fendit; une vague énorme aux crêtes blanches
Brisa le gouvernail entre mes mains, me prit
Et m'emporta hurlant... Je crus perdre l'esprit.
Pourtant, je ressaisis bientôt tout mon courage;
Longtemps, malgré les vents qui soufflaient avec rage,
Je flottai, chevauchant une poutre. A la fin,
Je nageai vers la côte en cherchant, mais en vain,
Une baie abritée et de facile approche.
Partout je me heurtais, saignant, contre la roche;
Mes ongles s'y brisaient; et, repris par la mer,
Je laissais aux récifs des lambeaux de ma chair.
Ce fut ma plus terrible et ma dernière épreuve.
Vers le soir, j'aperçus l'embouchure d'un fleuve,
Dont le beau cours était presque à l'abri du vent.
J'implorai sa clémence, et lui, me soulevant,
M'accueillit dans ses eaux paisibles. L'eau salée
De la mer emplissait ma poitrine gonflée;
Mes bras et mes genoux étaient rompus; pourtant
Je pus me réjouir, jeune fille, en mettant
Le pied sur votre sol, et je baisai la terre.
Un fourré m'abrita; j'y fus, la nuit entière,
Blotti sous un amas de feuilles sèches. Là,

Le cri perçant de tes compagnes m'éveilla ;
Je sortis, et ma vue a dispersé leur troupe.

NAUSICAA, souriant.

Certe, elles t'offriront la corbeille et la coupe.
Va donc au fleuve ; moi, je les assemblerai.
Tu verras sur le sol plus d'un manteau pourpré,
Des tuniques de lin ou de laine moelleuse.
Dans une fiole d'or, près d'une large yeuse,
Est l'huile au flot brillant, si douce après le bain.

ULYSSE.

Tes présents me sont chers.

NAUSICAA, montrant la direction du fleuve.

Allons : suis ton chemin.

(Musique[1]. Ulysse salue Nausicaa en s'inclinant devant elle, tandis
que, d'un geste prolongé, elle lui montre le chemin ; puis il sort lentement par le fond à droite. Après l'avoir suivi du regard jusqu'à sa disparition, Nausicaa, la tête baissée, reste un moment grave et pensive.
Théano s'approche d'elle à pas lents, lui pose la main sur l'épaule et la
regarde affectueusement. Long silence. Théano parle quand la musique
s'est tue.)

SCÈNE VI

NAUSICAA, THÉANO

THÉANO.

Chère Nausicaa, j'écoutais en silence ;
J'admirais ta sagesse autant que ta vaillance.
Me pardonneras-tu mon esprit trop prudent ?
J'étais là près de toi, tremblante, et cependant
Prête à voler à ton secours.

NAUSICAA.

Une déesse
Avait mis dans mon cœur sa calme hardiesse ;
Comment donc penserais-je à blâmer ton effroi ?
D'ailleurs, je sentais bien ta pensée avec moi.

THÉANO.

O toujours indulgente et généreuse amie !

(Ino entre par le premier plan à gauche.)

1. N° 4 de la partition.

SCÈNE VII

NAUSICAA, THÉANO, INO, puis les autres jeunes filles.

NAUSICAA, souriant.

D'où viens-tu, chère Ino?

INO.

Je m'étais...

(Elle hésite.)

NAUSICAA.

Endormie?

INO.

Non, lâchement sauvée! Et puis je me suis dit
(La curiosité, tu sais, nous enhardit)
Que, si tu regardais le danger face à face,
Moi, sans me cuirasser d'une pareille audace,
Je pouvais l'épier, de quelque sûr abri.
« J'irai la secourir, pensais-je, au premier cri. »
Va, j'ai senti mon cœur battre avec violence,
Crois-le bien. Mais, nul bruit ne troublant le silence,
Je me suis lentement approchée, et je crois
N'avoir pas laissé perdre un mot.

THÉANO, souriant.

Nous étions trois.

NAUSICAA.

Trois contre un malheureux, certes, peu redoutable,
Pareil au bœuf lassé qui souhaite l'étable
Pour y goûter enfin un repos mérité.

THÉANO.

Il recevra les dons de l'hospitalité
Dans ta riche demeure, et grâce à ton courage.

(Climène, Dioné et Messéis entrent par la gauche au premier plan [2].)

INO, les apercevant.

En voici trois de plus!

(Avec une emphase comique :)

---

1. Elle est à gauche, Théano au milieu, Nausicaa à droite : toutes trois forment un groupe central.
2. Elles y resteront, formant un second groupe. De gauche à droite : Messéis, Dioné, Climène.

Ah! vous cherchez l'ombrage
Tandis que, pour les rendre au vaste gouffre amer,
Nous combattons ici les monstres de la mer!
Vous aimez peu la gloire.

NAUSICAA, la menaçant du doigt.

Ino, point de harangue!
Ou je t'enchaînerai par le bout de ta langue.

CLIMÈNE, un peu timidement.

Nous n'étions pas très loin et nous avons tout vu.

INO.

On ne prendra jamais Climène au dépourvu.

DIONÉ.

Oui, nous ne fûmes pas très braves, je l'avoue
Avec une rougeur de honte sur la joue.
Faibles, nous n'avons point des âmes de héros.

MESSÈIS.

L'aboiement des grands chiens, le regard des taureaux
Nous épouvantent.

CLIMÈNE.

L'homme avait mauvaise mine.

THÉANO.

Seule, Nausicaa, que la gloire illumine,
Fut sans terreur.

(Antiope, Tyro et Polydamna, entrées par le fond à gauche, passent derrière le groupe central, et viennent silencieusement se placer entre le milieu et l'extrémité droite de la scène, formant là un troisième groupe[1]. Le dialogue n'est pas interrompu.)

NAUSICAA.

Pourquoi craindre cet étranger?
Notre paisible terre ignore le danger.
Heureuse et libre au cœur des vagues onduleuses,
Elle fleurit trop loin des races querelleuses.
Nous sommes chers aux dieux immortels, et jamais
Le sang des hommes n'a souillé nos purs sommets.
Tous ceux que jette ici le malheur d'un naufrage
Sont dignes de pitié. Zeus, qui luit dans l'orage,
Conduit les suppliants et les pauvres vers nous.

1. De gauche à droite : Polydamna, Tyro, Antiope.

Le don qui leur est fait, fût-il modique, est doux
Au Père vénéré par les dieux et les hommes.

POLYDAMNA.

Hélas! nous le savions; mais, folles que nous sommes,
L'affreuse peur a fait délirer nos esprits.

NAUSICAA.

Surtout, point de regards curieux et surpris,
Quand l'homme reviendra. Songez qu'il est notre hôte.

INO.

Il a, dit-il, grand faim.

DIONÉ.

Réparons notre faute
Par des soins attentifs et d'aimables respects.

NAUSICAA, souriant.

Permettez cependant qu'il mange et boive en paix.

TYRO.

J'entends un pas.

INO, tournée vers le fleuve.

Il vient.

(Musique [1]. Les jeunes filles se font immobiles et baissent les yeux,
avec un peu de honte pour leur fuite et la crainte de paraître indiscrètes. Seule, Nausicaa regarde librement autour d'elle. Bientôt Ulysse
entre par le fond à droite; il s'avance à pas lents et vient se placer,
les yeux tournés vers Nausicaa, entre le groupe central et le groupe de
droite. Il a réparé le désordre de ses cheveux et de sa barbe; il est vêtu
d'une tunique de laine blanche et d'un manteau de pourpre. Nausicaa,
en le voyant, ne peut dissimuler un étonnement plein d'admiration. Elle
parle lorsque la musique s'est tue.)

SCÈNE VIII

ULYSSE, NAUSICAA, les jeunes filles.

NAUSICAA.

Étranger dans cette île,
Tu ne sais pas combien elle est riche et fertile;
Tu le verras bientôt; mais je n'attendais pas
Ta venue, et je t'offre un bien chétif repas.

1. N° 5 de la partition.

ULYSSE.

Le meilleur est celui qu'on nous offre avec grâce.

(Pendant la réponse de Nausicaa et la réplique d'Ulysse, les jeunes filles relèvent timidement la tête ; elles regardent Ulysse, d'abord à la dérobée, puis avec plus d'insistance, et elles échangent des regards de profonde surprise [1].)

NAUSICAA.

Il convient qu'un moment de repos te délasse
Avant que nous allions vers la ville.

ULYSSE, gravement.

Malgré
Mon cœur plein de chagrin, certes, je mangerai,
Car la nécessité l'ordonne. Elle nous mène,
Heureux ou malheureux ; et, pour la race humaine,
Qui lutte sur la terre et se nourrit de pain,
Aucun mal n'est aussi terrible que la faim.

MESSÉIS, bas, à Dioné [2].

Il est beau.

DIONÉ, bas, à Messéis.

Comme un dieu.

CLIMÈNE, bas, aux deux précédentes.

Quelle voix douce et mâle !

ANTIOPE, bas, à Tyro.

Je n'ai plus peur du tout.

TYRO, bas, à Antiope.

Ni moi.

POLYDAMNA, bas, aux deux précédentes.

Même le hâle

Sied à son noble front.

INO, bas, à Théano.

Il est du sang des rois.

NAUSICAA.

Antiope, Tyro, Polydamna, vous trois,
Descendez vers le fleuve et pliez les tuniques ;
Puis vous attellerez nos mules pacifiques.

---

1. Ces sortes de jeux de scène ont une extrême importance et doivent être réglés, aux répétitions, avec le plus grand soin. Rien ne contribue davantage à donner l'impression de la vie.
2. Tous ces apartés se succèdent très rapidement.

(Au groupe de gauche :)

Pour vous, servez notre hôte.

(Musique[1]. Polydamna, Tyro, Antiope, l'une derrière l'autre, en ordre et sans hâte, se dirigent vers le fond à droite et sortent. En même temps, Nausicaa montre du geste, à Ulysse, l'escabeau placé vers la gauche, et s'avance de ce côté comme pour l'inviter à faire de même et à s'asseoir. Ulysse, passant devant Nausicaa, Théano et Ino, va s'asseoir sur l'escabeau, tandis que Climène, Dioné et Messéis, qui ont passé derrière la pierre et l'escabeau, s'apprêtent à le servir. Climène a pris l'amphore, Dioné une coupe, Messéis la corbeille où se trouvent le pain et les fruits. Ulysse étant assis, Climène et Dioné s'approchent de lui, à droite; Messéis, revenant sur ses pas, se place à gauche et présente la corbeille à Ulysse. Il y prend un pain, le rompt et se met à manger. A ce moment, les trois jeunes filles le masquent à peu près complètement au public; mais il ne devra plus en être de même dès qu'Ulysse parlera. Cependant, Nausicaa, Théano et Ino sont allées à droite occuper la place laissée vide par Antiope, Tyro et Polydamna[2]. Toutes ces évolutions se sont faites avec calme et de façon à laisser une impression de grâce et d'harmonie. Elles sont terminées un peu avant que la musique se soit tue. Il y a donc un moment où l'on entend la musique seule, les personnages étant en place, et tandis qu'Ulysse mange; puis la musique cesse, et le dialogue reprend. Les jeunes filles du groupe de droite ont les yeux fixés sur Ulysse.)

SCÈNE IX

ULYSSE, NAUSICAA, THÉANO, INO, CLIMÈNE, DIONÉ, MESSÉIS.

NAUSICAA, à Ino et à Théano.

Écoutez toutes deux.
A coup sûr, ce n'est pas sans un dessein des dieux
Que cet homme inconnu fut jeté dans Schérie.
Accablé, tout à l'heure, et la face flétrie,
Il avait un aspect bien misérable; et, tel
Que je le vois, il semble au-dessus d'un mortel.
Plût aux dieux qu'un tel homme habitât dans notre île
Et devînt mon époux!

INO.

J'en demeure immobile...
Et muette!

1. N° 6 de la partition.
2. De gauche à droite : Ino, Théano, Nausicaa.

THÉANO.

On dirait même qu'il est plus grand.

NAUSICAA.

Je me figure ainsi le roi Zeus fulgurant.

INO.

Pareils à l'hyacinthe où le vent frais se joue,
Ses beaux cheveux bouclés retombent sur sa joue.

THÉANO.

Ainsi qu'un ouvrier habile et diligent,
Instruit par Athènè, répand l'or sur l'argent
Pour accomplir une œuvre admirable et parfaite,
De même un dieu, sans doute, épanche sur sa tête
Cette majestueuse et sereine beauté.

ULYSSE, aux jeunes filles qui l'entourent.

O vierges, dans votre île est-ce déjà l'été?
Voici de nobles fruits.

(Il retire un fruit de la corbeille pour l'admirer.)

MESSÉIS.

Le printemps nous les donne,
Et l'hiver est aussi fertile que l'automne
Sous notre ciel heureux.

DIONÉ.

Bientôt, dans le verger
D'Alcinoüs, qui règne en cette île, étranger,
Tu pourras admirer des arbres pleins de gloire
Où la pomme succède à la pomme, la poire
A la poire, et les fruits de toute sorte aux fruits;
Sous la splendeur des jours, à la fraîcheur des nuits,
Dans toutes les saisons, sans repos ni fatigue,
Mûrissent la grenade et l'olive et la figue.

CLIMÈNE.

Quand la vigne est en fleur sur tel point du verger,
Ailleurs la grappe est verte ou bonne à vendanger;
On la foule plus loin dans les cuves de pierre.

DIONÉ.

Veux-tu goûter le vin?

(Elle donne à Ulysse la coupe, que Climène emplit de vin.)

ULYSSE, regardant le vin couler.

Il est plein de lumière.

CLIMÈNE, achevant de vider l'amphore.

Il en reste bien peu, tu le vois.

ULYSSE.

C'est assez

Pour rendre quelque force à mes membres lassés.

(Il se lève.)

O roi Zeus, prends ta part de ce vin de Schérie,
Que pour toi je répands sur la terre fleurie.

(Il penche la coupe comme pour en faire tomber quelques gouttes ;
puis il reprend :)

Accepte mon offrande, ô Puissant, et bientôt
Daigne me ramener dans ma patrie !

(Il vide la coupe, que Dioné reprend. Toutes les jeunes filles ont écouté
très attentivement. Messéis va replacer sa corbeille derrière la pierre ;
Climène et Dioné, l'amphore et la coupe à l'endroit où elles les ont prises ;
puis toutes les trois, un peu en arrière, forment un groupe entre la
gauche et le centre de la scène.)

INO.

Il faut

Qu'avant de nous quitter tu connaisses notre île.
Ici, pour tous, la vie est joyeuse et facile.

(Ulysse s'approche du groupe de droite ; il se trouve ainsi entre les
deux groupes.)

THÉANO.

Les Phéaciens, issus des dieux, n'excellent pas,
Nous l'avouons, dans l'art funeste des combats ;
Mais ils ne craignent rien quand, sur les hautes lames,
Volent comme l'oiseau leurs nefs aux longues rames.
La mer n'a jamais vu d'aussi fiers matelots.

INO.

Ils ont, en outre, avec la science des flots,
Les pieds les plus légers de la terre ; et la danse,
Les chants, les fins tissus, les bains frais, l'abondance,
Voilà ce qui leur plaît.

THÉANO.

Quant à nous, c'est Pallas

Qui nous apprit, dit-on, l'art de l'aiguille.

ULYSSE.

Hélas !

Les plus douces parmi les terres étrangères,
Malgré tous les plaisirs, ne nous sont pas si chères

Que la nôtre, en dépit des plus rudes travaux,
Mon sol natal plaît mieux aux chèvres qu'aux chevaux ;
Il est âpre ; mais c'est le sol de ma patrie,
Et je n'en connais pas un seul qui me sourie
Autant que celui-là, jeune fille.

THÉANO, insistant avec timidité, et la parole hésitante.

Pourtant,
Si la terre aux beaux fruits, le grand ciel éclatant,
La joie et les chansons, les festins et la lyre,
N'obtiennent pas de toi, voyageur, un sourire,
Peut-être des amis... un foyer... des liens
Doux et forts... te feraient apprécier nos biens...

(Toutes fixent leurs yeux sur Ulysse.)

ULYSSE, avec un accent douloureux et une sorte d'impétuosité.

Ah! c'est mon plus profond chagrin que tu réveilles!
Dans son île riante et féconde en merveilles,
La nymphe Calypso voulut me retenir :
Longtemps elle m'offrit l'immortel avenir,
La jeunesse et l'amour, plus forts que les années,
Si je voulais unir enfin nos destinées ;
Mais moi, devant la mer aux innombrables flots,
Je déchirais mon cœur de cris et de sanglots,
Car j'ai laissé bien loin, vois-tu, de chères âmes,
Une épouse au grand cœur, la plus noble des femmes,
Notre fils, et mon père aux pas déjà tremblants,
Dont j'aurais tant voulu baiser les cheveux blancs !

(Il porte la main à son front comme pour cacher son émotion, en se
tournant vers la gauche. Moment de silence. Nausicaa baisse la tête
avec un peu de confusion ; Théano l'observe affectueusement.)

INO, après un silence, et avec une tristesse ingénue.

Alors, Nausicaa, plus de noces fleuries,
Puisqu'il doit nous quitter pour ces âmes chéries...

NAUSICAA, vivement, avec dépit.

Que dis-tu?

(Nouveau silence. Toutes les jeunes filles semblent confuses; celles du
groupe de gauche s'étonnent sans comprendre. Ulysse, d'abord surpris,
regarde celles du groupe de droite, puis il fixe les yeux sur Nausicaa
seule, avec une grave douceur. Elle le regarde aussi et peu à peu rede-
vient calme.)

INO, la tête basse, après un long silence [1].

J'ai parlé trop vite.

THÉANO, bas, à Ino, avec colère.

En vérité,

Je t'admire...

NAUSICAA, apaisant Théano.

C'est bien.

(Un silence; puis Nausicaa, faisant un ou deux pas vers Ulysse [2].)

Ne sois pas irrité

D'avoir surpris de vains propos de jeunes filles.
Vois : le vent les emporte!

(Elle fait un geste large et lent, comme pour livrer au vent une chose
légère, en la suivant des yeux. Court silence.)

ULYSSE, avec une affectueuse émotion.

O chère enfant, qui brilles

Comme la terre en fleur aux clartés du matin,
Tandis que l'étranger vers son pays lointain
S'en ira, s'il le peut, songeant à ceux qu'il aime,
Un jeune époux, fier, noble et beau comme toi-même
T'emmènera parmi les cris de fête, aux sons
De la flûte, qui sait les divines chansons;
Et j'aurai par avance, ô vierge fortunée,
Salué ton splendide et joyeux hyménée!

NAUSICAA, émue et souriante.

Ton discours sait mêler la grâce à la raison.
Puisses-tu voir bientôt ton heureuse maison,
Ta noble épouse, ton cher fils et ton vieux père!
Jamais un voyageur jeté sur notre terre
N'a soupiré longtemps, implorant son retour [3].
Sache que nos marins atteindraient en un jour,
Fût-ce malgré la brume ou la mer en furie,
Le rivage le plus éloigné de Schérie;
Car ils n'ont pas besoin de pilote, et leurs nefs
Vont comme la pensée où l'ordonnent les chefs.

---

1. Pendant lequel son attitude, ses regards jetés d'un personnage à
un autre, ont fait comprendre son embarras et son regret. C'est ici le
nœud de la pièce. Dans tous les passages importants la mimique a plus
de valeur que les paroles.
2. En passant devant Théano et Ino.
3. Peu à peu elle reprend tout son calme.

Mais, pour mieux assurer ton retour, c'est ma mère,
Étranger, que tu dois supplier la première.
Tous, mon père et le peuple, écoutent son conseil.
Le soir, elle est assise auprès du feu vermeil,
Surveillant tout, et file, au milieu des servantes,
Une admirable laine aux couleurs éclatantes.

ULYSSE.

Certes, j'irai d'abord l'implorer à genoux.

NAUSICAA.

Écoute, maintenant. Tu pourras avec nous
(L'attelage gardant une allure tranquille)
Suivre sans te hâter le chemin de la ville
Jusqu'au bois d'oliviers qu'on trouve en approchant.
Mais, afin d'éviter quelque propos méchant,
Quand nous aurons franchi ce bois, reste en arrière,
Puis tu demanderas la maison de mon père;
Le plus petit enfant saura te la montrer.

(Antiope, Tyro et Polydamna, entrées par le fond à droite, s'avancent
à ce moment; Antiope, précédant les deux autres, s'approche de Nausicaa.)

SCÈNE X

ULYSSE, NAUSICAA, les jeunes filles.

ANTIOPE.

C'est fait, Nausicaa; tu peux te préparer.

NAUSICAA.

Bien : nous allons partir ensemble.

(Une pause. Puis, d'une voix émue et grave, s'adressant à Ulysse :)

Je t'en prie,
Daigne te souvenir de moi dans ta patrie.

ULYSSE, avec émotion.

Si, par volonté du grand Zeus, je revois
Doulichios, Samé, Zacynthe aux sombres bois,
L'âpre sol de mon île, ô vierge, et la fumée
Qui s'élève au-dessus de ma demeure aimée,
Mon âme chaque jour, avec un soin pieux,
Comme aux divinités t'adressera des vœux,
Car tu m'auras sauvé, jeune fille.

(Court silence.)

THÉÂTRE POUR LES JEUNES FILLES.   3

NAUSICAA.

                              Vous toutes,
Mes compagnes, et toi, cher hôte qui m'écoutes,
La déesse aux yeux clairs m'a parlé cette nuit,
Sachez-le.

ANTIOPE.

        Quoi! Pallas?
(Les jeunes filles, émerveillées, se regardent les unes les autres. Ulysse,
attentif et grave, fait un signe d'assentiment à ce qui suit.)

NAUSICAA.

                    Seule, elle a tout conduit,
Voulant sauver par nous celui qu'elle protège.
Avant d'accompagner, libre et joyeux cortège,
Notre hôte vers la ville, où l'attend le salut,
Comme la prévoyante Athènè le voulut,
Formons un chœur, afin de louer la déesse
Pour sa puissante et pour son aimable sagesse.
Chère Antiope, allons, tu chanteras deux fois,
Seule; mais, tout d'abord, il faut mêler nos voix.
(Elle prend Antiope par la main et l'amène sur le devant de la scène;
les jeunes filles se groupent autour d'elles; Ulysse, sans être masqué,
reste un peu en arrière; immobile et grave, il écoute le chant.)

CHŒUR [1].

        Étends sur nous tes larges ailes,
        Vierge splendide au casque d'or!
Fais briller dans nos cœurs tes clartés immortelles;
        Sois notre fier et pur trésor.
        Céleste amie au casque d'or!

UNE VOIX SEULE [2].

        Comme l'éclair du ciel immense,
        Tu nais de Zeus, l'illustre roi.
        Calme, tu tiens ta forte lance,
        Et la raison vaincra par toi!

CHŒUR.

        Étends sur nous tes larges ailes,
        Vierge puissante au casque d'or!

1. N° 7 de la partition.
2. Antiope chantera les deux passages destinés à une voix seule. Si
l'on préférait avoir deux solistes, une pour chaque passage, ou faire
chanter les deux passages par trois voix unies (trois et non pas deux,
en ce cas), il faudrait supprimer les deux derniers vers dits par Nausicaa.

Fais briller dans nos cœurs tes clartés immortelles;
    Sois notre fier et pur trésor,
    Céleste amie au casque d'or!

UNE VOIX SEULE.

La terre a vu ton doux sourire,
Et voici que la paix fleurit.
Quels chants divins Pallas inspire,
Quand elle éclaire un noble esprit!

CHŒUR.

Étends sur nous tes larges ailes,
Vierge sereine au casque d'or!
Fais briller dans nos cœurs tes clartés immortelles;
    Sois notre fier et pur trésor,
    Céleste amie au casque d'or!

(On ferme lentement le rideau avant que le chœur soit tout à fait
achevé.)

INDICATIONS PRATIQUES

PERSONNAGES

ULYSSE. — Le rôle le plus difficile à tenir, pour une jeune fille, est évidemment celui d'Ulysse. L'actrice chargée de ce personnage devra être grande (pour le moins un peu plus que Nausicaa), à la fois svelte et robuste, brune avec des traits réguliers et assez nettement accusés. Il lui faut une excellente diction, de l'aisance dans les mouvements, de la souplesse et du pathétique, une voix chaude et assez forte, et ce je ne sais quoi que l'on nomme l'autorité. Elle n'a pas besoin d'être chanteuse.

Une des plus grandes difficultés est qu'elle ne doit pas avoir l'air trop jeune. L'âge d'Ulysse n'est pas spécifié. S'il s'est marié très jeune, il a au moins quarante ans, puisqu'il a laissé dans Ithaque sa femme et son fils, et qu'il est absent de sa patrie depuis vingt ans. Mettons qu'il en ait quarante-cinq. Mais c'est un homme extraordinaire, le protégé de Pallas Athènè. Si, à sa première apparition, il porte bien son âge, si, même, les épreuves et les fatigues le font sembler plus âgé qu'il n'est peut-être, il reparaît ensuite transformé de façon merveilleuse, et il peut alors accuser une trentaine d'années. La majesté, la force, la barbe, qui dénotent une certaine maturité, sont d'ailleurs compatibles (au moins en imagination) avec la jeunesse du regard et de la peau : Zeus est immortellement jeune, il est sans ride, mais il n'a ni vingt ans, ni vingt-cinq ; il en a de trente à quarante. Ulysse de même, à sa seconde apparition.

Comme, à la première, il devra être marqué de quelques rides, j'essaierai de donner à ce sujet des conseils pratiques. Mais la question pouvant se représenter pour d'autres pièces, je la traiterai à part, une fois pour toutes, à la fin des Indications relatives à *Nausicaa*. Je parlerai en même temps des barbes postiches.

Ulysse est barbu, cela va sans dire. Sa barbe est noire, comme ses cheveux. Très peu, presque pas de moustache ; barbe régulière, pas trop longue, très courte sur les joues, un peu arrondie sur les côtés et terminée en pointe.

Une difficulté se présente. La barbe « régulière » dont je parle est celle d'Ulysse au repos, d'Ulysse à sa deuxième apparition. A sa première entrée, les cheveux devraient être plaqués sur le front et les joues, mouillés et mêlés de sable; la barbe en désordre aussi. Mais il faudrait que ce désordre fût réparé dans le très court intervalle qui sépare la sortie du héros et sa rentrée. Pendant le même temps, on doit effacer les rides qui l'auront vieilli tout d'abord, et remplacer les haillons par une tunique et un manteau resplendissants. Évidemment, il n'y a pas de temps à perdre. Il me semble pourtant que les rides peuvent être effacées et les vêtements changés, dans le court intervalle que j'ai dit. On pourra aussi régulariser la barbe et les cheveux, sans modifier leur économie générale; et, en ajoutant, de chaque côté, une belle boucle noire qui ondulera sur la tempe et la joue, on justifiera l'image homérique des cheveux pareils « à la fleur de l'hyacinthe ». Ce changement d'aspect aura été *répété* avec soin, plusieurs fois.

NAUSICAA. — Moins difficile à trouver qu'un Ulysse, elle demande pourtant d'assez rares qualités d'intelligence et de diction; par-dessus tout une gracieuse et noble simplicité. Elle est grande (moins qu'Ulysse), blonde s'il est possible [1]. L'attitude, le geste, le regard, ont une grande importance. La scène où l'innocent souhait de la jeune fille est divulgué devant Ulysse par une étourderie d'Ino doit être finement nuancée. La honte et le dépit très passagers, la bonté qui reprend le dessus, la maîtrise de soi-même, le bon sens, la grâce aimable, la parfaite noblesse des sentiments, doivent être indiqués par les jeux de physionomie comme par les intonations, dans les silences autant et plus que dans le dialogue.

LES JEUNES FILLES. — Théano est sérieuse et tendre; Ino bavarde, espiègle, plutôt brune et petite; Dioné aimable et vive; Climène enjouée; Messéis nonchalante; Tyro songeuse; Polydamna placide; Antiope douée d'une jolie voix. Toutes sont simples et gracieuses comme il sied à des jeunes filles, et c'est un ciel béni qui les a vues grandir.

L'Odyssée du Prologue sera l'une quelconque des compagnes de Nausicaa, sauf un léger changement de costume qui sera indiqué tout à l'heure.

CHANT

Nausicaa et les autres jeunes filles chantent correctement et avec goût un chœur très simple de Gluck. Antiope chante les

1. Ce n'est pas nécessaire, tandis qu'Ulysse est nécessairement brun.

deux strophes attribuées à une soliste. Si on le préfère, une
autre chantera la deuxième strophe : en ce cas, il faudra supprimer les deux derniers vers dits par Nausicaa. On peut
encore faire chanter les deux strophes par trois voix choisies
(Antiope et deux autres); en ce cas, les trois chanteuses devront
être groupées ensemble. Nausicaa pourrait être l'une de ces
trois. Je dis trois plutôt que deux, parce qu'en général deux
voix chantant à l'unisson ne se fondent pas aussi bien que trois
ou davantage.

Le chœur final est gracieux, mais il y a, mêlée à cette grâce,
une joie héroïque : c'est un hymne à la divine Sagesse.

MUSIQUE

On doit écarter le rideau vers le milieu du prélude. Ne jamais
parler avant que la musique se soit tue, — sauf en ce qui concerne les mélodrames (nᵒˢ 3 et 3 bis de la partition).

Au nᵒ 3, on frappe quelques accords après que Théano a dit :
C'est loin : n'y va pas à demi; sur ces accords Nausicaa dit : *Pallas
te guidera : fuis comme la pensée !* et jette la balle ; puis le dialogue
se poursuit sans musique. Théano dit : *Bien;* et après un très
court instant de silence (comptez : *un, deux, trois,* assez lentement) éclate le cri lointain des jeunes filles, le *Ha !* brusque et
effrayé qu'elles poussent en voyant la balle tomber dans l'eau.
Le dialogue se poursuit, toujours sans musique, jusqu'à l'entrée de Dioné. Aussitôt après ces mots de Nausic ? : *Moi, j'aurais honte...* on commence à jouer le mélodrame 3 *bis*. Le silence
qui suit le point d'orgue, prolongé au besoin, doit coïncider
avec le moment où Nausicaa dit : *Non, je ne fuirai pas.* Réglez
le mouvement sur la nécessité de cette coïncidence. Après ces
paroles on continue le dialogue et la musique : c'est le dialogue
qui finit le premier, et, lorsque Nausicaa a dit : *Moi, je reste,*
il faut encore deux ou trois mesures au moins de musique
seule, qui permettent à Théano de s'éloigner et à Ulysse de
s'approcher.

Tout cela demande plusieurs répétitions *très soigneusement
faites.*

On doit fermer le rideau sur les dernières paroles, avant que
la musique soit achevée.

. De façon générale, lorsque la musique remplit un silence,
accompagne une action, il faut éviter avec soin qu'elle finisse
court, avant le moment spécifié. Autrement le charme est rompu.

GESTES

Ce n'est pas ici le lieu d'esquisser un traité de mimique,
fussé-je compétent pour le faire ; mais, à propos du chœur final

de *Nausicaa*, je ne puis m'empêcher de remarquer que l'immobilité absolue de neuf jeunes filles chantant un chœur, ou même d'une seule personne chantant n'importe quoi, est chose tout à fait impossible. On discernera sans peine les passages qui permettent d'ouvrir largement les deux bras ou de les couder en étendant les mains; à d'autres passages, on pourra mouvoir un seul bras, tantôt l'un, tantôt l'autre; plus rarement le bras pourra être levé en l'air. *Mais l'essentiel est que ces mouvements soient faits avec lenteur, que les bras s'écartent suffisamment du corps pour faire silhouette et qu'un geste commence et finisse avec une phrase.*

Quand les jeunes filles chantent ensemble, il n'est pas nécessaire que toutes fassent des gestes, ni que ces gestes soient identiques; un peu de variété sera préférable; mais on veillera à ce que l'ensemble soit juste et harmonieux.

SILENCES

On les observera très soigneusement là où ils sont indiqués; mais chacun doit, en outre, prendre des temps là où ils lui sembleront utiles. Il est possible que les professionnels du théâtre et de la diction abusent des temps, mais il est certain qu'un personnage ne peut passer d'une idée à une autre, très différente, ce qui est fréquent, sans avoir réfléchi, hésité, sans que sa physionomie, son attitude, ait exprimé ce qui se passe en lui et rendu naturelle l'expression d'un sentiment nouveau. Autrement le public n'a pas le temps de comprendre, il ne devine pas ce qui n'est pas exprimé, et c'est la vie même des personnages qui lui échappe.

Une personne qui fait répéter des acteurs novices doit avant tout les empêcher de courir la poste, et obtenir que la psychologie des rôles se traduise non seulement en intonations justes et expressives, mais aussi en physionomies, en attitudes, en gestes appropriés, en silences pleins de signification.

DÉCOR

Il est décrit dans le prologue et dans l'indication qui précède la scène première. En réalité, il n'y aura généralement pas de décor. Cela n'a pas grande importance. A droite et à gauche, on mettra des plantes vertes. Dans le pays de mes chères cigales, on tâchera d'avoir du myrte, du laurier-rose. Je ne demande pas que l'on déplante un olivier; *mais des branches de cet arbre, son pâle feuillage, peuvent être utilisés* [1].

1. Ceci fut écrit avant la représentation d'Aix-en-Provence. Lorsque *Nausicaa* y fut jouée, « il y avait une très jolie toile de fond, due au travail des élèves, dirigées par leur professeur de dessin : dans le loin-

ACCESSOIRES

Il faut trois corbeilles. On en trouvera les modèles dans certains bas-reliefs antiques, par exemple ceux de la frise du Parthénon, dont les moulages et les photographies sont ou devraient être partout, notamment dans les écoles et les lycées de jeunes filles. Faute de corbeilles rigoureusement grecques, on en choisira qui soient simples et jolies.

Il faut une ou plusieurs coupes de métal, pourvues ou non d'une ou deux anses, mais, autant que possible, d'un modèle antique. Surtout, pas d'objets en carton, sentant le théâtre.

Une petite amphore en terre cuite, svelte et non ventrue, de courbe gracieuse, remplacera l'outre, peu commode pour nous, dont parle Homère.

Un escabeau et une grosse pierre — ou deux escabeaux — ou deux grosses pierres — sont indispensables. La pierre a le droit d'être imitée.

On se procurera sans peine un linge brodé de couleur vive (rouge, par exemple) et dont l'aspect ne soit pas trop celui d'une serviette moderne. Il est inutile de pousser le scrupule jusqu'à y placer de vrais os de poulet ou de côtelettes. On remplacera ces os par n'importe quoi, ou par rien du tout. De beaux fruits naturels ou artificiels (poires, pommes, raisin, figues, grenades) ne sont pas difficiles à trouver.

Le peu de vin contenu dans l'amphore sera rouge. La coupe n'en sera qu'à demi pleine, de sorte qu'il ne tombera rien quand Ulysse la penchera pour faire une libation à Zeus.

Quant au pain, je le voudrais assez petit et, s'il est possible, de la forme *grain-de-blé* commune en Provence.

Ulysse rompra ce pain, en mangera très lentement une bouchée ou deux et remettra le reste dans la corbeille; d'ailleurs, il sera en partie dissimulé, à ce moment, par trois des jeunes filles. Ce n'est pas qu'il soit honteux de manger; bien au contraire! Mais il est difficile de le faire avec naturel et sans mouvements bizarres quand on se sent observé. Le jeu des mâchoires peut déranger la barbe, et on risque d'étouffer quelque peu ou de

tain la mer bleue, des maisons groupées, sur un promontoire, autour d'un temple éclatant de blancheur; au premier plan des lauriers-roses, des myrtes, des oliviers; et, sur la scène, formant les coulisses, d'autres lauriers-roses, mais naturels, et — chose merveilleuse — un olivier véritable, encore vivant, aux branches pleines de majesté. L'effet d'ensemble fut très beau.

« Si l'on demande comment un olivier a pu être amené sur la scène, je dirai qu'il s'agissait d'un arbre condamné, qui fut scié à ras de terre et cloué sur les planches, où il eut, avant de mourir tout à fait, la joie de prêter son beau feuillage pâle à une scène de l'*Odyssée*. »

n'avoir plus la voix aussi nette, si on se met à manger en scène.
Quant aux fruits, Ulysse en admirera un et le remettra dans la
corbeille.

Il nous faut une balle. Qu'elle soit rouge.

Quant à la rame que l'Odyssée (Prologue) doit tenir bien
droite, la pale en bas, il n'y a pas à chercher midi à quatorze
heures : que ce soit une rame ordinaire, pas trop grande ni trop
grosse, et, s'il se peut, polie ou brunie.

COSTUMES

Ulysse, à sa première apparition, doit être vêtu d'un haillon
troué et déchiré; mais encore faut-il que ce haillon ait une forme.
Le plus simple est qu'il consiste, comme le vêtement grec ordinaire, dans une tunique et dans un manteau qui la recouvre
presque entièrement.

La tunique laisse le cou assez dégagé; elle a des manches
courtes (jusqu'aux biceps); elle est serrée à la taille par une ceinture et tombe un peu plus bas que les genoux. Le manteau est
un carré long d'étoffe, attaché sur l'épaule droite par une broche.
On rejette habituellement sur l'épaule gauche le pan qui tombe
par devant.

Il faut qu'Ulysse, à sa première entrée, ait le corps bien pris
dans son manteau, formant une sorte de fourreau étroit. Une
statue grecque de Sophocle, admirablement drapée, peut servir
d'indication. Le moulage en est très répandu.

Tunique et manteau doivent avoir été d'un vert bleu. Ils sont
maintenant tout à fait passés et décolorés. On y pratiquera de
savantes déchirures.

Sandales aux pieds.

Le maillot des jambes ne doit pas être rose, mais brun comme
une peau hâlée. Les bras doivent être « faits » avec soin. Ce
sont ceux d'un homme recuit par le soleil, le vent et la mer.

Lorsqu'Ulysse fait sa dernière entrée, il a une tunique blanche
et un manteau de pourpre. Il n'a pas besoin, cette fois, d'être
étroitement serré dans son manteau. Il porte ses vêtements avec
aisance et avec grâce.

Parlons maintenant du costume féminin [1].

Il consiste dans la tunique et dans le péplos.

Il y avait deux sortes de tuniques. L'une est assez semblable

---

1. C'est grâce à l'extrême obligeance de M. Georges Rochegrosse
que je peux donner avec quelque précision les détails que l'on trouvera
ici. — Le vêtement décrit est celui de l'époque classique, non de
l'époque homérique. Celui de cette dernière époque est moins bien
connu; il serait plus compliqué et répondrait moins bien à l'idée générale que les monuments, les statues, les vases, nous ont donnée du
vêtement grec.

à une très longue blouse, avec des manches longues (jusqu'aux poignets) ou courtes (jusqu'aux biceps). La manche, courte ou longue, peut être ou bien très juste et fermée, ou bien ouverte sur l'extérieur du bras et boutonnée, de façon à laisser de petites ouvertures.

L'autre sorte de tunique, plus usitée, a la forme d'un sac ouvert par le haut et par le bas, et tombant jusqu'à terre.

Suivant la largeur de l'étoffe, les bras restent complètement nus ou sont plus ou moins couverts. Si la largeur de l'étoffe ne va que d'une épaule à l'autre, une agrafe sur chaque épaule suffit pour la fixer. Si l'étoffe est plus large, l'espace compris entre le cou et l'avant-bras peut être cousu ou boutonné. On peut aussi réunir par une agrafe, sur le haut de l'épaule, les plis formés par l'étoffe entre le cou et l'avant-bras, ce qui donne au vêtement un aspect particulier. Je ne crois pas devoir entrer dans ces fastidieux détails sur tout cela, la tunique étant un vêtement de dessous [1], que l'on disposera de la façon la plus commode.

Passons au péplos. C'est un morceau d'étoffe rectangulaire, d'environ 1 m. 70 à 2 mètres de haut sur 2 m. 20 de large. (Dimensions variables selon la taille; j'indique une belle taille de femme : 1 m. 65 [2].)

Le rectangle étant tenu droit par deux personnes — je suppose — et développé dans toute son ampleur, on prend une partie de sa hauteur un peu plus grande que celle qui va du sommet de la tête aux épaules, et on rabat en dehors cette partie de l'étoffe. Le rectangle, toujours aussi large, monterait à présent jusqu'aux épaules seulement de la personne qu'il s'agit d'habiller.

On plie ensuite l'étoffe en deux parties égales dans le sens de la hauteur, comme un livre. La personne se place au milieu, entre les deux pans, ayant sous son bras gauche le pli vertical qui divise l'étoffe en deux. Puis elle fait rejoindre sur son épaule gauche deux points de l'étoffe, pris symétriquement en haut du rectangle, à droite et à gauche du pli de milieu, et elle attache ces deux points par une broche, sur son épaule gauche. Elle fixe sur son épaule droite, par une autre broche, deux autres points symétriques pris également sur le haut du rectangle. Ainsi le péplos est fixé sur les deux épaules sans qu'il y ait un point de couture. Le côté droit reste ouvert. Quant à la partie prise sur la hauteur et qui a été pliée et rejetée en dehors, elle

---

1. Du moins, lorsqu'on avait de quoi s'en offrir un autre à mettre par-dessus.

2. Il faut tenir compte aussi de la souplesse plus ou moins grande de l'étoffe. J'avais indiqué, d'abord, 1 m. 70 de hauteur; mais c'était un peu court. On fera bien de prendre 2 mètres, quitte à raccourcir ensuite.

retombe sur la poitrine et sur le dos un peu plus bas que la ceinture, les coins pendant sur le côté droit.

Le péplos était porté sur une longue tunique ou robe, prenant le haut du corps et tombant jusqu'aux pieds.

La tunique et le péplos peuvent être portés sans ceinture ou bien avec une ou deux ceintures : l'une placée sous les seins, et cachée par la partie du péplos qui a été repliée; l'autre aux hanches, et quelque peu couverte par les plis que fait l'étoffe en retombant dessus.

Quand il n'y a qu'une ceinture, on la place indifféremment de l'une des deux façons indiquées; mais la ceinture des hanches était, je crois, plus fréquente pour les jeunes filles grecques.

Le péplos pourrait être remplacé par un petit manteau mis sur la tunique et d'une autre couleur que ce vêtement [1]. Le manteau, agrafé sur l'épaule gauche, passerait sous le bras droit et tomberait jusqu'à la ceinture, avec un pan flottant à gauche le long du corps. Ce vêtement est de goût asiatique.

J'espère que mes explications ne sembleront pas trop confuses ou maladroites à mes lectrices; j'espère surtout qu'elles leur seront inutiles, le vêtement grec n'ayant, je le suppose, aucun mystère pour les maîtresses et les élèves de nos grandes écoles.

On pourra entremêler, en habillant les neuf jeunes filles, les diverses formes de vêtements indiqués, pour obtenir une variété plus grande.

Il reste quelque chose à dire des étoffes et des couleurs.

La laine est ce qui conviendrait le mieux, en principe; mais, pour faire de beaux plis, il faudrait qu'elle fût très fine, et par suite très chère. Donc nous n'en parlerons pas. Je conseille des calicots très minces, que l'on peut teindre soi-même avec des boules de teinture; il y en a de tous les tons, chez les droguistes et les marchands de couleurs. On peut essayer aussi les satinettes, dont il existe de grandes variétés de tons dans les magasins de nouveautés; mais alors il faut les faire tremper dans de l'eau pour enlever l'apprêt et adoucir les tons souvent un peu crus. Il ne faut pas repasser l'étoffe; il faut la tordre dans la longueur et la laisser sécher tordue, ce qui produira de petits plis ondulés, assez semblables à ceux que l'on voit indiqués sur les vases grecs.

Dans les ourlets du bas, il faut mettre de petits plombs pour faire « tomber » l'étoffe.

Quant aux couleurs, je m'en rapporte au goût de mes lectrices. Il importe surtout que les nuances des divers costumes soient tendres et délicates, et s'harmonisent bien ensemble [2].

1. Le péplos peut être de même couleur que la tunique, ou d'une couleur différente, les deux nuances étant bien assorties.

2. A plus forte raison faut-il harmoniser les diverses parties de

Le rose, le bleu, le jaune, peuvent et doivent être utilisés; mais rien de cru. Les bordures, au bas de la robe et de la partie repliée du péplos, doivent être plus vives.

Ces bordures doivent toujours être placées à quelques centimètres du bord de l'étoffe et non pas immédiatement au bord. Elles peuvent avoir des formes diverses : petits carrés alternant, de deux couleurs[1] et sur deux lignes, les couleurs alternant comme sur un damier; dents de scie, la pointe en haut; grecques; lignes droites et lignes courbes; feuillages rappelant celui du laurier ou de l'olivier, etc.

Je désirerais que Nausicaa fût vêtue de blanc, avec une ceinture d'or. La ceinture étant peu visible (même placée aux hanches), on ajouterait au vêtement des bordures d'or. On peut les faire avec de la « dorure hollandaise » (ripolin).

L'Odyssée doit être en vert bleu, comme Ulysse à sa première entrée; mais son costume est frais. On peut la draper dans un manteau. (Consultez à cet égard l'Odyssée d'Ingres dans son *Apothéose d'Homère*, ou les statuettes de Tanagra.) Elle portera avec une gentille crânerie le bonnet de marin, dont le célèbre tableau d'Ingres fournit le modèle. Ce bonnet sera ou paraîtra être en feutre; il sera vert, et il aura la forme d'une calotte terminée en pointe[2].

Un mot sur les coiffures et les chaussures.

Je ne me flatte pas de pouvoir décrire les coiffures désirables. Les cheveux dessinant bien la tête, formant un chignon très sorti et placé au-dessus de la nuque, peuvent être serrés par une bandelette, blanche ou d'une autre couleur, allant du sommet du front au bas du chignon. La bandelette peut aussi partir du sommet de la tête et aboutir au-dessus de la nuque, où elle croise une autre pièce, soutenant le bas de la tête, de la nuque au chignon. Il peut y avoir une double bandelette, laissant voir les cheveux sur le sommet de la tête. La bandelette peut former une sorte de bonnet serrant la tête, et ne laissant voir les cheveux que sur le front et au chignon. Il peut y avoir des cheveux ondulés tombant sur la joue jusqu'au bas de l'oreille. En ce qui concerne Nausicaa, la bandelette d'étoffe peut affecter une forme de diadème ou se transformer en diadème d'or, large au-

chaque costume, la tunique étant plus ou moins visible, aux manches, courtes ou longues, s'il y en a, et dans tous les cas à l'ouverture que le péplos présente à droite.

1. Celle du péplos, et une autre couleur. Pour Nausicaa, dont la robe doit être blanche, ces petits carrés seraient, par exemple, blanc et or.

2. Si l'Odyssée tient un rôle dans la pièce, il n'y aura qu'à la dépouiller de son bonnet, de son manteau et de sa rame.

Dans la première édition de *Nausicaa*, j'avais conseillé le bonnet de marin pour Ulysse comme pour l'Odyssée. Mais il vaut mieux que le naufragé apparaisse avec la tête nue.

dessus du front et sous le chignon, mince au-dessus de l'oreille ;
ou bien mince au-dessus du front et s'élargissant jusqu'au chignon, que soutiendrait le diadème. Il sera bon d'apporter
quelque variété dans les coiffures, en s'inspirant de modèles grecs.

La chaussure grecque, portée par les hommes et les femmes,
consistait en une semelle épaisse, aux bords de laquelle était
fixée une pièce de cuir étroite qui ne couvrait que le côté du
pied, et qui avait en haut un certain nombre d'œillets. On y
passait une courroie plate qui l'attachait au pied. D'autres fois,
des brides seulement étaient fixées aux bords de la semelle ; on
passait la courroie par ces brides et on l'entrelaçait sur le cou-
de-pied jusqu'à la cheville et souvent au-dessus, en formant des
dessins de fantaisie.

Nos jeunes filles ne sont pas brunes et hâlées comme Ulysse ;
mais, si elles ont les bras nus, ce n'est point pour aller au bal ;
c'est d'une façon habituelle. Les bras ne doivent donc pas être
de ce blanc excessif que leur conserve l'habitude des manches.
Il sera bon de les brunir légèrement.

PRONONCIATION DES NOMS GRECS

Donnez au *ch* le son dur ; prononcez : *Skérie, Doulikios.*
Prononcez l's final : Zeus, Alcinoüs, Messéis, etc.
L'o est fermé à la fin d'un nom : Tyro, Théano (même son que
dans *fourreau, anneau*). Il est ouvert à la dernière syllabe de
Doulichios (comme dans : un *os*). Prononcez : *Doulikioss,* en quatre
syllabes.
Zeus doit être prononcé : *Dzeûss.*
Dans Poséidon, l's ne doit pas avoir le son d'un *z*. Les deux
voyelles : *éi* formant diphthongue, le mot a trois syllabes, et
non quatre.
Pour se conformer à l'usage, on donnera le son fermé à l'é
final dans les noms : Dioné, Samé ; mais on prononcera, avec
le son ouvert, les deux *è* dans Athènè. Ici on peut dire qu'il
n'y a pas d'usage, puisque, avant les traductions de Leconte
de Lisle, on remplaçait (en France) les noms des divinités grecques par leurs équivalents latins, Zeus par Jupiter, Poséidon par
Neptune, Artémis par Diane, Athènè par Minerve. Il n'y a donc
aucune raison pour ne pas donner aux è de ce nom le son
ouvert, comme en grec.

RIDES [1]

Il est à souhaiter que l'on joue toujours aux lumières, même
en plein jour, et, dans ce cas, après avoir fait la nuit ; mais

1. Je remercie très vivement le jeune artiste, M. Aubry, peintre et
acteur, qui a bien voulu me fournir les éléments de ce chapitre et des
deux suivants.

notre éclairage ne sera pas, en général, celui d'un vrai théâtre, le public verra de près les artistes, et une raison de convenance et de goût nous interdit le maquillage trop visible. Il faudra donc avoir la main légère et rester en deçà plutôt qu'aller au delà de ce qui paraît acceptable.

Cela dit, pour faire les rides on peut se servir de rouge sang-de-bœuf ou *rouge à rides*, que l'on trouve chez les spécialistes. On prend de ce rouge, sur le bâton, avec une estompe, et l'on trace aux endroits convenables. On peut aussi user du crayon bleu, ou bien, avec le bleu, forcer certains traits rouges; mais il ne faut pas se servir de noir. Il est bon d'éclairer les rides, au-dessus et au-dessous, au moyen d'une couleur claire, telle que le jaune pâle ou le blanc.

FRONT. — On suivra les plis qui se forment naturellement sur le front lorsqu'on lève les sourcils. Ne pas faire droit, mais un peu irrégulier, ondulé. Deux rides verticales, partant des sourcils, au-dessus du nez, donnent de la sévérité.

SOURCILS. — Il en est de même des sourcils, lorsqu'ils sont broussailleux, ou plus épais au milieu ou aux extrémités (c'est-à-dire vers les tempes).

Il ne faut pas les grossir par couches uniformes, mais par hachures verticales ou en biais. Éviter le noir; se servir de rouge foncé ou de bleu.

Les sourcils levés vers la racine du nez donnent de la tristesse.

ŒIL. — La patte d'oie est difficile à bien dessiner et ne fait pas grand effet. En revanche, on peut utilement suivre le dessin des petites boursouflures qui existent plus ou moins au-dessous des yeux, et aussi tracer de chaque côté une ligne descendant obliquement sur la joue, depuis le coin extérieur de l'œil. Cette ligne passe, dans l'autre sens, sur la paupière et aboutit à la naissance du sourcil, au-dessus du nez.

BOUCHE. — Un pli très important est celui qui se forme en ouvrant fortement la bouche : il part des narines (entre la narine et la joue) et tombe à droite et à gauche de la bouche.

Un autre pli, à côté, sur le bas de la joue, donne beaucoup d'accent. Ce second pli n'est visible que s'il n'y a pas de barbe.

Les plis indiqués doivent être formés d'un trait assez gros en rouge sombre, un peu fondu sur les bords et précisé de blanc au milieu. Comme pour les rides du front, on éclaire, à côté, avec du jaune clair ou du blanc.

TEINTS

Pour brunir le visage, le cou, les bras, les mains, on se servira de couleurs en bâtons ou en poudre : terre de Sienne naturelle, terre d'Ombre brûlée, terre de Sienne brûlée. Ces produits (inoffensifs) donnent un ton jaunâtre, brun foncé ou marron.

Si la couleur est en bâton, on en met sur sa main, on l'éga-
lise avec les doigts et on la transporte sur le visage ou sur le
bras. Si elle est en poudre, on la pétrit avec de la glycérine et
de l'eau ; puis, sur ce fond, appliqué à la peau, on poudre avec
la même couleur. Au besoin, on éclaircit avec de la poudre de
riz ou d'amidon.

Il est tout à fait nécessaire de brunir certains personnages,
Ulysse, par exemple. Si le teint de l'artiste est déjà très brun,
cela pourra suffire ; mais il faudra, de toute façon, brunir le cou,
les mains et les bras.

En revanche, nos jeunes actrices n'auront guère besoin, en
général, de rouge ou de blanc. Il peut cependant arriver qu'un
visage soit, pour tel ou tel rôle, trop pâle ou trop haut en couleur ; cela peut aller jusqu'au contresens. Dans un cas pareil,
il faudra bien corriger la nature. Parmi les produits dont on
pourra se servir, je signale le *fond de teint* ou *blanc gras*, qui se
vend en bâton ; le numéro 2 ou 2 1/2 donne une bonne teinte
rosée. On l'étend sur tout le visage uniformément. On peut
aussi se procurer du rouge en poudre, que l'on place en haut
des joues, sur les paupières et autour des yeux, pour de jeunes
visages ; sur le bas des joues pour les visages plus marqués, en
laissant blanc le dessous de l'œil.

Je répète que ces indications sont données pour le cas seulement où il semblerait nécessaire ou très utile d'employer des
fards, et que, de toute manière, il faut en user avec beaucoup
de discrétion et après divers essais, faits à l'éclairage même qui
sera celui de la représentation.

BARBES

Les barbes que l'on peut acheter toutes faites sont généralement fort laides ; les accrocher derrière l'oreille est barbare ;
une armature en fer me révolte. Il faut fabriquer vos barbes
vous-mêmes, avec beaucoup d'adresse et d'art.

Commençons par la moustache. On vend chez les coiffeurs du
crêpé, sorte de crin natté, que l'on déroule et arrange soi-même.
La forme étant donnée, on colle avec un vernis spécial que
fournissent les coiffeurs de théâtre.

Ou bien (ce qui vaut mieux, en général) on coud ce crin sur
une sorte de mousseline, puis on raccourcit, on rogne, on éga-
lise, et on colle la moustache sur la peau. Les coiffeurs fabri-
quent des moustaches par ce procédé : si on s'en procure de
toutes faites, il faut les adapter à la figure avec soin et avec
goût.

La moustache doit être bien collée. On pourra n'en conserver
que les deux bouts, les coller séparément et raccorder par des
hachures de bleu et de rouge foncé, ce qui fait un ton neutre

tirant sur le brun si on force en rouge, sur le gris si on force
en bleu. Dans tous les cas, la moustache doit être mince au-
dessus de la lèvre; autrement elle gêne pour parler, et il est
difficile qu'elle aille bien.

Il y a du crêpé de toutes teintes. Si l'on veut du gris, et que
l'on n'en ait pas sous la main, on poudre du blond ou du châ-
tain avant et après le collage.

Pour la barbe on fera comme pour la moustache. Ici surtout,
il sera plus pratique d'*implanter,* c'est-à-dire de coudre le crêpé
sur la mousseline employée pour cet usage.

S'il s'agit d'une barbe peu volumineuse, on la collera au
menton et en dessous; puis on la continuera sur les joues par
des hachures de bleu et de rouge foncé. S'il s'agit d'une grande
barbe, on collera des poils sur les joues aussi, mais on cher-
chera toujours à raccorder par des hachures, en évitant l'arrêt
brusque.

Il va de soi que l'on fabriquera la barbe trop longue et trop
large; après quoi, en l'essayant, on verra ce qu'il faut enlever.
En général, elle doit être très courte sur les joues, pour ne pas
élargir le visage. La forme et la longueur varieront selon les
cas; on pourra faire preuve, à cet égard, de beaucoup ou de peu
de goût.

Encore un détail. Pour simuler la trace bleue que laisse la
barbe rasée (personnages masculins de *Cendrillon*), on se servira
du crayon bleu par hachures, et on fondra avec le doigt. Les
endroits à colorer ainsi sont ceux où poussent la moustache et
la barbe, sans empiéter sur la joue ni toucher à la partie la plus
saillante du menton.

LA PREMIÈRE VISION

DE JEANNE D'ARC

Pièce en un acte.

Aux institutrices laïques de France.

PERSONNAGES

PROLOGUE

Une des compagnes de Jeanne, de préférence Hauviette.

PIÈCE

SAINT MICHEL, archange.
CHŒUR D'ANGES INVISIBLES.
JEANNE D'ARC.
HAUVIETTE,
MENGETTE,
COLETTE,
AVELINE,   } Compagnes de Jeanne.
ISABEAU,
ALISON,
BONNE,
MICHELLE,

Un bouquet d'arbres isolé parmi de vertes prairies.
On est dans la commune de Domrémy, en 1425, au commencement de l'été.

AVERTISSEMENT

L'esprit dans lequel fut écrite la *Première vision de Jeanne d'Arc* a été, je crois, assez clairement exposé dans les lignes suivantes :

« Nous, éducateurs laïques, nous acceptons le passé tel qu'il s'offre à nous, reconnaissants de ce qu'il eut de noble et de bon, et n'en réprouvant que la barbarie et l'intolérance. Nous admirons une âme héroïque telle que l'ont faite le milieu familial, l'époque, la tradition des ancêtres. Sous les formes variables de la croyance, nous cherchons, il est vrai, le fond permanent d'humanité qui, dans un grand cœur, nous émeut par-dessus tout; mais ces formes elles-mêmes ont souvent une poésie et une grâce auxquelles nous ne prétendons pas être insensibles. »

Le sentiment qui vient d'être exprimé est, me semble-t-il, assez général; cependant bien des personnes craindront de faire représenter une pièce de ce caractère.

Elles redouteront de violer la neutralité scolaire en fortifiant des croyances fréquemment invoquées par les personnages comme étant d'une vérité indiscutable; et la matérialisation des visions de Jeanne leur paraîtra être de nature à confirmer de jeunes esprits dans la foi à la réalité extérieure de ces visions.

Un tel scrupule me semble très honorable, et j'accorde qu'il est trop souvent justifié; mais, si l'enseignement laïque donnait tous les résultats que nous en souhaitons, de telles confusions ne seraient pas à redouter. Nos élèves et le public comprendraient que, lorsque nous leur faisons connaître, avec sympathie, un fait, une parole, une œuvre, ayant quelque chose de religieux, c'est en raison de son caractère moral ou poétique, sans nous préoccuper de la croyance qui s'y trouve mêlée, et en mettant, si je puis dire, toutes les religions sur le même plan. J'en ai cité ailleurs l'exemple que voici :

« S'il m'arrivait de lire une histoire au cours de laquelle une personne en détresse priât la Vierge ou les Saints, je ne commettrais pas la puérilité d'omettre le passage, par crainte de violer la neutralité confessionnelle [1]. De même, si je racontais le début de l'*Iliade*, je montrerais le vieux prêtre Chrysès, le cœur plein de douleur et d'indignation,

Seul, en silence, au bord de la mer mugissante,

invoquant Apollon, son dieu, parce que sa fille lui a été ravie par l'injuste violence des armes. L'analogie de sentiment entre chrétiens et païens se dégagerait toute seule. »

On objectera que la représentation, même la plus concrète, des croyances homériques est aujourd'hui tout à fait inoffensive, mais qu'il peut n'en être pas de même en ce qui concerne celles du moyen âge chrétien ; que, dans tous les cas, *il vaut mieux, en matière d'éducation, pécher par excès de prudence que par témérité,* et qu'il faut tenir compte aussi des attaques déloyales ou peu intelligentes auxquelles on pourrait être en butte. J'admets la validité de ces raisons, là où les personnes compétentes les jugent fondées. J'espère, cependant, que le jour viendra où, l'esprit laïque ayant porté tous ses fruits, l'évocation de ce que n'importe quelle croyance a pu avoir de noble et de touchant ne mettra plus la raison en péril.

Peut-être aussi craindra-t-on de rappeler des luttes sanglantes. Voilà encore un bien respectable scrupule. Mais, à moins de fausser toute l'histoire, il faut bien avouer qu'elle fut, pour une très grande part, une succession ininterrompue de violents conflits entre les hommes. Rien n'est plus important que de les faire connaître sans exciter des passions haineuses. Toutefois, une chose que je crois nécessaire de mettre en pleine clarté est le droit des opprimés, partout où il s'en trouve, à lutter virilement contre leurs oppresseurs. La France du xv⁰ siècle, et, particulièrement, les paysans pillés par les soudards, étaient dans le cas de la plus légitime défense lorsqu'ils s'insurgeaient contre la domination de l'étranger. Au surplus, on s'est efforcé, dans la pièce qui donne lieu à ces remarques, de bien faire comprendre les raisons, si noblement humaines, pour lesquelles Jeanne d'Arc, âme de la plus profonde tendresse, eut le courage de se faire guerrière ; raisons que Michelet a résumées dans ces mots de Jeanne elle-même : « *La pitié qu'il y avait au royaume de France.* »

Nulle équivoque n'étant possible sur ce point, je ne crois pas que la stupide anglophobie de quelques-uns de nos contemporains ait à se prévaloir d'expressions un peu vives, placées dans la bouche de fillettes qui vécurent à une époque où le devoir le plus évident était de renvoyer les Anglais chez eux [2].

1. Voyez, par exemple, l'émouvante prière du petit roi de Galice, dans le poème de Victor Hugo.
2. Pour le développement de tout ce qui précède, je signale au lecteur le volume consacré à Michelet dans le Répertoire des lectures

Maintenant, qu'il me soit permis de rappeler en quelles conditions la pièce, encore inédite, fut jouée à Nancy, en 1897 :

« Madame la directrice de l'École normale de Meurthe-et-Moselle avait réglé tous les détails de la représentation ; mise en scène, costumes, décor de verdure, avec infiniment de goût et d'habileté. La ville de Nancy avait bien voulu mettre à notre disposition la salle Poirel, où se pressait un public composé d'enfants des écoles, de parents, de maîtres et de maîtresses. Les rôles étaient tenus par une ancienne élève de l'école normale (pour saint Michel), par un groupe de normaliennes auxquelles on avait adjoint une ou deux fillettes de l'école annexe, et enfin, en ce qui concerne le rôle de Jeanne, par une jeune interprète que j'avais amenée avec moi et qui me tient d'aussi près que possible par les liens du sang. On dit que les petits cadeaux entretiennent l'amitié : je ne pouvais donner tout à fait, mais j'étais heureux de prêter ma petite Jeanne d'Arc à ses compagnes d'un jour, n'ayant rien de plus précieux à leur offrir en témoignage de ma sincère affection.

« Fut-ce l'éclat imprévu de cette fête populaire, ou l'auditoire ingénu et vibrant, ou la grâce des interprètes, ou l'image de la bonne Lorraine qui, malgré tout, planait sur l'humble scène et sur le poème plus humble encore ? Je ne sais ; mais, si je m'en rapporte à divers témoignages, l'illusion d'un instant fit entrevoir aux spectateurs ce que le poète avait voulu montrer. En tout cas, le souvenir de cette représentation est resté vivant en moi, et je n'y penserai jamais sans émotion [1]. »

Une remarque pour terminer.

Les passages de la pièce où sont décrits les jeux des jeunes filles sont d'une lecture un peu lente et difficile, parce qu'on a tenu à y donner avec précision tous les détails utiles ; mais ces passages, réglés avec soin, sont, à la représentation, très vifs et très gais. Il importe donc, en les lisant, d'en imaginer l'effet scénique.

populaires (en dépôt à la librairie Hachette). On y trouvera une étude sur *Jeanne d'Arc devant la pensée contemporaine.*

1. Une autre représentation, donnée à l'École normale d'institutrices de Rouen, ne fut guère moins parfaite, bien que le cadre, plus étroit, fût moins favorable qu'à Nancy.

PROLOGUE [1]

(Le rideau étant écarté, on aperçoit, debout sur le devant de la scène, la jeune fille qui doit réciter le prologue. Sans se presser, elle salue et parle.)

La pièce qui va être représentée devant vous a pour titre : la *Première vision de Jeanne d'Arc*.

Figurez-vous que vous êtes dans la campagne aux environs de Domrémy, village lorrain, en l'année 1425. A votre droite s'élève le Hêtre des Fées, dont les rameaux sont chargés de couronnes de fleurs; une source appelée la Fontaine des Groseillers est à votre gauche. Supposez, enfin, que [2], loin devant vous, l'eau de la Meuse brille à travers les prés.

En 1425, Jeanne d'Arc, encore toute jeune fille, eut une vision qui décida de sa vie. Saint Michel lui était apparu, dit-elle plus tard, et lui avait ordonné de combattre les Anglais pour en délivrer le royaume. Elle porta en elle cette pensée jusqu'à l'heure où, s'arrachant à ses plus chères affections, elle l'exécuta virilement.

Il n'est pas surprenant que saint Michel ait toujours été présent à l'esprit d'une jeune Française du xve siècle, profondément touchée par les malheurs du royaume. L'archange guerrier était alors invoqué comme le protecteur de la France.

En outre, le Mont Saint-Michel, en Normandie, lieu de pèlerinage très célèbre depuis des siècles, opposait une résistance victorieuse aux Anglais. Sur cet âpre rocher, d'où s'élance une église magnifique, il y avait une garnison de vaillants chevaliers en même temps qu'une abbaye de moines. Jeanne dut penser bien souvent à cette poignée de braves, qui, sur leur îlot sauvage, où l'on ne pouvait aborder qu'à marée basse, défiaient toutes les forces de l'ennemi.

1. Ce prologue peut, à volonté, être récité ou omis.
2. S'il y avait un décor approprié à la pièce, ou à peu près, on supprimerait ces trois mots : *Supposez, enfin, que...*

Or, en 1423, les Anglais, après de nouvelles tentatives pour réduire le Mont, furent battus deux fois, sur mer et sur terre. Jeanne (ou, comme on l'appelait, Jeannette) apprit certainement cette heureuse nouvelle; et l'enfant ne douta point que l'archange eût combattu avec les chevaliers normands, gardiens de l'abbaye qui lui était consacrée.

D'autre part, nous savons que des soldats pillards avaient, à la même époque, enlevé tout le bétail qui appartenait en commun aux habitants de Domrémy. Une troupe de cavaliers fut lancée à la poursuite des brigands, les rejoignit et leur reprit les troupeaux, qui furent rendus aux laboureurs.

Au moment où la pièce va commencer, Jeanne n'a pas encore eu sa vision; mais elle, si calme d'ordinaire, si douce et un peu triste, elle est, ce jour-là, presque hors d'elle-même, tant les dernières nouvelles l'ont rendue joyeuse.

Pourtant vous verrez qu'à travers les jeux et les rires de ses compagnes elle pense toujours, avec une profonde pitié, aux souffrances de sa patrie.

Vers la fin de la pièce, elle restera seule, et elle aura sa vision. Alors tout sera terminé. Nous ne pourrons pas vous montrer Jeanne délivrant Orléans, ni au sacre de Charles VII, ni à Rouen, sur le bûcher; mais vous assisterez aux angoisses d'une enfant qui prévoit l'heure où il lui faudra quitter son père et sa mère, ses amies, tout son bonheur; vous saisirez l'instant décisif où le sacrifice fut accepté par l'humble fillette qui, dans sa petite main, devait tenir la grande épée de la France.

(La jeune fille, en disant les derniers mots, a élevé la main dans un geste large. Tandis que l'on ferme le rideau, elle abaisse lentement son bras, sans saluer ni quitter sa place.)

LA PREMIÈRE VISION

DE JEANNE D'ARC

Au premier plan et à droite, par rapport au spectateur, se dresse un Hêtre magnifique; des couronnes et guirlandes de fleurs pendent à ses rameaux. Sur la gauche, au premier plan, de beaux frênes; un peu à droite de ces arbres et à un plan moins rapproché, une fontaine entourée de groseillers. Plus loin, en face du spectateur, s'élèvent deux massifs de sureaux entre lesquels on voit, dans le lointain, briller la Meuse à travers les prés.

Au fond, de grosses pierres moussues; vers le milieu de la scène, quatre escabeaux ou sièges rustiques. On peut aussi s'asseoir sur le bord de la fontaine des groseillers, et il y a, au pied du Hêtre, un banc où deux personnes peuvent prendre place. Un capuchon de laine a été posé sur ce banc.

On peut entrer en scène par la droite ou par la gauche, au fond du théâtre.

Au lever du rideau, Hauviette et Mengette sont en scène. Elles surveillent les deux entrées, Hauviette celle de gauche, Mengette celle de droite, et, par suite, elles tournent presque le dos au spectateur. Mengette, fort agitée, se hausse pour mieux voir. Une fois ou deux elles se regardent l'une l'autre comme pour se dire : « Tu ne vois rien venir? — Non, rien... »

Tout à coup, Jeanne entre par la gauche.

SCÈNE I

JEANNE, HAUVIETTE, MENGETTE.

HAUVIETTE, avec un accent de triomphe.

Avant toi!

(Mengette se retourne vivement et aperçoit Jeanne.)

MENGETTE.

Sans avoir couru.

HAUVIETTE, souriant.

Non, presque pas.

JEANNE, d'une voix calme et douce.

Chère Hauviette, je suis venue à petits pas,
Tout en cueillant des fleurs; et j'ai fait deux couronnes.

(Elle montre à ses amies deux couronnes de fleurs.)

MENGETTE, curieuse.

C'est pour le Hêtre?

JEANNE, souriant.

Non.

MENGETTE.

Alors, tu nous les donnes?

JEANNE.

Volontiers.

HAUVIETTE.

Mieux vaudrait les garder pour le jeu.

(Jeanne remet les deux couronnes à Hauviette, qui les pose sur une
grosse pierre placée au fond du théâtre.)

MENGETTE, tout à coup plus sérieuse.

Hein! Jeanne, quel bonheur!

JEANNE, gravement.

Oui, remercions Dieu.

HAUVIETTE [1].

Le bétail du village enlevé dans une heure
Par ces larrons, amis des Anglais, — ah! je pleure
En y pensant, vois-tu, comme sur le moment.

(Elle se détourne en essuyant une larme.)

MENGETTE, avec vivacité.

La Dame de chez nous est bonne, heureusement.
Le Comte son cousin, bien vite, à sa demande,
Lança de braves gens contre le chef de bande.

HAUVIETTE.

Quelle chance, pourtant, qu'on ait pu retrouver
Tout ce qu'il avait pris!

JEANNE, pensive.

C'est vrai; je crois rêver.

1. Jeanne, qui était à gauche, s'est rapprochée de Mengette pendant
qu'Hauviette allait au fond; en revenant, celle-ci se place à gauche, et
Jeanne se trouve au milieu.

MENGETTE, vivement, à Hauviette.

Tu sais, l'homme du Comte a plus d'une blessure.

HAUVIETTE, de même, à Mengette.

Oui; mais il a tué l'autre chef. J'en suis sûre.

MENGETTE.

Tant pis pour le voleur.

JEANNE, avec douceur.

Ne disons rien des morts.

MENGETTE, très animée.

Jeanne, tout le village est dans la joie : alors
On va bien s'amuser, dis?

JEANNE, affectueusement.

Oui, chère petite.

(Mengette regarde vers l'entrée de gauche au fond de la scène,
comme si elle attendait quelqu'un ; puis elle se retourne vers Jeanne.)

MENGETTE.

Les autres devraient bien venir un peu plus vite.

JEANNE.

Tiens, en les attendant, assieds-toi.

(Elles s'asseoient toutes les trois, Hauviette à gauche, Mengette à
droite, Jeanne au milieu et un peu en arrière [1].)

Je voudrais
Vous dire...

MENGETTE, vivement.

Un conte?

JEANNE.

Non.

MENGETTE, curieuse.

Peut-être... des secrets?

JEANNE, avec une ardeur contenue.

Une grande nouvelle. Ah! j'en suis bien joyeuse.
Mon cœur bat d'y penser.

HAUVIETTE.

Tu me rends curieuse.

JEANNE.

Nous parlons quelquefois, durant les soirs d'hiver,
De l'illustre Abbaye au Péril de la Mer.

1. L'escabeau placé le plus à gauche reste inoccupé.

Sur le Mont Saint-Michel, là-bas, en Normandie,
Elle tient garnison très sûre et très hardie.
Dans le nord du royaume, après tant de malheurs,
Charles, notre Dauphin, n'a plus que Vaucouleurs
Pour garder le morceau de la France où nous sommes,
Et la grande Abbaye avec ses rudes hommes.
Là-bas comme chez nous, malgré les jours d'effroi,
On soutient vaillamment la cause du vrai roi.
La rage au cœur, ils ont tout fait, ceux d'Angleterre,
Pour s'emparer du Mont, ou par mer ou par terre.
Les chevaliers normands, en fidèles vassaux,
Tiennent bon; et l'Anglais donne assauts sur assauts
Avec la tour de bois, les pierres ou l'échelle...

(Entrées par le fond, à gauche, Colette, et, derrière elle, Bonne
et Michelle, se sont approchées sans bruit. Mengette aperçoit tout à coup
Colette. Celle-ci tient une quenouille dans son bras gauche et le fuseau
dans sa main droite, comme si elle venait de filer tout en marchant.
Bonne tient à la main une baguette non écorcée.)

SCENE II

JEANNE, HAUVIETTE, MENGETTE, COLETTE, BONNE,
MICHELLE.

MENGETTE, surprise.

Tiens! Colette.

COLETTE.

Bonjour.

HAUVIETTE, se retournant.

Bonjour, Bonne et Michelle.

COLETTE, à Jeanne.

Une histoire?

JEANNE.

Oui, Colette; une vraie.

MICHELLE.

Ah! tant mieux!

Je vais, pour bien entendre, ouvrir tout grands mes yeux.

(Le cercle s'élargit. Colette, ayant passé derrière les trois fillettes,
s'installe sur le banc, au pied du Hêtre. Michelle s'assoit auprès
d'Hauviette, sur l'escabeau resté libre; Bonne, au bord de la fontaine.)

JEANNE, avec entrain.

Or donc un pèlerin, venu de l'Abbaye,
Dit que l'armée anglaise, un jour, fut assaillie
Par ceux du fort, prenant l'offensive à leur tour.
Ils vous firent flamber joyeusement la tour
Que les Goddem avaient à grand'peine construite,
Culbutèrent les gens, les mirent tous en fuite
Et prirent leur maudit capitaine, — un certain
Burditt ou bien Burdett, bailli du Cotentin.

COLETTE, avec joie.

Ah ! c'est bien, ça !

MICHELLE.

Vivat !

BONNE, à Michelle.

Hein ! cela vous soulage.

MENGETTE, à Jeanne.

Ce pèlerin a donc traversé le village ?

JEANNE.

Il a pris avec nous le repas de midi.
C'est un homme au teint brun, robuste et dégourdi ;

(Sur un ton de sérieuse confidence :)

Peut-être un messager du noble Dauphin Charles...

(Silence et hochements de têtes. Jeanne reprend plus vivement :)

Mais je n'ai pas fini.

MICHELLE.

Dis-moi, Jeanne. Tu parles
Du Dauphin, et pourtant, comme son père est mort,
Le prince est devenu roi lui-même. Ai-je tort ?

JEANNE.

En France il est seigneur, pour toute âme loyale ;
Mais ce qui fait un roi, c'est l'onction royale.
Elle se donne à Reims ; et Charles, par malheur,
Jusqu'à présent n'a pu la recevoir...

(Elle achève tristement. Une courte pause.)

MENGETTE, avec curiosité.

Dis-leur,
Jeannette, ce que c'est.

COLETTE, railleuse.

Tu le sais, toi ?

HAUVIETTE, d'une voix douce.

Silence...

JEANNE.

Lorsqu'il fallut sacrer le premier roi de France,
Un ange apporta l'huile, et, dit-on, la laissa
Dans l'église de Reims.

MICHELLE, hochant la tête.

Voilà longtemps de ça.

HAUVIETTE.

Des siècles!...

COLETTE, à Jeanne.

Mais dans quoi l'huile se trouve-t-elle?

JEANNE.

Dans une fiole d'or; et sa puissance est telle
Que les rois consacrés en reçoivent un don :
C'est de guérir certains malades.

MICHELLE, faisant effort pour se rappeler.

Quel fut donc

Le premier roi?

(Une pause bien marquée.)

MENGETTE, très vivement.

Pépin !

(Elle consulte Jeanne du regard. Jeanne, en souriant, fait signe que
non. Nouvelle pause.)

COLETTE, très vivement.

Hugues.

(Même jeu de scène. Encore une pause.)

MENGETTE, joyeusement.

Clovis !

(Elle regarde Jeanne.)

JEANNE.

Lui-même.

Il reçut l'huile sainte après le saint baptême.

MENGETTE, charmée par une vision de splendeur.

Vêtu d'un manteau bleu semé de fleurs de lis...

MICHELLE, à Jeanne.

Et l'évêque de Reims, au temps du roi Clovis?

JEANNE.

Vous savez bien son nom sans que je vous le dise,
Puisque c'est le patron de notre vieille église.

COLETTE.

Saint Rémi ?

JEANNE.

Justement. Mais écoutez la fin
De mes nouvelles.

MICHELLE.

Va.

JEANNE, avec un enthousiasme croissant.

Pour notre cher Dauphin
Les Normands avaient eu l'avantage sur terre.
Ces orgueilleux d'Anglais, qu'ils forçaient à se taire,
Ont voulu prendre, alors, leur revanche sur l'eau.
Tout à coup des marins, venus de Saint-Malo
Pour défendre le Mont qui n'avait point de flotte,
Relèvent le défi. Nef, barge ou galiote,
Je me perds dans les noms de ces bateaux, que lui,
Le pèlerin, connaît ; mais les Anglais ont fui,
Ça, je le sais, devant les marins de Bretagne.
Sur la terre et sur l'eau c'est la France qui gagne !

(Ce dernier vers a été lancé comme un cri de victoire. A ce moment,
Isabeau, Aveline, Alison, entrent par le fond, à droite, et s'approchent
sans bruit. Alison tient à la main une assez grande corbeille à anse ;
Isabeau, un petit panier. Elles les déposent au pied du Hêtre, puis elles
écoutent sans être vues. Le dialogue continue sans aucune interruption.)

SCÈNE III

JEANNE, HAUVIETTE, MENGETTE, COLETTE, BONNE,
MICHELLE, ISABEAU, AVELINE, ALISON.

HAUVIETTE, à Jeanne.

Bien sûr que les Anglais en pleurent à Paris.

COLETTE.

A-t-on pris leurs bateaux, Jeannette ?

JEANNE.

Tout fut pris,
Galiotes et nefs ! tout, hormis une barge
Qui gagna de vitesse et disparut au large.

BONNE.

Tu nous parles de ça, toi, comme un vrai marin.

JEANNE.

Ah! j'ai bien écouté le brave pèlerin!
Il a dû plusieurs fois conter toute l'histoire.

(Elle se lève.)

Mais nous, crions bien fort : Victoire!

(Toutes celles qui sont assises se dressent vivement.)

Allez :

TOUTES ENSEMBLE, avec force.

Victoire!

(Isabeau, Alison et Aveline ont crié comme les autres, qui se retournent avec surprise.)

ISABEAU, à Jeanne.

C'est le bonheur, dis-moi, qui t'a changée ainsi?
Je ne reconnais plus Jeannette.

JEANNE, très animée.

Ah! vous voici?

Le bétail est rentré, France est victorieuse :
Amusons-nous!

ALISON.

J'en suis.

AVELINE, à Jeanne.

Toi, toujours sérieuse,
Tu ne voudrais pas faire une course avec nous,
Jeanne...

JEANNE.

Avec vous trois?

AVELINE.

Oui.

(Jeanne semble hésiter; toutes la regardent.)

HAUVIETTE, bas, à Michelle.

Vois donc ses yeux si doux,

Comme ils brillent!

JEANNE, brusquement.

Partons.

(Les autres se regardent avec surprise.)

MENGETTE, à Jeanne, avec inquiétude.

Tu vas perdre...

JEANNE, très animée.

Peut-être.

AVELINE.

On va jusqu'à la croix et l'on revient au Hêtre.

JEANNE.

Toi, donne le signal, Hauviette.

HAUVIETTE.

Je veux bien.

(Hauviette, Jeanne, Isabeau, Aveline, Alison, sortent vivement à gauche. Mengette et Michelle enlèvent les sièges rustiques et les placent au fond. Colette pose sa quenouille et son fuseau sur le banc de pierre placé au pied du Hêtre. Bonne explore les groseillers. Court silence.)

SCÈNE IV

MENGETTE, BONNE, COLETTE, MICHELLE,
puis HAUVIETTE.

MENGETTE, revenue sur le devant de la scène.

Jeanne qui va courir ! Je n'y comprends plus rien.

(Colette est allée prendre une des deux couronnes apportées par Jeanne; Michelle a pris l'autre.)

BONNE

Ces fameux groseillers m'ont tout l'air d'une attrape.
Chaque fois que je viens, pas l'ombre d'une grappe.

COLETTE, regardant la couronne qu'elle tient.

Bouton d'or, fleur de pois, genêt, coquelicot...

MENGETTE.

Jeanne a cueilli ces fleurs; c'est pour jouer tantôt.

MICHELLE, regardant l'autre couronne.

Pâquerette, bleuet, liseron, giroflée...

(Colette et Michelle remettent les couronnes en place; Bonne s'assied sur le bord de la fontaine. Hauviette reparaît au fond de la scène; elle entre à reculons et reste tournée vers la gauche, surveillant les péripéties de la course.)

MENGETTE.

Tout à l'heure, j'ai dit comme une écervelée :
« Jeannette, est-ce que c'est pour le Hêtre? »

(Avec chagrin :)

                                        Vraiment,
Je ne suis pas maligne.

                    MICHELLE.
                    Ah ! pourquoi ? C'est charmant,
Ces guirlandes.
        (Elle montre les fleurs suspendues aux branches du Hêtre.)
                    MENGETTE.
              Oui, mais... pense : l'arbre des Fées !
Chaque soir, paraît-il, après s'être coiffées
Des chapelets de fleurs suspendus aux rameaux,
Elles dansent en rond. Si l'on dit certains mots,
On peut les voir.

                    COLETTE.
              Eh bien ! elles sont très mignonnes.
                    MENGETTE.
Mignonnes si tu veux ; mais, quant à des couronnes,
Jeannette n'en fait point pour les Dames des bois.
Non : jamais. Je l'ai vue en tresser bien des fois
Pour sainte Catherine et sainte Marguerite ;
Mais...
              HAUVIETTE, toujours au fond.
        Je les vois venir.
                    BONNE.
                    Elles ont du mérite,
Hein, par cette chaleur, de galoper si loin ?
                    MENGETTE.
Moi, j'en veux à Jeannette. Avait-elle besoin
D'aller se faire battre à la course ?
                    HAUVIETTE.
                              Ma chère,
Elle gagnera.
                    COLETTE, surprise.
        Qui ? Jeanne ?
                    HAUVIETTE.
                    Elle est si légère.
Elle bondit parmi les prés si lestement,
Qu'elle sera rendue ici dans un moment.
                    COLETTE.
Jeanne ?

HAUVIETTE.

Venez voir.

(Colette, Michelle, Mengette, se rendent auprès d'Hauviette. Mengette, la plus petite, étant derrière les autres, fait de grands efforts pour voir. Bonne reste assise.)

COLETTE, avec stupeur.

Ah !...

MICHELLE.

Mais c'est une hirondelle!

HAUVIETTE.

Les autres, qui d'abord couraient à côté d'elle,
Suivent de loin.

MICHELLE.

Elle est toute seule en avant...

(Toutes parlent en regardant le lieu supposé de la course. Mengette, s'étant fait une place entre les autres, aperçoit Jeanne.)

MENGETTE, très vivement.

Je la vois, je la vois, qui vient comme le vent!

HAUVIETTE.

Aveline allait bien, mais elle semble lasse.

COLETTE, s'efforçant de bien voir.

Qui s'arrête?

MICHELLE.

Alison.

BONNE, sans se déranger.

Alison est trop grasse.

COLETTE.

Tiens! Mabeau dépasse Aveline.

MICHELLE, très surexcitée.

Oh! voyez!

MENGETTE, de toutes ses forces.

Hardi, Jeanne! hardi!

COLETTE.

Quel tourbillon de pieds!

HAUVIETTE.

Jeanne est toujours en tête, au bord de la prairie.

MICHELLE.

Elle gagnera.

COLETTE.

Sûr.

MENGETTE, avec élan.

O Jeannette chérie !

MICHELLE.

Hein, comme elle a franchi d'un bond le ruisselet !

MENGETTE.

La voici !

HAUVIETTE.

Tire-toi, Mengette, s'il te plaît,
Pour qu'elle aille toucher le Hêtre.

(Elles s'écartent de droite et de gauche, pour dégager l'entrée ; Bonne se lève en sursaut. Tout à coup, Jeanne passe entre les deux groupes, en courant. Au moment de son entrée, elle est saluée par l'acclamation des cinq fillettes.)

HAUVIETTE, MENGETTE, COLETTE, BONNE, MICHELLE.

Vive Jeanne !

(Jeanne traverse la scène en diagonale, depuis le fond à gauche jusqu'au Hêtre. Elle touche l'arbre avec sa main droite, puis se laisse tomber sur le banc qui est au pied du Hêtre. Mengette, toute joyeuse, s'avance vers elle.)

SCÈNE V

JEANNE, HAUVIETTE, MENGETTE, COLETTE, BONNE,
MICHELLE, ensuite ISABEAU et AVELINE.

MENGETTE, à Jeanne.

Première !

BONNE.

On ne pourra pas dire qu'elle flâne
En faisant une course.

(Hauviette, Mengette, Colette, Michelle, s'empressent autour de Jeanne. Hauviette s'est assise à sa droite, sur le banc, Jeanne étant presque au bord de la scène, Hauviette un peu plus loin, par suite de la position oblique du siège. Mengette est au bord de la scène, agenouillée aux pieds de son amie. Colette et Michelle sont debout derrière Hauviette, qui tient dans ses mains celles de Jeanne. Bonne se rassoit au bord de la fontaine.)

HAUVIETTE, tendrement.

Amie...

MENGETTE.

A-t-elle chaud !

Ce n'est pas raisonnable.

(Elle se hausse pour essuyer le visage de Jeanne avec son mouchoir.

MICHELLE, se penchant vers Jeanne.

Eh ! Jeanne, dis un mot.

COLETTE, de même.

Parle-nous.

HAUVIETTE.

Elle est hors d'haleine.

JEANNE, se levant tout à coup.

Tu veux rire !

Je recommencerais.

(Hauviette et Mengette se lèvent ; Jeanne vient au centre de la scène.,

MENGETTE.

Jeannette, je t'admire.

Les autres se croyaient si lestes !

COLETTE, joyeuse.

Mes enfants,

On va les taquiner.

JEANNE, gaîment.

Ça, je vous le défends.

MENGETTE, avec une moue affligée.

Quel dommage !

(Isabeau entre à ce moment, par la gauche.)

MICHELLE, l'apercevant.

Isabeau, tu n'es pas en avance.

COLETTE, à Isabeau.

Tu t'es grattée en route ?

JEANNE, gaîment.

Eh bien ! et ma défense ?

(Aveline entre par la gauche.)

ISABEAU, plus émerveillée que dépitée.

On ne peut pas lutter avec Jeanne.

AVELINE, de même.

C'est clair :

Tandis que nous courons, elle vole dans l'air !

(Tous les personnages, debout, forment un demi-cercle cintré en arrière, allant du vieux Hêtre aux frênes placés à gauche.)

MICHELLE.

Bref, vous n'en pouvez plus?

AVELINE.

Mais si.

COLETTE.

Vous criez grâce?

ISABEAU.

Jeanne a gagné, c'est vrai; mais je suis si peu lasse
Que je propose un jeu tout de suite.

MENGETTE.

Quel jeu?

ISABEAU.

Le Comte et le Château.

HAUVIETTE.

Bien; mais respire un peu.

ISABEAU, résolument.

Pas du tout.

BONNE, railleuse.

Elle veut faire oublier la course.

ISABEAU, désignant la partie gauche de la scène.

Le Château par ici, du côté de la source.
Qui sait très bien le jeu?

MICHELLE.

Moi.

ISABEAU.

Sois le vieux Château.

MENGETTE.

Puis-je faire la reine?

ISABEAU.

Oui.

(Mengette prend le capuchon de laine qui est sur le banc.)

MENGETTE.

Voici mon manteau.

(Elle passe à gauche, derrière Isabeau, tout en arrangeant le capuchon autour de sa ceinture, de façon qu'il tombe sur ses talons comme
la traîne d'un manteau royal. Le dialogue n'est pas interrompu.)

AVELINE, avec majesté.

Moi, je serai le roi.

(Michelle a pris les deux couronnes de fleurs apportées par Jeanne;
elle donne à Aveline, qui la met sur sa tête, celle qui a des fleurs
jaunes et rouges.)

MICHELLE, à Aveline.

Tiens, Sire, ta couronne.

(A Mengette :)

Voici la tienne.

(Elle pose l'autre couronne sur la tête de Mengette, toujours occupée de sa traîne.)

ISABEAU.

Et toi, quel est ton rôle, Bonne?

BONNE.

Si ça ne vous fait rien, je serai le Bourreau.
C'est pour ne pas chanter.

ISABEAU.

Soit.

BONNE, passant sa baguette dans sa ceinture.

Mettons au fourreau

Notre grand coutelas.

ISABEAU, à Colette.

Toi, je te change en pierre.

(Tandis que Colette fait la moue, étant peu satisfaite de son rôle, Isabeau dit à Jeanne et à Hauviette :)

Vous aussi.

(Colette, Jeanne et Hauviette passent à gauche. Isabeau recule vers la droite devenue libre, et dit :)

Mettez-vous en place.

(Tout à gauche, au bord de la scène et face au public, se place Aveline [le Roi], puis, placée à un pas vers la droite, Mengette [la Reine], Michelle [le Château] est au centre de la scène, regardant le Hêtre. Les Pierres sont devant elle et tournées vers la même direction : Colette à sa droite, Jeanne et Hauviette à sa gauche. Bonne [le Bourreau] se trouve à ce moment devant Michelle. Isabeau s'en aperçoit.)

En arrière,

Le Bourreau!

(Bonne se place derrière Michelle, à côté de Mengette, face au public. Isabeau reprend :)

Moi, je suis le Comte. Tout est prêt?

(Elle se retire derrière le Hêtre, puis elle reparaît, se donnant l'allure d'un cavalier qui va au petit pas.)

Sur mon blanc destrier je sors de la forêt,
Écoutant les chansons du merle et de la grive...

MICHELLE.

Alison n'est pas là.

ISABEAU.

Tant pis.

(Hauviette, se retournant, jette un coup d'œil vers l'entrée de gauche et aperçoit Alison qui entre à ce moment.)

HAUVIETTE.

Tiens, elle arrive...

SCÈNE VI

Les mêmes, ALISON.

ISABEAU.

Dépêche-toi, lambine, et viens te mettre ici.

(Isabeau montre à Alison la place qu'elle doit occuper à la gauche de Colette.)

ALISON.

Pourquoi donc?

ISABEAU.

Tu seras une pierre.

ALISON.

Merci.

(Alison se place comme il a été dit. Courte fanfare en guise de prélude. Isabeau recule jusqu'au Hêtre; puis elle s'avance et chante un couplet [1].)

ISABEAU, d'un ton ferme.

Derrière tes murailles,
Vieux Château, tu me railles,
Qui gardes-tu, faisant le guet,
Fleur de lis, fleur de muguet?

MICHELLE, l'air agressif.

S'il faut qu'on te l'apprenne,
C'est le Roi, c'est la Reine;
Le Roi de France est prisonnier,

MICHELLE ET LES QUATRE PIERRES.

Fleur de lis, fleur de prunier!

(Dès que Michelle a commencé de chanter, les Pierres se sont croisé les bras d'un air menaçant. En s'entendant nommer au second vers, le Roi, puis la Reine, se couvrent brusquement le visage avec leurs mains. Au troisième vers, toujours dans la même position, ils expriment un violent désespoir, c'est-à-dire qu'ils se tortillent comme des anguilles.)

1. Tout sera chanté jusqu'à ces mots dits par Isabeau : *Ou plutôt, non,* en passe

ISABEAU, d'un ton insinuant.

Château plein de merveilles,
Laisse-moi, toi qui veilles,
Leur faire un signe de la main,
Fleur de lis, fleur de jasmin !

(Pendant les deux derniers vers, Isabeau se penche à droite et à
gauche, comme pour apercevoir le Roi et la Reine par l'interstice des
Pierres. Aveline et Mengette, tournées de son côté, font les mêmes
mouvements ; elles se remettent vivement en place, lorsque Michelle
reprend la parole.)

MICHELLE, rudement.

Trop haute est la muraille ;
Tu l'as dit, je te raille,
Et près de moi j'ai mon Bourreau,

MICHELLE ET LES QUATRE PIERRES.

Fleur de lis, fleur de sureau !

(Dès que Michelle a entonné ce couplet, les Pierres, décroisant leurs
bras, se sont mis les poings sur les hanches. Au deuxième vers, elles
se penchent en avant, et, bien ensemble, font un pied de nez au comte
avec les deux mains, puis reprennent l'attitude qu'elles avaient. Au
troisième vers, le Bourreau met la main droite sur le manche de son
coutelas et jette un sombre regard sur la Reine et le Roi. Ceux-ci
tournent la tête de son côté, très lentement, avec terreur, puis, l'ayant
aperçu, se retournent très brusquement de l'autre côté. Les trois personnages se remettent face au spectateur.)

ISABEAU, résolument.

La Pierre la plus haute,
Je la prends et je l'ôte,
Pour voir un peu ce qu'il en est,
Fleur de lis, fleur de genêt !

(En chantant le premier vers, Isabeau est allée trouver Hauviette ;
puis elle l'a saisie par les deux bras, l'a écartée de sa place et a jeté
un regard curieux dans l'intérieur du Château. Le Roi et la Reine, se
tournant de son côté, lui font des signes désespérés en agitant un mouchoir ou une écharpe. Dès qu'elle a fini de chanter, Isabeau entraîne
Hauviette, qui va tomber assise dans la partie droite de la scène.)

MICHELLE, fièrement.

Beau Comte, que m'importe ?
J'ai ma tour, j'ai ma porte ;
Je vois briller le coutelas,

MICHELLE ET LES TROIS PIERRES.

Fleur de lis, fleur de lilas !

(Dès le début du couplet, les Pierres se sont croisé les bras ; au
second vers, elles se penchent en avant bien ensemble, et tirent la
langue au Comte. En même temps, le Bourreau prend son coutelas à sa
ceinture et le brandit, terrible, en regardant la Reine et le Roi. Ceux-ci,

les mains jointes, les coudes serrés au corps, tournent la tête à gauche en regardant le Bourreau avec une indicible épouvante. On voit trembler tout leur corps.)

ISABEAU.

Je prends une autre Pierre...

(En chantant, elle s'est avancée vers Colette. Puis, soudain, elle s'arrête de chanter et continue en parlant :)

Ou plutôt, non : j'en passe.
Les six couplets suivants, je vous en ferai grâce.
J'ôte une Pierre...

(Elle saisit Colette, qui lève le nez en l'air, comme à cent lieues de ce qui se passe, tout en offrant le plus de résistance qu'elle peut. Alors Isabeau, très vivement :)

Allons, ne prends pas ton air sot.

COLETTE, de mauvaise humeur.

Dis donc, toi !

ISABEAU.

File !

(Elle la prend à deux bras et l'envoie dans la partie droite de la scène. Colette reprend sa quenouille, s'assecit au pied du Hêtre et affecte de filer en se désintéressant du jeu. Isabeau envoie ensuite dans la partie droite de la scène Alison, puis Jeanne, en disant :)

Une autre... une autre...

(Elle recule d'un pas :)

Et puis : l'assaut !

(Michelle [le Château] donne la main à Bonne [le Bourreau] pour empêcher Isabeau de passer. Bonne élève sa main droite armée du coutelas. Isabeau se couvre de son bras gauche comme d'un bouclier ; elle brandit de la main droite une épée imaginaire. Le Roi et la Reine suivent toutes les péripéties du combat ; ils tendent les bras comme pour rejoindre le Comte.

On joue deux fois la mélodie, dans un mouvement plus vif que lorsqu'elle est chantée. La première fois, après diverses tentatives pour passer à la droite de Bonne ou à la gauche de Michelle, Isabeau est repoussée jusqu'au Hêtre. On reprend les positions. La seconde fois, Isabeau finit par séparer les mains unies de Bonne et de Michelle, passe entre les deux et va trouver Aveline et Mengette, qui se précipitent dans ses bras. Une courte fanfare retentit pendant qu'elles se tiennent embrassées et que Bonne et Michelle, en se menaçant du poing, semblent s'accuser l'une l'autre du désastre. A la fin, le Bourreau jette à terre son coutelas [1], et s'éloigne désespéré.)

ISABEAU, joyeusement.

Je tiens la longue traîne
De Madame la Reine ;
Et notre Sire, il me le faut,

—————

1. C'est-à-dire sa baguette.

ISABEAU, MENOETTE, AVELINE.
Fleur de lis, fleur de pavot.

(Isabeau, placée entre le Roi et la Reine, a saisi dans sa main gauche la traîne de Mengette; au troisième vers, elle frappe de sa main droite sur l'épaule d'Aveline. Michelle paraît accablée de honte et de douleur.)

MICHELLE.
Hélas! Dieu me pardonne!
Le Bourreau m'abandonne,
Et je m'écroule tout entier,
Fleur de lis, fleur d'églantier.

(Michelle tombe par terre à la fin du couplet, et reste sans mouvement.)

ISABEAU, au public.
Voici le Roi, la Reine,
Mon parrain, ma marraine;
Le Roi de France est délivré,

ISABEAU, MENOETTE, AVELINE.
Fleur de lande et fleur de pré!

(On entend de nouveau la fanfare; Isabeau tient la traîne de Mengette, Aveline la robe d'Isabeau, et toutes les trois, marquant le pas, font le tour de Michelle étendue à terre. Elles s'arrêtent quand la fanfare est achevée.

Colette, sur le banc au pied du Hêtre, a cessé de filer. Hauviette, Jeanne, Alison et Bonne sont assises ou debout dans la partie droite de la scène. Michelle, qui vient de se relever, Isabeau, Mengette, Aveline, sont debout dans la partie gauche.)

COLETTE, s'étirant comme si elle s'éveillait.
C'est joli, mais c'est long. Je me suis endormie...
(Elle fait semblant de chercher :)
Vers le second couplet.

ISABEAU.
Eh! Colette, ma mie,
Cela t'humiliait d'être une pierre.

JEANNE, s'interposant.
Allons,
Ne vous querellez pas.

COLETTE.
Si nous nous querellons,
C'est notre affaire.

JEANNE, avec résignation.
Bien.

COLETTE, à Isabeau.

Toi, tu m'as bousculée.
Quand nous nous reverrons, seules, dans la vallée...

(Elle s'arrête, menaçante.)

ISABEAU, détachant les syllabes.

Tu me dévoreras?

COLETTE, sèchement.

Suffit.

ISABEAU, feignant la terreur.

Au loup! au loup!

HAUVIETTE, s'approchant.

Ne l'agace donc pas.

ISABEAU.

Moi? je l'aime beaucoup.

HAUVIETTE.

Tout en la picotant.

ISABEAU.

Ça lui plaît. Je t'assure
Que, si tu lui servais de l'oseille bien sûre,
Elle en pourlécherait son cher petit museau.

(Colette se lève, brandissant le fuseau qu'elle a dans sa main droite.)

COLETTE.

Je m'en vais te bailler un bon coup de fuseau!

(Toutes se lèvent.)

JEANNE, affectueusement.

Voyons, toutes les deux, ne soyez pas mauvaises.

(A Isabeau :)

Toi surtout.

ISABEAU.

Moi?

(Une pause.)

C'est vrai; j'ai tort.

(Elle va prendre son panier derrière le Hêtre et se place ensuite sur le banc à côté de Colette, qui s'est rassise. Colette occupe la partie du banc qui touche au bord de la scène.)

Voici des fraises
Qui sont tout mon goûter. Les veux-tu?

COLETTE, détachant les syllabes avec colère.

Je... n'en... veux...

(Jeanne s'est placée contre le Hêtre, derrière Isabeau. Elle met sa main sur la bouche de Colette.)

JEANNE, avec prière.

Si, Colette. Un baiser pour faire la paix.

ISABEAU, gentiment.

Deux.

(Elle embrasse Colette sur les deux joues [1], Colette se laisse faire.)

MICHELLE.

C'est fini tout de bon? Nous en sommes bien aises.

COLETTE, le doigt menaçant.

Ne recommence pas...

(Elle tend la main :)

et donne moi tes fraises.

(Isabeau respire le parfum de son panier, y jette un coup d'œil
attendri et le donne à Colette.)

COLETTE, rassérénée.

Va, nous les mangerons ensemble avec mon pain :
Ce sera bien meilleur.

ISABEAU, gaîment.

Prends garde : j'aurai faim !

(Les fillettes forment un demi-cercle, Isabeau et Colette, seules, étant
assises.)

JEANNE, sérieuse.

Le vieux château m'a fait songer à La Rochelle,
Où le Dauphin pensa mourir.

MICHELLE, étonnée.

Ah !

JEANNE.

Oui, Michelle :
Un jour, pendant un bal, le plancher s'écroula
Sous ses pieds. Voilà bien trois ans. Il était là,
Dansant avec sa cour, à ce que l'on raconte.
Beaucoup périrent; lui, fut sauvé.

MENGETTE, naïvement.

Par le Comte?

ISABEAU, railleuse.

Bien sûr : je l'ai reçu tout vivant dans mes bras !

MENGETTE, avec une moue enfantine.

Jeanne, elle rit de moi.

1. Deux vrais baisers, qui claquent bien.

JEANNE, souriant.

Tu lui pardonneras.

(Plus grave :)

Ce n'est pas de chansons que je parle à cette heure.
Dieu garde notre prince et ne veut pas qu'il meure;
Charles fut préservé par la grâce du Ciel.
Il en remercia hautement saint Michel
Et fit dire une messe en la noble abbaye.

COLETTE, à Isabeau.

Jeanne sait tout.

ISABEAU.

J'en suis, chaque jour, ébahie.

AVELINE, s'avançant[1].

Oui; mais, dans la chanson, le sauveur du bon Roi
Doit-il absolument être un comte?

ISABEAU.

Pourquoi?

AVELINE.

Ce pourrait aussi bien être une bergerette.

ALISON.

Bah! tu rêves.

AVELINE.

Voilà toujours comme on nous traite!

(Avec un dédain affecté :)

« Une fille? Allons donc! Cela n'est propre à rien... »

(Résolument :)

Il faut changer tout ça.

MICHELLE, gaîment.

Changeons.

BONNE, indifférente.

Moi, je veux bien.

ALISON.

Mais comment feras-tu?

AVELINE.

C'est bien simple : j'invente

Un autre jeu.

1. Les actrices ne doivent jamais se masquer les unes les autres.
Chacune doit être bien visible, surtout lorsqu'elle prend la parole.

COLETTE.

Lequel?

AVELINE.

Sans être une savante,

On sait que les Anglais ont un roi, n'est-ce pas?

Je suis ce roi.

(Elle ramasse à terre la baguette de Bonne et la tient comme une
épée. Elle a toujours sa couronne de fleurs.)

Voyez : je fais de larges pas;

J'ai mon épée et ma couronne.

(Elle se promène majestueusement, brandit son épée et, de la main
gauche, donne une claque sur sa couronne.)

COLETTE, pouffant de rire.

Ah! qu'elle est drôle!

AVELINE, à Colette.

Ne ris donc pas : tu vas jouer le plus beau rôle.

Debout! quenouille au poing!

(Colette pose le panier de fraises, se lève et prend sa quenouille dans
sa main droite.)

COLETTE.

Après?

AVELINE.

Attends un peu.

(Aux autres fillettes :)

Vous autres, mettez-vous sur un rang.

MENGETTE.

C'est le jeu?

(Toutes sont debout. Sans répondre à Mengette, Aveline les place
rapidement sur une ligne quelque peu cintrée en arrière, allant depuis
l'intervalle entre les deux massifs de sureaux jusqu'aux frênes qui
sont à gauche de la scène. Elles se trouvent rangées dans l'ordre
suivant à partir des sureaux : Mengette, Alison, Michelle, Isabeau,
Bonne, Hauviette, Jeanne, Colette. Aveline est seule en face de toutes
les autres.)

AVELINE.

Je rencontre en chemin des bergères de France.

Chacune à votre tour, faites la révérence.

MENGETTE, à Alison.

Saluer un Anglais?

ALISON.

Ma chère, c'est le Roi!

(Mengette avance d'un pas et fait la révérence devant Aveline.)

AVELINE, avec une emphase comique.

Je te ferai cadeau d'un fringant palefroi.

(Mongette rentre dans le rang. Alison s'avance.)

ALISON, faisant la révérence.

Sire, votre servante Alison vous salue.

AVELINE, lui pinçant la joue.

Que manges-tu, dis-moi, pour être si joufflue?

ALISON, faisant la révérence.

Mon père est menuisier.

AVELINE, toujours emphatique.

Bien; mais à quel propos...

ALISON, faisant la révérence.

Tous les soirs, nous mangeons de la soupe aux copeaux.

AVELINE.

Je te cède ma part. Adieu.

(Alison rentre dans le rang; Michelle s'avance à son tour et fait une révérence devant Aveline, qui lui dit :)

Voici ma bague,

Jeune bergère au nez pointu comme une dague.

(Michelle reçoit la bague imaginaire et fait mine de la mettre à son doigt.)

MICHELLE, faisant la révérence.

Le roi m'épousera?

AVELINE.

Pour ça, n'y compte point;

Mais si mes ortolans, ce soir, sont cuits à point,

Je te fiancerai -- voilà qui va te plaire! --

(Elle prend le menton de Michelle et finit gracieusement :)

Avec un marmiton.

MICHELLE, donnant un coup brusque sur le bras d'Aveline.

Va te faire lanlaire!

AVELINE, toujours solennelle.

Or çà, respecte-moi.

MICHELLE, très excitée.

Respecter un Anglais?

Je te défie avec tes cinquante valets.

AVELINE, de sa voix ordinaire.

Bécasse, tais-toi donc.

MICHELLE.

Je ne veux pas me taire.

AVELINE, très vivement.

Mais tu brouilles le jeu! J'arrive d'Angleterre;
On a peur; on me fait d'abord de grands saluts;
Puis une d'entre vous, à la fin, n'y tient plus,
Me provoque en champ clos, me bat, me met en fuite...

MICHELLE.

C'est ce que j'allais faire.

AVELINE.

Oui, mais pas tout de suite!

MICHELLE.

Pourquoi?

AVELINE.

Pour que le jeu dure un peu plus longtemps.

COLETTE.

C'est moi, d'ailleurs, qui dois frapper le roi. J'attends
Patiemment mon tour.

MICHELLE, à Aveline.

Eh bien, saute-s-en quatre!
Ça nous fait mal de voir un Anglais sans le battre.

AVELINE.

Soit : j'arrive à la fin.
(Elle laisse de côté Isabeau, Renne, Hauviette et Jeanne, et va se
placer en face de Colette, qu'elle examine en fronçant le sourcil. Elle
reprend d'un ton emphatique :)

Que vois-je? Un nez en l'air?
Ceci me déplaît fort.

(Elle s'approche de Colette.)

Si vous avez du flair,
Vous qui humez la brise avec tant de délices,
Vous aurez deviné, petit sac à malices,
Que je ne vous ferai pas même un compliment.

COLETTE, se redressant.

Pourquoi donc?

AVELINE.

Votre nez me déplaît.

COLETTE, avec une héroïque fierté.

Ah! vraiment?

Prends ton épée, Anglais : moi, j'ai ma quenouillette,
Pour te vaincre, c'est bien assez d'une fillette!

(Brandissant l'une sa baguette, l'autre sa quenouille, elles frappent du pied et font mine de se battre.)

JEANNE, s'avançant.

Non, non, pas de bataille!

MENOETTE, de même.

Assez!

HAUVIETTE, de même.

Nous devinons
Que le roi d'Angleterre et tous ses compagnons
Vont être fricassés de la belle manière.

COLETTE, avec enthousiasme.

Oh! moi, si je pouvais porter une bannière,
Je me battrais toujours.

AVELINE.

Que pensez-vous du jeu?

ISABEAU.

Très joli.

AVELINE.

Qu'en dis-tu, Jeannette?

JEANNE, sérieuse et douce.

Le bon Dieu
M'a fait une paisible humeur, chère Aveline.
J'aime à voir mon troupeau brouter sur la colline;
Le sang me fait horreur. Pourtant, à certains jours,
Songeant que le pays porte des maux si lourds,
La terreur des Anglais, la misère, la honte,
Je pleure d'être fille et non pas un fier comte,
Pour sauter à cheval, pour courir au danger...

(Elle s'est exaltée en disant les derniers vers; puis, après une pause tristement :)

Mais nos rêves d'enfants chassent-ils l'étranger?

AVELINE, affligée.

Allons, te voilà triste.

JEANNE, avec une émotion croissante.

Excuse-moi. Je pense
A ce que le Dauphin doit souffrir en silence :
L'Anglais maître à Paris, maître de tout, barrant
La route jusqu'à Reims...

HAUVIETTE, gravement.
                    Oui, son malheur est grand.

JEANNE, avec une profonde émotion.

Le jeu me plaisait bien; j'en riais tout à l'heure;
Puis il m'a fait penser à la France qui pleure...

(Elle baisse la tête et reste immobile, absorbée dans sa pensée.)

COLETTE.

Elle a raison.

AVELINE.

    C'est vrai.

MENGETTE, sérieuse.

                Jeanne a toujours raison.

ALISON.

Trouvons un autre jeu.

ISABEAU.

            Bien dit, chère Alison.
Nous laisserons en paix la France et l'Angleterre;
Mais ce n'est pas un jour où je puisse me taire,
Grave comme un baron couché sur son tombeau.
C'est fête, n'est-ce pas?

JEANNE.

            Oui, gentille Isabeau,
C'est fête; et je veux bien qu'on rie et qu'on s'amuse!

MICHELLE.

Tiens, si nous imitions, toutes, la cornemuse
Que l'on entend, le soir, au château de Sorcy,
Quand la garde écossaise y danse?

BONNE.

                        Grand merci!
Les vaches beugleraient tout le long de la Meuse.

ALISON.

Une idée!

COLETTE.

        Une idée? et laquelle?

ALISON.

                    Fameuse!

(Elle va prendre sa corbeille au pied du Hêtre.)

J'ai là tout ce qu'il faut — même le picotin —

(Elle tire du panier un gâteau.)

Pour jouer à Notre Âne.

MENGETTE.

Ah! oui, l'Âne Martin.

BONNE, toujours calme.

Ce qui manque le moins, ici, c'est la bourrique.

ALISON.

Parfait : ce sera toi, Bonne.

AVELINE, brandissant sa baguette.

Gare la trique!

(Bonne désigne du doigt le gâteau qu'Alison a remis dans la corbeille.)

BONNE.

Si, pour mon picotin, j'ai ce gâteau doré,
Faire l'âne me va.

ALISON.

Je te le donnerai.

MICHELLE.

Qui le présentera?

BONNE, défiante.

Mais sans y mordre!

MENGETTE, ISADEAU, COLETTE, AVELINE.

Jeanne.

JEANNE, dans une pensée aimable.

Non : Mengette, plutôt.

ALISON.

C'est dit.

(Elle prend dans la corbeille un bonnet d'âne et en coiffe Bonne.)

Voilà notre âne!

(Pendant les dernières paroles d'Alison, Aveline est allée prendre un escabeau; elle le transporte jusqu'au milieu de la scène. Bonne, coiffée de ses oreilles d'âne, s'agenouille derrière cet escabeau en y appuyant ses deux bras. Elle est face au public. Alison remet la corbeille à Mengette.)

Prends la corbeille avec les trois choses dedans.

(Mengette passe la corbeille à son bras gauche et, de la main droite, caresse le museau de Bonne.)

MENGETTE.

Oh! le joli baudet!

(Bonne fait mine de la mordre.)

Hé! pas de coups de dents!

(Toutes prennent leurs places : à gauche, formant un arc de cercle, Jeanne, Hauviette, Alison, et, tout près de l'Ane, Mengette; à droite, formant un arc de cercle, Aveline, Isabeau, Michelle et Colette. L'Ane est bien visible entre les deux groupes. On joue une courte introduction.)

LE CHŒUR [1].

Notre Ane a bien mal à la tête!

(Bonne porte la main à son front et semble tout accablée.)

MENGETTE, au public.

Je lui donne un frais chapeau pour la veille de sa fête.

(Elle a retiré de la corbeille un petit chapeau de paille, pourvu de deux ouvertures qui permettent de l'adapter à la tête d'Ane, les oreilles sortant tout entières. Après avoir chanté, face au public, Mengette ajuste le chapeau sur la tête de Bonne. Puis elle reprend sa place à côté d'Alison et chante le refrain avec les autres. Il en sera de même à chaque couplet.)

LE GROUPE DE GAUCHE.

Oh! la mignonne bête!

LE GROUPE DE DROITE.

Aimable, douce, honnête!

LE GROUPE DE GAUCHE.

Pour les quatre pieds de Martin,
Faliradondé,
Moi, j'ai commandé
Des souliers de joli satin.

(Pendant que le groupe de gauche chante les quatre vers du refrain, les fillettes de droite, les mains sur les hanches, marquent le rythme avec leurs pieds en dansant sur place [2]. Aussitôt après, toutes les fillettes, se tenant par la main, reprennent le refrain en chœur tout en formant, autour de l'Ane, une ronde très vive. Puis les deux groupes se reforment à leurs places respectives, tandis que l'on reprend l'introduction.)

LE CHŒUR.

Notre Ane a bien mal à la gorge!

(Bonne touche son cou et feint de ne pouvoir avaler.)

MENGETTE, au public.

Je lui donne un fin gâteau de froment, de miel et d'orge.

(Elle retire le gâteau de la corbeille et le met dans la bouche de Bonne, qui s'efforce de le manger sans y mettre les mains.)

1. Le chœur comprend toutes les fillettes, excepté Bonne.
2. Voici en quoi consiste cette danse : on frappe alternativement du pied gauche et du pied droit, assez vite pour marquer chaque note, noire, croche ou double croche. Il faut frapper avec force, lever assez haut le pied qui ne frappe pas et garder le corps immobile pendant que les pieds se démènent.

LE GROUPE DE GAUCHE.
Voyez comme il se gorge!

LE GROUPE DE DROITE.
Friand de miel et d'orge!

LE GROUPE DE GAUCHE.
Pour les quatre pieds de Martin,
      Faliradondé,
      Moi, j'ai commandé
Des souliers de joli satin.

(Même jeu qu'à la fin du premier couplet; les unes chantent, les autres dansent; puis reprise du refrain, ronde, et reprise de l'introduction.)

LE CHŒUR.
Notre Ane a bien mal aux oreilles!

(Bonne porte les mains à ses oreilles d'Ane et prend une mine affligée.)

MENGETTE, au public.
Je lui donne de bon cœur mes plus beaux pendants d'oreilles.

(Elle retire de sa corbeille des cerises formant bouquet de deux, trois ou quatre, et les suspend aux oreilles de Bonne; ensuite elle prend des fleurs rouges, qu'elle plante dans les cornets formés par les oreilles d'Ane.)

LE GROUPE DE GAUCHE.
Fruits rouges, fleurs vermeilles!

LE GROUPE DE DROITE.
Flambez à ses oreilles!

LE GROUPE DE GAUCHE.
Pour les quatre pieds de Martin,
      Faliradondé,
      Moi, j'ai commandé
Des souliers de joli satin.

(Même jeu qu'à la fin des autres couplets.)

COLETTE.
Ouf! il est fatigant tout de même, notre Ane.

(Elle reprend son panier de fraises sur le banc. Mengette rend à Alison son panier vide.)

BONNE, à Alison.
Puis-je garder mon casque?

ALISON.
Oui...

BONNE.
Ça donne l'air crâne.
(Elle s'asseoit sur l'escabeau.)

AVELINE.

J'ai les pieds tout brûlants.

MENGETTE.

Ah! c'est que vous tapiez!

ISABEAU.

Moi, comme quatre.

ALISON, railleuse.

Avec tes quatre petits pieds?

ISABEAU, sans se fâcher.

Mauvaise!

(Jeanne, toute pensive, s'asseoit sur le banc au pied du Hêtre. Hauviette est debout auprès d'elle.)

ALISON.

Là-dessus, je vais dans la prairie.
Maman viendra m'y voir.

HAUVIETTE.

Pour quelque gâterie?

ALISON.

Dame! aujourd'hui, c'est fête. Elle doit m'apporter
Un bon morceau de quiche à l'heure du goûter.

COLETTE.

Ah! tu me donnes faim.

(Alison sort à droite.)

Je n'aurai point de quiche,
Mais ça me plaît aussi de mordre à pleine miche,
Et ce gentil panier, je l'aime...

(Elle en respire le parfum.)

Qu'il sent bon!

JEANNE, toujours rêveuse.

Oui, rien ne fait plaisir comme un aimable don.

COLETTE, d'une voix douce.

C'est vrai. Chère Isabeau, viens.

ISABEAU.

Je te suis, Colette.

(Colette sort à droite. Isabeau, s'adressant aux autres :)

Elle est douce, à présent, comme une violette.

(Elle sort à droite.)

MENGETTE.

Jeanne, les suivons-nous?

JEANNE.

Oui, mais dans un instant.
La fraîcheur et l'ombrage, ici, me plaisent tant!

MICHELLE, à l'oreille d'Aveline [1].

Les ortolans du roi doivent être à la broche.

AVELINE.

Allons les y chercher, crainte d'une anicroche.

(Noblement, à Jeanne, Hauviette et Mengette:)

Bergerettes, salut!

(Les trois fillettes s'inclinent. Bonne s'est levée et s'apprête à suivre
Aveline et Michelle, qui sortent à gauche.)

MENGETTE.

Bonne, tu pars aussi?

BONNE, l'air très sérieux.

Oui; les chardons, là-bas, sont plus tendres qu'ici.

HAUVIETTE.

Tu ne te flattes pas.

BONNE.

C'est pour que tu me flattes.

MENGETTE.

Bon appétit, Martin!

BONNE.

Au revoir, mes trois chattes!

(Bonne sort à gauche. Mengette s'assied sur l'escabeau. Hauviette,
debout, est entre Mengette et Jeanne, toujours assise.)

SCÈNE VII

JEANNE, HAUVIETTE, MENGETTE.

MENGETTE.

Bonne est drôle. Elle a l'air de s'ennuyer : mais non;
Elle rit en dedans.

JEANNE, toujours absorbée.

Bonne... j'aime ce nom...

(Accords de musique douce et grave. Puis un court silence.)

MENGETTE, un peu troublée.

Mais vous ne dites rien?

1. Comme si elle lui faisait une grave confidence.

HAUVIETTE.

      Ça repose, et j'admire

La devise de Bar.

MENGETTE.

    C'est?

HAUVIETTE.

     Plus penser que dire.

MENGETTE.

Chère Hauviette, faut-il penser à tout moment?

JEANNE.

Pour moi, sans le vouloir, je pense tristement
Qu'ils ne sont pas finis, les malheurs de la guerre.
Je crains que notre joie, hélas! ne dure guère.

MENGETTE.

Pourquoi te chagriner en songeant à cela?

JEANNE, avec une émotion croissante.

Le mois dernier, dit-on, tel village brûla.
Ici, c'est le bétail communal qu'on emmène.
Des bandes de pillards vont rôdant par la plaine.
Le laboureur ne peut achever ses travaux;
Parfois, ayant caché, tout le jour, ses chevaux,
Il les mène sans bruit, le soir, au pâturage...

HAUVIETTE, timidement.

Tout cela prendra fin.

JEANNE, pleine de doute.

    Comment?

HAUVIETTE.

      Ayons courage.

JEANNE, changeant de ton.

Mais ce n'est pas bien gai, tout ce que je dis là.
Mengette, il faut jouer avec les autres. Va.

MENGETTE, tendrement.

Te laisser en chagrin? Tu me croirais mauvaise.

       (Elle s'est levée en parlant.)

JEANNE.

Non, mignonne; va rire, et j'en serai bien aise.

MENGETTE.

Tout de bon?

JEANNE.

Tout de bon.

MENGETTE.

Est-ce que vous viendrez,

Un peu plus tard, courir avec nous dans les prés?

JEANNE, affectueusement.

Oui, Mengette; bientôt.

MENGETTE.

Au revoir, grandes filles.

(Elle sort à gauche. Tandis qu'elle s'éloigne :)

HAUVIETTE.

C'est bien, dans le village, une des plus gentilles.

(Jeanne fait un signe d'assentiment. Quelques accords. Comme précédemment, les personnages ne parlent que lorsque la musique s'est tue [1].

SCÈNE VIII

JEANNE, HAUVIETTE.

JEANNE, comme se parlant à elle-même.

Victoire de la grande Abbaye... Oui; voilà

Ce qui me rend l'espoir.

HAUVIETTE.

L'archange batailla

Pour les nôtres.

JEANNE, se levant.

Tu crois? tu crois?

(Elle saisit le bras d'Hauviette, en parlant avec une ardeur fiévreuse.)

HAUVIETTE, troublée.

· Je le suppose.

JEANNE, laissant aller le bras d'Hauviette.

Au fond du cœur, vois-tu, je crois la même chose.

· Dieu, peut-être, a pitié de la France. Il faudrait...

(Après une hésitation :)

Tant d'autres, comme nous, l'implorent en secret!...

Il faudrait un miracle...

(Elle reste un moment immobile, la tête basse, comme accablée. Puis, avec une ardente supplication :)

1. Il en sera de même jusqu'à la fin, sauf à un passage où il sera · spécifié que la musique se mêle au parlé.

Ah! que Dieu nous entende!
La souffrance, par tout le royaume, est trop grande.

(Accords prolongés. Jeanne se laisse tomber sur le banc. Hauviette pose sa main gauche sur l'épaule de Jeanne et la regarde avec une affectueuse inquiétude.)

HAUVIETTE, très douce [1].

Viens, ne reste pas là si longtemps à rêver.
Amie, allons-nous-en.

JEANNE, sans répondre.

Dieu seul peut nous sauver.

(Quelques accords. Puis Jeanne se lève.)

JEANNE.

J'ai besoin de prier.

(Elle parle timidement, avec la crainte de peiner Hauviette. Elle a des larmes dans la voix.)

HAUVIETTE, avec inquiétude.

Jeannette...

JEANNE.

A tout à l'heure.

(Elle se retourne pour cacher ses larmes.)

HAUVIETTE.

Tu pleures, dis? Pourquoi?

(On entend la première phrase d'une mélodie qui sera chantée tout à l'heure : elle est jouée lentement, avec une extrême douceur. Jeanne essuie ses yeux et fait un effort pour se contenir. Les paroles et la musique se succèdent sans se mêler.)

JEANNE, d'une voix très douce.

Bien souvent, tu le sais, comme cela, je pleure.
Ce n'est rien. Laisse-moi.

(On entend la même phrase mélodique. Hauviette prend les deux mains de Jeanne et la regarde en silence, avec une profonde affection. Puis, quand la musique s'est tue :)

HAUVIETTE.

Va, j'ai trop de chagrin quand je te contrarie.
Je m'en vais. Mais reviens nous trouver, je t'en prie.

JEANNE.

Oui, je te le promets.
Tu ne m'en veux pas?

HAUVIETTE.

Moi, t'en vouloir? Oh! jamais...

1. Elle parle quand la musique s'est tue.

(On entend une nouvelle phrase musicale, suite et fin de la précédente. Jeanne et Hauviette s'embrassent tendrement; puis Hauviette va pour sortir à gauche. Avant de disparaître, elle se retourne du côté de Jeanne. Toutes les deux se regardent un instant, sans faire un geste, même de la tête. Hauviette sort. Jeanne se rassoit. La phrase musicale doit être jouée assez lentement pour ne finir qu'à la sortie d'Hauviette.)

JEANNE, laissant déborder son émotion.

J'ai le cœur plein de foi, de pitié, de tendresse.
Je voudrais... je voudrais...
Je ne sais comment dire.

(Elle achève découragée. Musique. Tout à coup, entre les deux massifs de sureaux, sur un emplacement un peu plus élevé que la scène, saint Michel apparaît, sans que Jeanne l'aperçoive. Il a l'extérieur d'un jeune chevalier. Lentement, il fait un pas ou deux vers Jeanne; puis la musique s'achève, et Jeanne reprend la parole.

Toutes les paroles de l'archange doivent être chantées. Ses gestes seront larges et lents.)

SCÈNE IX

SAINT MICHEL, JEANNE.

JEANNE, sans voir l'archange.

Un souffle me caresse;
Un souffle pur et frais...

(Tout en parlant, elle passe la main sur son front. Deux ou trois accords. Puis elle retombe en sa tristesse :)

Non, je ne peux trouver de mots pour ma prière...

(Elle semble chercher autour d'elle. Tout à coup, en tournant la tête à droite, vers le fond de la scène, elle aperçoit l'archange. Elle tressaille, détourne vivement la tête et couvre ses yeux de sa main gauche. Puis, retirant sa main :)

Dieu! qu'ai-je vu?

(Une courte pause.)

J'ai peur...

(Quelques accords très doux. Elle tourne la tête, lentement, dans la direction de l'archange. Elle le regarde un instant, puis elle détourne la tête sans se hâter.)

Quelle fierté guerrière!
Quelle douceur aussi, dans ses yeux!

(Elle jette un regard plus rapide sur l'archange; puis, se détournant :)

Il se tait.
Parlerai-je? Il a l'air d'attendre quelque chose.

(Elle se lève, et, regardant l'archange :)

Messire chevalier, pardonnez-moi si j'ose...

(Elle se détourne.)

Non, je ne puis.

(Elle jette un regard sur l'archange et se détourne encore.)

Ah! si c'était...

(Elle n'ose achever. Après quelques notes servant de prélude, l'archange saint Michel, sur la mélodie déjà entendue, chante avec douceur les paroles qui suivent. Jeanne écoute, immobile, tournée vers lui. Elle est toujours auprès du Hêtre.)

SAINT MICHEL.

Fillette au pur visage,
Aux yeux brillants de foi!
Toujours sois bonne et sage;
Dieu veille, enfant, sur toi.
Ah! songe, tendre cœur, au doux pays de France!
Partage sa souffrance;
Chéris son pauvre roi...

JEANNE, tournée vers l'archange [1].

Mon prince et mon pays, le doux pays de France,
J'y pense bien souvent, Messire. Une espérance
Est mêlée à ma peine, et je prie en pleurant.
Mais vous, terrible et bon, vous, mystérieux être,
      Ami que je crois reconnaître,
Venez-vous le guérir, ce royaume souffrant?

(Une courte pause. L'avant-dernier vers a été dit d'une voix qui tremble, le dernier avec une instante prière. L'archange est immobile. Jeanne poursuit :)

Dites, le ferez-vous revivre?
      Serez-vous celui qui délivre?
Ne brandirez-vous pas contre l'Anglais cruel
      Un glaive ardent, — preux saint Michel?

(Jeanne laisse échapper ces derniers mots comme un cri. L'archange va répondre en chantant deux fois la mélodie déjà entendue, mais avec plus de force et dans un mouvement plus vif que tout à l'heure. Chaque phrase chantée par lui est aussitôt reprise sur l'instrument qui sert à accompagner, dans le même mouvement, mais avec une extrême douceur, tandis que Jeanne parle en répondant à l'archange. C'est seulement dans ces deux strophes que le parlé se mêle à la musique.)

SAINT MICHEL.

Point d'autre délivrance
Que par ton faible bras.

1. Étant à l'extrême droite de la scène, elle peut regarder l'archange sans tourner tout à fait le dos au spectateur. Sa position est oblique. Néanmoins, comme sa voix portera plutôt vers le fond, elle doit parler très distinctement et assez haut.

JEANNE, profondément troublée.

Sire, que dites-vous? Point d'autre délivrance
Que par mon faible bras?

SAINT MICHEL.

Sois forte pour la France;
Sois brave, et tu vaincras.

JEANNE, éperdue.

Moi, pauvre fille? moi?
(Elle se détourne et répète avec stupeur les paroles de l'archange :)
« Sois forte pour la France;
Sois brave, et tu vaincras... »
(Elle se tourne de nouveau vers saint Michel pendant qu'il chante.)

SAINT MICHEL.

Afin que, libre et fier, respire le royaume,
Le front coiffé du heaume,
Un jour, tu partiras.

JEANNE, avec angoisse.

Partir? quitter mon père et ma mère chérie,
Mes compagnes, mon cher troupeau, notre prairie?
Ah! Messire, mon cœur se fend.
Laissez grandir dans l'ombre une timide enfant!

SAINT MICHEL.

Grandis, ô jeune fille,
Mais pour quitter ce lieu.

JEANNE.

Devrai-je donc, un jour, tremblante jeune fille,
Seule, quitter ce lieu?

SAINT MICHEL.

Prés verts, maison, famille,
Tu leur diras adieu.

JEANNE.

Si je dois m'éloigner de ma chère famille,
Hélas! le triste adieu!

SAINT MICHEL.

Oui, tu chevaucheras parmi les gens de guerre,
Et tu vaincras, bergère,
Pour la patrie et Dieu.

JEANNE, brisée d'émotion.

Mon cœur frémit devant la moindre violence...

Pourtant, si Dieu le veut... s'il le faut...

(Une courte pause.)

En silence,

Un instant, laissez-moi prier.
Je n'ai point l'âme d'un guerrier...

(Jeanne se laisse tomber sur le banc, courbe la tête, et, les coudes sur
les genoux, cache son visage dans ses deux mains. Musique tendre et
grave, tandis que Jeanne prie en silence. Puis, sur la mélodie qui a été
chantée trois fois déjà, l'archange chante une quatrième strophe, avec
une grande douceur, et dans le même mouvement, très calme, que la
première.)

SAINT MICHEL.

Avant de fuir en armes
Ce doux et cher pays,
Souvent d'amères larmes
Tes yeux seront remplis.
Mais, pour sécher les pleurs, viendront deux vierges saintes,
Avec leurs tempes ceintes
Des fleurs du Paradis.

(En écoutant l'archange, Jeanne a écarté ses mains de son visage,
puis relevé la tête. Elle a écouté la fin de la strophe avec une très
vive émotion, se dressant peu à peu, les mains tendues vers l'archange
avant de parler. Elle est debout au moment où le chant finit[1].)

JEANNE.

O mes deux Saintes bien-aimées!
Moi-même, chaque jour, je les pare de fleurs
Dans leurs chapelles embaumées.
C'est elles, n'est-ce pas, qui sécheront mes pleurs?

(Accords très doux. L'archange fait lentement un signe de tête affir-
matif. La musique se tait. Alors Jeanne parle avec une résolution douloureuse, puis avec une ardente supplication.)

Ce que le Seigneur Dieu commande que je fasse,
Je le ferai, le cœur saignant...
Mais illuminez-moi, chevalier rayonnant,
Du pur éclat de votre face!
Sur ma chère patrie, archange aux calmes yeux,
Faites luire un jour radieux!

(Accords éclatants. La cinquième strophe de la mélodie, tout en gardant de l'ampleur, sera chantée avec beaucoup d'élan et en majeur,
tandis que le thème primitif est mineur. Chacune des phrases chantées
par saint Michel doit être reprise par un chœur invisible.
Dès les premières paroles du chant, Jeanne, tournée vers l'archange,
tombe à genoux : puis elle joint les mains, baisse la tête, et, absorbée
dans sa prière, reste immobile.)

1. La parole, dans le passage suivant, n'est plus soutenue par de la
musique.

SAINT MICHEL.

Sois forte, espère et prie !
Ce jour va luire enfin,
La France tant meurtrie
N'appelle plus en vain,
Mais, pour le châtiment de ceux qui l'ont frappée,
Il faut que son épée
Rayonne dans ta main !

(Pendant que le chœur reprend les trois derniers vers, saint Michel tire son épée, l'élève en l'air, puis l'étend vers Jeanne comme pour la bénir. Elle est toujours immobile. Éclatante fanfare.)

RIDEAU

INDICATIONS PRATIQUES

—

PERSONNAGES

SAINT MICHEL. — La jeune fille ou la jeune femme chargée
de ce rôle [1] doit être assez grande, élancée, avoir les traits purs,
une physionomie douce et fière. Elle chante et ne parle pas.
Sa voix doit être souple, expressive, d'une étendue moyenne;
au dernier couplet il faut de l'éclat. L'âge n'importe guère,
pourvu qu'il y ait assez de jeunesse dans l'apparence et dans
la voix; mais il ne faut, pour tenir ce rôle, ni une enfant ni
une toute jeune fille, dont la voix ne serait pas formée.

Toutes les autres actrices, au contraire, doivent être fort
jeunes.

JEANNE. — Elle ne se distingue des autres ni par sa taille, ni
par son âge : sa supériorité morale n'en apparaît que plus clairement. Bien qu'elle ait environ treize ans, l'interprète peut en
avoir davantage, quinze, seize ou même dix-sept. Les filles du
pays sont tôt développées, grandes et fortes. Mais il faudra que
deux ou trois autres actrices, au moins, soient aussi âgées que
Jeanne.

Elle doit avoir une grande pureté de traits, l'air doux et
sérieux, parfois une flamme dans le regard; une voix très
expressive [2]; une nature vibrante, qui sache ressentir et com-
muniquer les impressions les plus fortes. Du reste, une parfaite
simplicité; pas la moindre déclamation. L'émotion est tout inté-
rieure et ne jaillit qu'à de rares instants. Ce qui apparaît le plus
souvent de son caractère, c'est la tendresse et la bonté.

HAUVIETTE. — C'est la grande amie de Jeanne; nature sérieuse
et douce. Elle est vivement émue dans la scène qui précède la

1. Si la pièce était jouée ailleurs que dans une école, il ne serait pas
impossible, je l'ai dit, que le rôle de saint Michel fût tenu par un
jeune homme. L'acteur serait imberbe, à moins qu'il n'eût une barbe
naissante et très légère.

2. En parlant. Sa voix de chanteuse importe peu.

vision. Il est désirable qu'elle soit au moins aussi grande que Jeanne et qu'elle ne semble pas moins âgée.

MENGETTE [1]. — Celle-ci est une petite fille, de neuf à onze ans. Elle se distingue, par son âge, de toutes les autres ou au moins de la plupart : en tout cas, de Jeanne et d'Hauviette. Elle est gentille, rose ou brune, le visage rond, l'air candide, affectueuse, d'une vivacité tout enfantine. Elle doit avoir, en chantant, une voix agréable et assez sûre pour exécuter un très court solo.

COLETTE. — C'est une des plus petites, et, si l'on veut, des plus jeunes. Un bon procédé la touche au cœur; mais elle est très vive, impatiente, un peu susceptible, parfois batailleuse. Un joli nez retroussé ferait merveille.

AVELINE. — Rien de bien particulier pour la taille; comme toutes les suivantes, elle a le même âge que Jeanne, ou à peu près. C'est elle qui inventera le jeu du roi d'Angleterre. Physionomie gaie et malicieuse.

ISABEAU. — Nature aimable et vive; beaucoup d'entrain au jeu. C'est elle qui chante le rôle du Comte; il faut donc qu'elle ait la voix très juste et prononce très distinctement.

ALISON. — Personne assez grassouillette.

BONNE. — Appartient à l'espèce appelée « Pince-sans-rire »; fait bande à part; aime à s'allonger paresseusement. C'est la seule qui ait le droit de chanter faux, étant la seule qui n'ait pas à chanter.

MICHELLE. — Vive et gaie; joue avec animation; doit chanter très juste et très bien prononcer, puisqu'elle chante le rôle du Château. Il est à souhaiter qu'elle ait le nez pointu, pour justifier un passage de la pièce; ou, du moins, pas assez rond pour que l'inexactitude de ce passage frappe le spectateur.

COIFFURES ET COSTUMES

Une ou deux actrices pourraient avoir une coiffe semblable à un béguin, une ou deux autres un chapeau de paille; mais la plupart, sinon toutes, auront la tête nue, les cheveux formant une ou deux nattes rejetées sur le dos. Dans tous les cas, Jeanne ne doit porter aucune coiffure.

Voici la description des costumes que les actrices avaient à Nancy :

JEANNE. — Jupe de drap rouge ponceau. Corselet à basque, lacé, ouvert en cœur sur le devant, en drap bleu des Vosges. Chemise de cretonne écrue, coulissée au col et à la taille. Manches larges à poignets, retroussés sur l'avant-bras [2]. Bas bleus; souliers de paysanne.

1. Prononcez : Mingetto.
2. Brunir les bras, habitués au soleil et au grand air.

HAUVIETTE. — Jupe et corselet de drap vert mousse.

MENGETTE. — Jupe de drap bleu-gris clair. Corselet tabac à fleurettes blanches.

COLETTE. — Jupe de drap grenat. Corselet vieux rose à fleurs lilas.

AVELINE. — Jupe de drap mauve. Corselet de velours côtelé or.

ISABEAU. — Jupe de drap beige. Corselet de drap cuivre.

ALISON. — Jupe de drap loutre. Corselet de drap cerise.

BONNE. — Jupe de drap rose saumon. Corselet de velours côtelé gris-perle.

MICHELLE. — Jupe de drap tabac roux. Corselet de drap bleu-gris clair.

Toutes portaient la chemise de cretonne écrue, de même forme que celle de Jeanne. Les corselets avaient aussi la même forme que celui de Jeanne; mais Mengette, Colette et Aveline portaient un corselet court, pris dans la jupe.

L'harmonie des couleurs était charmante, et le spectacle tout à fait gracieux, lorsque le tourbillon de la danse mêlait vivement les jupes et les corsages.

SAINT MICHEL. — Tunique de drap blanc à gros plis, sans manches, tombant sur une armure d'acier. Manteau en drap bleu, attaché aux épaules et flottant par derrière. Ceinturon; épée en croix.

L'armure était belle, mais fort lourde, bien qu'on eût ôté certaines pièces que la tunique aurait cachées. Au lieu de l'armure à pièces, on peut adopter la cotte de mailles, qui d'ailleurs est plus facile à imiter. La tunique peut être à larges manches, courtes ou longues; et il suffit, en somme, que les bras et le bas des jambes soient ou semblent être vêtus de mailles. Pour l'allure générale du personnage et pour les plis de la tunique, on peut s'inspirer de l'admirable saint Théodore sculpté à l'un des portails de la cathédrale de Chartres.

Saint Michel peut être coiffé d'un casque rond, avec ou sans visière; mais le difficile, et l'essentiel, est que ce casque lui aille bien. Si l'effet n'est pas excellent, il vaut mieux s'en passer. Les cheveux flotteront sur les épaules ou seront serrés à la nuque et rejetés en arrière [1].

DÉCOR

Il consistera presque toujours en verdure naturelle, arbustes, plantes diverses, tout ce que l'on aura sous la main. Le hêtre ne

---

[1]. Si notre saint Michel est un jeune homme, il faudra ou bien qu'il ait les cheveux un peu longs, ou bien qu'il porte une perruque. J'aimerais beaucoup mieux des cheveux naturels. Quant à la forme de la coiffure, les modèles ne manqueront pas chez les maîtres du XVe siècle, soit dans les tableaux de sainteté, soit dans les portraits historiques.

sera pas un hêtre; les groseillers ne seront pas des groseillers
peu importe. L'essentiel est qu'il y ait beaucoup de verdure, que
la scène en soit entourée, et que les guirlandes de fleurs (natu-
relles ou artificielles) soient suspendues aux branches du hêtre
supposé [1].

En face du spectateur, au fond de la scène, s'élèvent deux
massifs de sureau (ou d'autre chose) entre lesquels saint Michel
apparaîtra, tandis que tous les autres personnages entrent par
la droite ou par la gauche (toujours au fond). Avant d'entrer en
scène, saint Michel peut rester dans la coulisse, si, le moment
venu, un rempart de verdure lui permet de gagner, sans être vu,
la place où il doit apparaître. Si, au contraire, il ne peut sortir
de la coulisse sans que le public l'aperçoive, il s'armera de
patience et restera bien assis, derrière l'un des massifs de sureau,
jusqu'au moment de se montrer.

Il faudrait que, sans être vu, il pût monter sur une sorte
d'estrade cachée par de la verdure et n'eût plus qu'un pas à
faire, de plain-pied, pour se rendre visible. Il est très important
qu'il soit placé un peu haut.

Le demi-cercle de verdure dont je voudrais voir la scène
entourée pourrait servir aussi à cacher un piano et un pianiste,
tout près de l'endroit où saint Michel devra se placer pour chanter.
Les choristes invisibles seraient groupés autour du piano.

Si cette combinaison est impossible, le piano sera placé ou
bien dans la coulisse, ou bien dans la salle, tout contre la scène.
Dans le premier cas, les choristes se tiendront dans la coulisse,
du même côté que le piano; dans le second, elles pourront être
réparties à droite et à gauche, dans les deux coulisses [2].

MISE EN SCÈNE

Elle consiste à fixer par avance la place des personnes et des
objets, de façon à éviter toute confusion, et à permettre au
spectateur de voir sans difficulté tout ce qui se passe sur la
scène. Des indications minutieuses ont été données à ce sujet,
au courant de la pièce; mais, comme il y a beaucoup de personnages, il se peut qu'un certain désordre se produise de temps à
autre. Les actrices devront faire preuve d'initiative, chacune
d'elles cherchant, dans son voisinage, la meilleure place pour
être vue sans masquer les autres, et faisant un pas, s'il le faut,
avant de jeter une réplique dans la conversation.

1. Bien entendu, un joli décor bien approprié à la pièce ne me
déplairait pas; mais je ne veux décourager personne.
2. Je parle des choristes au féminin; mais, si l'archange est un
homme, une partie des voix devront être masculines. Il ne faut pas
oublier que, si l'on associe les voix d'hommes et les voix de femmes, ces
dernières doivent toujours être en majorité.

Une scène étroite sera très défavorable pour représenter la *Première Vision de Jeanne d'Arc*. Il faut que les jeux et les rondes puissent se déployer à l'aise, que saint Michel soit assez éloigné de Jeanne, et que le public, si c'est possible, ne soit pas trop près de l'un et de l'autre.

Les personnages sont parfois assis ; la scène devra donc être assez haut placée, sans quoi une partie des spectateurs se lèvera pour les voir, et il en résultera un désordre très fâcheux. On peut, du reste, faire observer au public que, si une personne se lève pour mieux voir, elle en empêche trente d'apercevoir quoi que ce soit.

SIÈGES PLACÉS SUR LA SCÈNE

Deux sont fixes : le banc de pierre placé au pied du hêtre et le bord de la fontaine des groseilliers. Au fond, de grosses pierres, non transportables, peuvent aussi servir de sièges. D'autre part, quatre escabeaux rustiques sont placés au milieu de la scène, en demi-cercle, au lever du rideau. On les enlève au moment de la course pour les ranger au fond ; un seul servira de nouveau, lorsque le jeu de l'Âne commencera.

ACCESSOIRES

Un capuchon de laine est posé sur le banc de pierre, au pied du hêtre, dès le lever du rideau. En entrant en scène, Jeanne tient à la main deux couronnes de fleurs ; Bonne, une baguette non écorcée ; Colette, une quenouille et un fuseau ; Isabeau, un petit panier qui contient ou est censé contenir des fraises ; Alison, une corbeille à anse dans laquelle il y a un bonnet d'âne, un petit chapeau de paille avec des trous pour les oreilles du baudet, un gâteau, des fleurs rouges, telles que glaïeuls et coquelicots, et des cerises formant bouquet de deux, trois ou quatre. J'espère que je n'oublie rien.

JEUX

Ils doivent être réglés avec le plus grand soin, selon les indications du texte, puis, chacune des actrices connaissant bien son rôle et sa place, exécutés avec beaucoup d'entrain.

Le plus compliqué est le jeu du Comte et du Château. Je rappelle ici les places occupées par les actrices : à l'extrême gauche Aveline (le roi), face au public ; à un pas vers la droite, Mengette (la reine), face au public ; en faisant encore un pas vers la droite, Bonne (le bourreau), face au public. Près du bourreau, mais plus au fond, un peu plus à droite, et regardant le Hêtre (par conséquent, de profil par rapport au public), se trouve Michelle, qui figure le Château. De profil aussi, et regardant le Hêtre, il y a les quatre Pierres : Hauviette, Jeanne, Alison et Colette. Elles sont placées à droite et à gauche de Michelle et à un pas ou deux en avant, sur une seule ligne ou sur deux. Si elles sont sur deux lignes, c'est Colette et Hauviette (placées aux deux ailes) qui seront en avant. De cette manière on verra mieux toutes les actrices, et le Château paraîtra crénelé. Dans la partie droite de la scène, Isabeau (le Comte) est seule au moment où le jeu commence.

Pendant le jeu de l'Ane, la danse consistant à rythmer sur place l'air du refrain doit être exécutée très nettement et avec un ensemble parfait. Cela n'est pas si facile, car il faut lever le pied et frapper le sol très rapidement, surtout aux passages où il y a des doubles croches. Chaque note doit être frappée, alternativement, avec l'un ou l'autre pied, de façon que l'on puisse reconnaître l'air par le rythme seul, comme s'il était joué sur un tambour, ou sur une table, avec les doigts. On commence en frappant le pied gauche et on finit en frappant le pied droit.

MUSIQUE

Tout en renvoyant à la partition pour les indications particulières (mouvements, nuances, etc.), je peux faire ici deux recommandations très générales : la première est de méditer avec soin ces indications, afin d'exécuter les morceaux dans leur vrai caractère ; la seconde est d'être extrêmement attentif au moment où le parlé succède à la musique, ou réciproquement, et de marcher bien d'accord lorsque l'un et l'autre vont ensemble.

La première recommandation est fort utile, à ce qu'il paraît, car j'ai parfois entendu exécuter avec une profonde mélancolie des morceaux marqués : « gaîment » ou « avec entrain ». De même, j'ai entendu jouer très fort ou chanter à pleine voix ce qui était marqué « pianissimo ».

La seconde recommandation est plus nécessaire encore.

L'auteur a voulu produire certaines impressions par l'alternance du parlé et de la musique, et, à des endroits nettement déterminés, par leur union passagère ; il croit être le meilleur juge (en ce qui concerne son œuvre) de l'opportunité de ces combinaisons diverses, et il prie les exécutants de vouloir bien se conformer aux indications contenues dans le texte de la pièce et dans la partition musicale.

DICTION

Les acteurs novices parlent presque toujours trop vite et oublient de marquer les temps nécessaires pour faire comprendre, par un geste, une attitude, une expression du visage, ce qui se passe en eux ou autour d'eux. Alors le public n'a pas le temps de les suivre et beaucoup de choses lui échappent.

J'ai assisté à une représentation de la *Première Vision de Jeanne d'Arc* qui a duré vingt-cinq minutes. Elle aurait dû prendre exactement le double.

Il arrive très souvent, lorsque des acteurs jouent bien, que les moments où ils se taisent sont ceux où ils intéressent et émeuvent le plus, ceci étant, du reste, conforme aux intentions de l'auteur.

RIDEAU

Il est à souhaiter qu'à la fin de la pièce on puisse fermer le rideau sans une intervention apparente et trop laborieuse des machinistes improvisés. Jeanne et l'archange doivent rester immobiles tant qu'ils sont visibles aux spectateurs.

A Nancy, nous n'avions pas de rideau; mais, la salle étant éclairée à la lumière électrique, on fit brusquement la nuit sur la scène, et tout le monde comprit que la pièce était finie.

LE MARIAGE

DE PAPILLONNE

Caprice en un acte.

A Madeleine Bouchor.

PERSONNAGES

———

PAPILLON.	FOURMI.
LIMAÇON.	CIGALE.
GRILLON.	ROSE.
VER-LUISANT.	MARGUERITE.
PAPILLONNE.	VIOLETTE.
ABEILLE.	UNE APPARITION.

La scène est dans un parc, où l'on voudra.
Époque indéterminée.

AVERTISSEMENT

Le *Mariage de Papillonne* est la première en date des pièces
contenues dans ce volume. Je considère comme une obligation
d'en rapporter l'origine.

« Un thème que la chanson populaire a maintes fois traité en
France est le *Mariage du Papillon*. Ses amis veulent le marier; il
résiste d'abord à leurs exhortations; mais chacun lui promet un
joli cadeau de noces, et il cède enfin à de si aimables instances.
Dans un recueil de chants destiné aux écoles, j'avais repris ce
vieux thème. Ma chanson fit le tour des écoles normales, pour
se répandre de là dans les écoles primaires. Or, les élèves-maî-
tresses de La Roche-sur-Yon, ayant eu à étudier les *Noces du
Papillon*, eurent l'extrême indulgence de trouver à leur goût cette
ronde enfantine. Mais l'une d'elles — résumant, à ce que je
pense, le sentiment général — émit une sévère critique dont je
fus averti par le professeur de chant. « Vraiment, dit-elle, ce
Papillon ne se gêne pas. Pour faire plaisir à ses amis (oh! l'absurde motif!) il se résout à épouser certaine Papillonne que la
chanson oublie de nous présenter; et l'idée ne lui vient même
pas de consulter sa future! Voilà un être bien dédaigneux de
notre sexe, ou d'une bien extraordinaire fatuité! »

« Cette critique me vexa beaucoup. Recevoir une telle leçon
de jeunes filles à qui je prétendais moi-même enseigner quelque
chose! J'étais mortifié. Si encore leur observation n'avait pas eu
le sens commun! Mais je ne pouvais me dissimuler qu'elle était
au moins spécieuse. J'en fus tracassé durant plusieurs jours. A
force d'y penser, je finis par en reconnaître toute la justesse.
J'entrai dans les sentiments de Papillonne; je partageai son
dépit; il me sembla qu'elle ne devait point se laisser traiter si
cavalièrement. J'avais le point de départ d'une comédie; et ce
fut le *Mariage de Papillonne*. »

On voit que je n'ai pas eu l'intention machiavélique, en faisant dialoguer des fleurs et des insectes, d'insinuer une prédi-
cation morale dans l'esprit d'un auditoire quelconque. Mais,
l'occasion s'étant présentée tout naturellement de mêler à leurs

légers propos des choses un peu plus graves, je ne me suis pas
privé de le faire. Voici ce que j'en disais dans la première édition de la pièce :

« Tout n'est pas enfantin (ou, du moins, je me plais à le croire)
dans le *Mariage de Papillonne*. De sérieuses pensées peuvent se
laisser entrevoir à travers les jeux de l'imagination. Quelques
mots de Violette donnent à entendre que le mariage est une
chose fort grave et tient tout son prix des obligations sacrées
qu'il implique. Fourmi, l'humble ouvrière, sans envie comme
sans orgueil, s'extasie devant deux êtres brillants et gracieux ;
elle les bénit dans son cœur, parce qu'ils lui ont apporté une
révélation consolatrice : celle de la Beauté. L'Étoile du soir,
enfin, symbolise, à la fin de ce caprice, l'heure où un juste repos
succède au labeur du jour, où l'on se retrouve au foyer, où l'on
goûte les joies honnêtes de la famille, l'heure où, moins accablé
par le souci de la vie quotidienne, l'âme peut se recueillir en
elle-même ou s'élever un peu vers le divin, l'idéal, l'inexpri-
mable... »

Le *Mariage de Papillonne* a été joué bien des fois. On ne m'en
voudra pas, je l'espère, de fixer ici le souvenir de la première
de ces représentations :

« Ce petit ouvrage a vu pour la première fois le feu de la rampe
à l'école normale d'institutrices de Rouen. Une élève-maîtresse
de troisième année représentait l'Étoile du soir, qui doit avoir
une taille assez majestueuse, des traits bien formés, une certaine
autorité dans la diction. Papillon, Papillonne et plusieurs de
leurs amis et amies étaient des élèves de seconde ou de première année, certaines d'entre elles ayant une physionomie
encore enfantine. Abeille, Cigale, Fourmi avaient été choisies
parmi les élèves de l'école primaire annexe ; enfin, l'école
maternelle était représentée par une petite bonne femme de six
ans, investie de l'important personnage de Ver-Luisant.

« C'est le 21 mai 1896 que le *Mariage de Papillonne* a été donné
à Rouen. On ne m'en voudra pas, je l'espère, d'inscrire ici cette
date qui me rappelle un délicieux souvenir : mon rêve prenant
corps sans rien perdre de l'attrait qu'il avait eu pour mon imagination complaisante ; l'œuvre légère parée, au contraire, de
grâces que je ne lui soupçonnais point, par le charme de la
jeunesse et d'une aimable interprétation, naïve et fine tout
ensemble [1]. »

1. Je garde précieusement aussi le souvenir d'une représentation parfaite du même ouvrage, donnée à Nancy, et de deux autres, données à
Paris, l'une dans une école primaire de Charonne, la seconde au patronage Maria Deraismes. J'ai fait l'expérience, à ces deux représentations, que des fillettes, bien dirigées, peuvent exprimer toutes les
nuances des rôles, et dégager ce que la pièce contient d'émotion. Je
dois dire que, dans les deux cas, le rôle de l'Apparition était tenu par
une jeune fille de dix-huit ans.

Je finirai par une remarque sur l'importance trop secondaire que l'on attache parfois à la musique, dans la préparation de cette pièce et des autres contenues dans le même ouvrage. A plusieurs reprises j'ai reçu des lettres où l'on me disait : « Nous jouons le *Mariage de Papillonne* dans quelques jours, mais nous ne savons où trouver la partition... » Ainsi, c'est au dernier moment que l'on s'enquérait de la musique, et l'on n'avait nullement expérimenté si Papillon, Limaçon ou Grillon étaient capables de chanter les airs qui leur sont attribués dans la pièce. On ne peut obtenir de bons résultats avec de tels procédés. Personne n'est forcé de jouer la comédie; mais, si on la joue, il faut, à mon avis, y apporter tout le soin, toute la conscience, avec lesquels on ferait les choses les plus importantes. Autrement, il vaut mieux jouer aux quatre coins.

LE MARIAGE

DE PAPILLONNE

Au premier plan, à droite, un Mûrier vieux et robuste; à gauche un buisson d'églantier. Partout des fleurs et des feuillages. Sur le sol, une grosse pierre moussue. Au fond, d'épais ombrages.

Les entrées et sorties se font à droite et à gauche, au fond de la scène.

SCÈNE I

PAPILLONNE, ROSE, MARGUERITE, VIOLETTE.

(Papillonne est au milieu de la scène, entre Rose et Marguerite. Marguerite est à droite; Rose et Violette sont à gauche. Les quatre personnages sont debout.)

PAPILLONNE, avec un dépit mal contenu.

Ils ont pu décider Papillon, dites-vous,
A me faire l'honneur d'être enfin mon époux?

ROSE, très vivement.

Oui, ma chère; c'était excessivement drôle.

MARGUERITE.

Drôle et charmant.

ROSE.

       Chacun des six, à tour de rôle,
S'avança, puis, faisant la révérence, offrit
Un beau présent de noce; et ce qui me surprit,
C'est que, pour décider Papillon à la chose,
Fourmi se montra grande et généreuse.

VIOLETTE, avec douceur.

                        Rose,

Vous êtes médisante.

ROSE, négligemment.

Oh! si peu...

(Papillonne s'asseoit sur la pierre. Elle paraît tout absorbée. Ses amies ne s'en aperçoivent pas.)

MARGUERITE, à Papillonne.

Donc, Fourmi
L'avare, pour fêter dignement son ami,
Donnera quelques grains mêlés de tendres cosses.

ROSE, très vivement.

Des cosses de pois verts.

VIOLETTE, battant des mains.

Oh! les gentilles noces!

MARGUERITE.

Ver-Luisant s'écriait : « Il faut te marier! »
Je brillerai pour toi : ne te fais plus prier! »

VIOLETTE, avec une gracieuse simplicité.

« La prairie et les bois sont ma fraîche corbeille »,
Murmurait à son tour notre mignonne Abeille;
« J'offre pour le dessert un miel d'or, embaumé
Comme le souffle exquis des fleurs au mois de mai. »

ROSE, d'un petit air fin.

Pas le moindre aiguillon dans toute cette histoire...

MARGUERITE.

Limaçon eut sa part de la grande victoire :
Il donne... sa maison!

ROSE, toujours vive.

Arrivant du labour,
Cigale avec sa flûte et Grillon le tambour
Promirent de jouer, loin des regards profanes,
Gavottes, passe-pieds, menuets et pavanes.

VIOLETTE, sautant de plaisir.

Quelle joie! on pourra danser jusqu'au matin!

MARGUERITE.

J'userai sans regret mes souliers de satin.
Ce n'est pas pour danser que je suis paresseuse.

ROSE.

J'aurai mon vert corsage en dentelle mousseuse.

VIOLETTE, aimable.

C'est un chef-d'œuvre.

MARGUERITE.
Moi, ma couronne d'argent.

VIOLETTE, de même.
Reine, elle vous sied bien.

MARGUERITE, touchée de cette gentillesse.
Petit cœur indulgent!
(Les trois fleurs ont oublié Papillonne. Tout à coup Violette s'approche
d'elle. Violette se trouve maintenant entre Rose et l'apillonne.)

VIOLETTE.
Mais tu ne parles point, Papillonne, ma mie?

ROSE, très vivement.
Tiens! c'est vrai.

MARGUERITE, de même.
Qu'as-tu donc?

ROSE, de même.
Tu parais endormie.

VIOLETTE, compatissante.
Non; elle a du chagrin.

MARGUERITE, très vivement.
Du chagrin? et pourquoi?

ROSE, de même.
Un vrai chagrin, le jour de tes noces?

MARGUERITE, de même.
Dis-moi
Ce qu'on t'a fait.

ROSE, de même.
Qu'as-tu?

MARGUERITE, de même.
Qu'est-ce qui te chiffonne?
(Papillonne se lève brusquement.)

PAPILLONNE, détachant les mots avec colère.
C'est une chose absurde, incroyable, bouffonne,
Que de conclure ainsi les mariages. Mais
La noce n'est pas faite.

ROSE, toute décontenancée.
Alors?...

PAPILLONNE.
Je vous promets

Que maître Papillon me paîra cette insulte...

(Les trois autres la regardent d'un air interrogateur. Papillonne reprend avec énergie :)

Pour épouser les gens, au moins, on les consulte!

ROSE, très vivement.

Elle a raison.

MARGUERITE, de même.

C'est vrai.

VIOLETTE, de même.

Je l'approuve.

PAPILLONNE, indignée.

Comment!

Papillon, m'a-t-on dit, avait fait le serment
De ne se marier que le plus tard possible;
Et puis, un beau matin, parce qu'il est sensible
A des attentions trop flatteuses, voilà
Que tout est commandé : le festin de gala,
Les lumières, le bal... même la mariée!
C'est bizarre.

ROSE.

En effet.

PAPILLONNE.

Ah! s'il m'avait priée
De lui faire la grâce, et la joie, et l'honneur
D'être sa femme, bien! Mais non pas. Monseigneur
Crie à qui veut l'entendre : « Or çà, je me marie! »
La nouvelle, aussitôt, court dans l'herbe fleurie,
Et je l'apprends de vous... par hasard! C'est trop fort.

ROSE, très calme.

Révoltant.

MARGUERITE.

Il faudra bien le gronder, d'abord...

(Un temps : elle regarde Papillonne.)

Ensuite...

(Elle fait un pas; puis, très gentiment, avec un accent de prière, et joignant les mains :)

...pardonner.

VIOLETTE, vivement.

Oh! oui!

ROSE.

C'est le plus sage.
(Court silence.)

PAPILLONNE, finement, les regardant bien tour à tour.

Sage Rose, tu veux montrer ton beau corsage.
Marguerite au cœur d'or, tu grilles de danser.
Toi-même, tu voudrais aussi te trémousser,
Violette, et déjà ton petit pied frétille...
(Les trois fleurs baissent la tête avec embarras. Papillonne s'en amuse.)

Il vous tente, ce bal, hein?
(Un silence.)

VIOLETTE, ingénument.

Beaucoup.

ROSE ET MARGUERITE, très câlines.

Sois gentille...

PAPILLONNE, après un silence.

Je dois faire un aveu : c'est qu'il me tente aussi!

VIOLETTE, vivement.

Bravo, ma Papillonne!

MARGUERITE, de même.

Ah! que c'est bien!

ROSE, de même.

Merci!

PAPILLONNE.

La franchise vaut mieux que toutes les grimaces.
Mais je veux effrayer par d'habiles menaces
Mon traître Papillon.
(Cherchant à se justifier :)

Ceci n'est point mentir...

Il s'agit d'exciter en lui le repentir.
Lorsqu'il aura compris que son aplomb fut rare
De vouloir m'épouser sans même crier gare...
(On entend, vers la droite et à quelque distance, la voix de Papillon, qui coupe la parole à Papillonne.)

PAPILLON, chantant.

Il faut te marier,
Papillon couleur de neige,
Il faut te marier
Par-devant le vieux Mûrier...

PAPILLONNE, très agitée.

C'est lui. Vous reviendrez tout à l'heure. Silence!

(Les trois fleurs sortent vivement, par la gauche.)

SCÈNE II

PAPILLONNE, ensuite PAPILLON.

PAPILLONNE, seule.

Seule... Je sens mon cœur battre avec violence.

(Elle fait deux ou trois pas. Puis d'une voix douce et avec un peu de confusion :)

J'aime bien Papillon...

(Elle regarde un instant le Mûrier vénérable.)

Voilà le vieux Mûrier

Qui doit, si l'on dit vrai, ce soir nous marier.

(S'approchant de l'arbre, et joignant les mains :)

Doux arbre nourricier du tendre ver à soie,

Ah! puisses-tu bénir, ce soir, notre humble joie!

La voix de PAPILLON, plus rapprochée.

Gai, gai, marions-nous,

Jusqu'au jour faisons bombance!

Gai, gai, marions-nous,

Longue vie aux deux époux!

O mignonne, entrez en danse;

Tout le bal languit sans vous.

Gai, gai, marions-nous,

Jusqu'au jour faisons bombance!

Gai, gai, marions-nous,

Longue vie aux deux époux!

(Tandis que Papillonne cherche éperdûment une cachette, Papillon entre par la droite en chantant la fin du couplet.)

PAPILLONNE, très vivement.

Églantier, cache-moi.

(Elle se place à gauche derrière le buisson d'églantier, de façon à être vue du spectateur, mais non pas de Papillon.)

PAPILLON, parlant tout seul.

C'est chose décidée...

Certes, plus d'une fois j'en avais eu l'idée;

Mais... j'hésitais toujours.

PAPILLONNE, à part.

Vaurien!

PAPILLON.

Ce fut touchant.

Je suis capricieux, léger, mais pas méchant.

(Avec simplicité :

Je crois même être assez aimable.

PAPILLONNE, à part, d'une voix aiguë.

Tu te flattes.

PAPILLON.

Ces marques d'amitié, ces offres délicates,
M'ont tout ému : je vais me marier.

PAPILLONNE, à part, avec ironie.

Vraiment?

PAPILLON.

Papillonne est gentille...

(Elle sourit et fait la révérence.)

et me trouve charmant.

PAPILLONNE, à part.

Oh! le fat!

PAPILLON.

C'est pourtant chose bien sérieuse,
Pour un franc vagabond, d'humeur folle et rieuse,
Que de se marier...

(Ces derniers mots ont été dits d'une voix lente et grave. Il reprend,
après un coup d'œil jeté vers les arbres :)

Tous ces merles siffleurs
Me disent : « Papillon, une chaîne de fleurs
Est douce à respirer; mais quoi? c'est une chaîne.
Ah! tu n'entendras plus, à la saison prochaine,
Vibrer les trilles d'or du rossignol chantant,
Sans te dire soudain : « Papillonne m'attend! [1] »
Alors, laissant Grillon faire son gai tapage,
Tu rentreras souper en famille, beau page! »

PAPILLONNE, à part, un peu agacée.

Voyez le grand malheur!

PAPILLON, suivant son idée.

Oui, jolis merles : mais
Papillonne est habile à préparer des mets
Variés et friands...

1, Ceci est dit avec une sorte d'effarement, à la façon d'un homme qui
se rappelle tout à coup une chose importante qu'il avait oubliée.

PAPILLONNE, indignée.

C'est pour cela qu'il m'aime!

PAPILLON.

Bah! soyons philosophe. On rira bien quand même.

(L'apillonne sort brusquement de sa cachette.)

PAPILLONNE, laissant éclater son dépit.

Pas avec moi, toujours!

(Papillon se retourne vivement.)

PAPILLON.

Comment! tu m'écoutais?

PAPILLONNE, très nerveusement.

Allons, va, continue.

PAPILLON, vexé.

Ah! mais non... je me tais.
Tu n'as pas ton humeur joyeuse des dimanches.
Vois : la colère fait trembler tes ailes blanches.
Aussi, pour te punir, je cesse de causer.

(Appuyant sur chaque syllabe :)

Je ne te dirai pas...

PAPILLONNE, avec malice.

Que tu veux m'épouser?

PAPILLON, de plus en plus vexé.

Ah! fi! comme c'est laid!

PAPILLONNE.

Quoi?

PAPILLON.

D'écouter aux portes.

PAPILLONNE, avec une feinte gravité.

Je vous prends à témoin, silencieux cloportes
Blottis sous cette pierre au bord du frais sentier,
Que j'écoutais derrière un buisson d'églantier.

(Se tournant vers Papillon :)

On ne voit, dans ce parc, ni porte ni fenêtre.

PAPILLON, d'un air pincé.

Vous avez de l'esprit.

PAPILLONNE, amicalement.

Papillon, sois ton maître.

Écoute, par les soirs du suave printemps,
Écoute retentir les trilles éclatants

Du tendre rossignol caché sous la charmille,
Sans te préoccuper d'un repas de famille.
Crois-moi ; reste garçon.

PAPILLON, ne pouvant croire que c'est sérieux.

Tu plaisantes.

PAPILLONNE.

Non pas.

PAPILLON, gentiment.

Mais si.

PAPILLONNE, d'un ton ferme.

Mais non.

PAPILLON, avec une moue affligée.

Alors je m'en vais... de ce pas...

PAPILLONNE, railleuse.

Te pendre au fin bouleau par l'une de tes pattes?
Ou, sans peur de mouiller tes ailes délicates,
Faire un plongeon dans l'eau de la source au bruit clair?

PAPILLON, souriant.

Non, tu pleurerais trop : car... tu m'aimes!

PAPILLONNE, dépitée.

J'ai l'air,

Moi, de t'aimer? Tu ris!

PAPILLON, conciliant.

Écoute, Papillonne.
Je folâtre, je vais, je viens, je tourbillonne;
Mais je t'épouserai... parce que j'ai promis
De le faire.

PAPILLONNE.

A qui donc?

PAPILLON.

A mes plus chers amis.

PAPILLONNE.

Oh! la belle raison! Elle me paraît neuve.

PAPILLON.

Ils m'ont supplié, tous, et chacun d'eux fit preuve
D'une si gracieuse et si tendre amitié,
Que... je me suis rendu.

(Très aimable :)

Sois ma blanche moitié.

PAPILLONNE, à part, avec dépit.

Il ne comprendra pas sa folle outrecuidance !

PAPILLON.

Limaçon, agitant ses cornes en cadence,
M'offrit pour te loger (j'en fus tout ébloui)
L'élégante maison qu'il transporte avec lui.
J'ai peine, en y pensant, à retenir mes larmes.

PAPILLONNE, sèchement.

Ce merveilleux palais serait pour moi sans charmes.

PAPILLON, avec un doux reproche.

Quoi ! tu n'es pas émue, et j'ai failli pleurer ?

PAPILLONNE, affectant le dégoût.

Limaçon est visqueux.

(Puis, sèchement :)

Tu devais t'assurer,
D'abord, qu'il nettoierait à fond son domicile.
L'as-tu fait ?

PAPILLON, interloqué.

... Non...

PAPILLONNE, triomphant.

Tu vois !

PAPILLON, agacé.

C'était chose facile
Et charmante, en effet, de dire à Limaçon :

(D'un air protecteur :)

« J'accepte ta coquille ; oui, mon brave garçon...
Mais quand tu l'auras bien nettoyée. »

PAPILLONNE, à part, et riant presque.

Il m'amuse.

PAPILLON.

L'industrieuse Abeille, à la face camuse,
A promis, pour la noce, un peu de miel nouveau ;
Fourmi, des grains de blé ; Grillon...

PAPILLONNE, l'interrompant.

Je dis : Bravo !
Tout cela (car je suis un tantinet gourmande)
N'est pas sans m'allécher. Mais, je te le demande,
Lorsque l'on se marie, est-on seul ?

PAPILLON, trouvant la question burlesque.

                 On est deux!

PAPILLONNE.

Tes amis sont galants! D'où vient que pas un d'eux
N'a glissé cet avis dans ta tête brouillonne :

      (Un temps; puis, sans se presser :)

« Avant de l'épouser, consulte Papillonne »?

PAPILLON, stupéfait.

Moi, te consulter?

PAPILLONNE, sèchement.

       Dame!

PAPILLON, hésitant.

           Il me semblait...

PAPILLONNE.

                 Quoi donc?

PAPILLON, de même.

Que tu serais...

PAPILLONNE.

        Ravie? Ah! vous n'êtes pas long,
Monsieur, à décider ce qui pourrait me plaire.

      (Un temps. Puis, brusquement :)

Mariez-vous tout seul!

      (Elle fait un mouvement pour sortir.)

PAPILLON, tendrement.

         Apaise ta colère.
Ce n'est pas d'aujourd'hui que nous nous connaissons.
Ensemble, mainte fois, écoutant les chansons
Des joyeux loriots, des bouvreuils, des fauvettes,
Nous avons respiré l'âme des violettes.
L'aurore nous a vus ensemble, voltigeant
Sur la fraîche prairie ou le ruisseau d'argent,
Et c'était une joie — est-ce que tu l'oublies? —
De nous mirer tous deux dans ses ondes jolies...

PAPILLONNE, avec un soupir.

Être ton épousée, alors, m'eût semblé doux.
Mais, lorsque je disais : « Quand nous marierons-nous? »
Mystérieusement tu répondais : « J'y songe... »

      (Elle regarde Papillon bien en face; puis, très nettement :)

Cela m'avait tout l'air d'un horrible mensonge.

PAPILLON, offensé.

Ah! peux-tu croire?...

PAPILLONNE, coupant court à toute explication.

Enfin, tu songeais, n'est-ce pas?
Moi, tout en préparant l'humble et gentil repas
Que j'ai l'intention de m'offrir pour ma fête,
Je vais examiner à loisir ta requête.

(Elle va pour sortir.)

PAPILLON, avec prière.

Tu pars en me laissant presque désespéré...
Dis, ne seras-tu pas ma femme?

(Un assez long silence.)

PAPILLONNE, d'un air indifférent.

Je verrai.

(Elle sort à gauche. Papillon la regarde sortir; puis il baisse la tête
Un silence.)

SCÈNE III

PAPILLON, seul, d'une voix émue et triste.

Je n'aurais jamais cru qu'elle fût si charmante...

(Un temps.)

Mes amis vont venir, et cela me tourmente.
Ah! comme ce refus sera blessant pour eux!
Quant à moi... sans mentir... j'en suis bien malheureux.

(Il achève en pleurant et couvre ses yeux de sa main. Puis, relevant
peu à peu la tête, il écoute une musique très douce qui semble venir
des arbres placés dans le voisinage du Mûrier. Ensuite, il chante :)

O Rossignol, dont la plainte est si douce,
Chante pour moi : je suis triste à mourir.
Ma Papillonne à présent me repousse;
Seul, par ton chant, tu pourrais l'attendrir.

(À peine a-t-il fini de chanter que l'on entend, à quelque distance,
s'élever une voix joyeuse et forte.)

La voix de LIMAÇON.

Battez, tambour! sifflez, fifre à la voix perçante!

(On entend le bruit, encore lointain, d'une marche allègre. Papillon,
s'arrachant à ses pensées mélancoliques, s'est approché de la droite et
il a regardé de ce côté, en abritant ses yeux avec sa main.)

PAPILLON, regardant vers la droite.

Les voici. Limaçon gravit la verte sente
Aussi vite qu'il peut, et commande.

La voix de LIMAÇON, jetant avec force un commandement prolongé.

En avant!

(Papillon regarde vers la droite, tout en parlant. Parfois il se tourne à demi vers le public, pour dire ce qu'il a vu.)

PAPILLON.

Abeille, ma cousine, ouvre au souffle du vent
Ses quatre ailes. — Cigale et Grillon, son compère,
Qui, pour mener joyeux tapage, font la paire,
Trouvent la pente raide et cheminent sans bruit.
— Ver-Luisant, pour briller, attend la douce nuit.
— Enfin, portant un sac à peu près gros comme elle,
Fourmi vient derrière eux.

(La marche reprend et le bruit se rapproche. Il est tout à fait éclatant lorsque Cigale et Grillon, placés de front, puis Abeille, ensuite Limaçon, enfin Ver-Luisant et Fourmi entrent en marquant le pas. Cigale et Grillon font le simulacre de jouer, l'une du fifre, l'autre du tambour. La troupe fait le tour de la scène au son de la marche, qui cesse tout à coup. Grillon, Abeille et Cigale se trouvent groupés à droite; Ver-Luisant, Fourmi et Limaçon, à gauche. Papillon, au milieu, est entre Grillon et Limaçon. Cigale est à l'extrémité droite, Ver-Luisant à l'extrémité gauche.)

SCÈNE IV

PAPILLON, LIMAÇON, CIGALE, ABEILLE, VER-LUISANT, FOURMI.

CIGALE, brandissant son fifre.

Quand le soleil s'en mêle,
Mon fifre siffle, siffle à réveiller les morts.
Vive le clair soleil de ma Provence!

PAPILLON, tout penaud.

Alors,

Mes chers amis, c'est vous?

GRILLON, trouvant la question saugrenue.

Il me semble!

PAPILLON, de plus en plus intimidé.

Je n'ose,

En vérité...

GRILLON.

Quoi donc?

PAPILLON.

Vous apprendre... une chose..

GRILLON, la mine très décidée.

Papillon, pour le jour de tes noces, mon vieux,
Tu me parais lugubre.

PAPILLON, désolé.

Eh! puis-je être joyeux?

ABEILLE.

Tu le dois, mon cousin.

PAPILLON.

Il faut donc que je rie,
Ne sachant même pas...

(Il hésite.)

ABEILLE.

Quoi?

PAPILLON, piteusement.

... si je me marie.

FOURMI.

Comment, tu ne veux plus te marier?

PAPILLON.

Si fait.

LIMAÇON.

Ah! sois clair. Ce matin, l'amitié triomphait;
Le mariage était conclu, l'heure choisie,
Tous les détails réglés...

PAPILLON.

Mon peu de courtoisie
A froissé Papillonne, hélas! et j'aurais dû,
Pour qu'elle m'agréât comme son prétendu,
Lui faire une demande en règle.

GRILLON.

C'est stupide.

LIMAÇON, sentimental.

Quoi! cette Papillonne au doux regard limpide
A le cœur si cruel?

CIGALE.

C'est à dormir debout.

VER-LUISANT, d'un petit air décidé.
Festoyons librement sans elle : voilà tout.

FOURMI.
Certe. On n'épouse pas une telle pimbêche!

PAPILLON, baissant la tête.
Je ferais un aveu : la honte m'en empêche.

ABEILLE.
Nous sommes entre nous : parle.

PAPILLON.
              Eh bien! chers amis,
Souffrez que, malgré tout, l'espoir me soit permis.
Ne riez pas de moi. J'ai compris tout à l'heure
Que j'aime follement ma Papillonne.
(Il se laisse tomber sur la pierre et couvre son visage de ses mains.)

LIMAÇON, ému.
              Il pleure!

VER-LUISANT, ému aussi.
Ah! mais je ne veux pas, moi, qu'il ait du chagrin!
(Ver-Luisant s'approche de Papillon pour le consoler; Papillon,
touché, embrasse Ver-Luisant. Tous les regardent pendant un instant de
silence.)

FOURMI, résolument.
Marions-le.

CIGALE.
Comment?

GRILLON, frappé d'une idée subite.
             Entonnons un refrain...

ABEILLE, continuant sa pensée.
Pour attirer ici Papillonne.

PAPILLON, d'une voix faible.
             Cousine,
Elle doit être loin.

CIGALE.
        Sans doute à sa cuisine,
Mijotant le fricot, soignant quelque entremets...

FOURMI.
Ou jacassant avec Libellule.

ABEILLE.
        Jamais!
Elle est tout près d'ici, j'en suis persuadée.

GRILLON, vivement.

Brûlant de revenir.

LIMAÇON, de même.

Bien sûr.

VER-LUISANT, de même.

C'est mon idée!

ABEILLE, prenant plaisir à s'écouter.

Par sa lyre au son clair, Orphée, en d'autres jours,
Attendrit les lions, les tigres et les ours,
Nous, pour toucher au cœur une jeune étourdie,
Décochons-lui le trait de quelque mélodie.

CIGALE.

Quel air choisirons-nous?

LIMAÇON, toujours sentimental.

J'en sais un, triste et beau.

ABEILLE.

Chante-le donc.

GRILLON, au public.

Il va nous conduire au tombeau.

(Limaçon se place au milieu et sur le devant de la scène, tandis que
Ver-Luisant regagne sa place à l'extrémité gauche.)

LIMAÇON, chantant.

Papillonne, sois clémente!
Vois ses yeux baignés de pleurs.
Papillonne, sois charmante!
Pense au mal qui le tourmente :
Viens à lui parmi les fleurs.

GRILLON.

Ta romance est funèbre.

CIGALE.

Assez de psalmodie.

GRILLON.

Papillonne, mon cher, est assez dégourdie;
Tu la mettras en fuite avec de tels discours.

LIMAÇON, vexé.

Chante un peu, toi, pour voir!

GRILLON.

Soit.

LIMAÇON, au public.

Il nous rendra sourds.

(Limaçon reprend sa place; Grillon vient sur le devant de la scène.)

GRILLON.

Adorable Papillonne,
Sors du bois fleuri!
Adorable Papillonne,
Sors du bois fleuri!
Sors du bois fleuri, ma mignonne,
Je t'offre un mari!
Même, si tu veux,
Ma mignonne,
Je t'en offre deux!

LIMAÇON, indigné.

Assez!

ABEILLE, avec reproche.

Tais-toi, Grillon.

LIMAÇON.

Tu n'as donc pas d'entrailles?
Papillon a la mort dans le cœur, et tu railles!

GRILLON, confus et repentant.

C'était pour l'égayer.

(Plongé dans sa tristesse, Papillon n'a donné aucun signe d'attention à tout ce qui précède. Il se lève et désigne les arbres placés à droite.)

PAPILLON.

Dans ce bosquet, parfois,
Le divin Rossignol fait retentir sa voix.
Il connaît ma douleur. Taisons-nous pour l'entendre:
Il nous indiquera lui-même un air bien tendre.

(Presque aussitôt s'élève une mélodie. Tous, excepté Papillon, semblent surpris: ils cherchent d'où elle peut venir. Ensuite ils écoutent avec recueillement. La mélodie, une fois achevée, est reprise par les voix. Papillon chante avec ses amis.)

CHŒUR.

Blanche épousée aux yeux bleus,
Viens, descends des cieux!
Fleur des fleurs,
Viens, oh! viens tarir nos pleurs.

(Après ce premier couplet, les voix se taisant, la mélodie se développe. Tous écoutent, ravis et immobiles, sauf quelques mouvements de tête. Seul, Papillon marche lentement, les yeux levés, le geste suppliant. Puis, au milieu du groupe, il chante le second couplet avec ses amis.)

Blanche épousée aux yeux bleus,
Viens, le cœur joyeux !
Viens à nous,
Viens ravir ton jeune époux.

(Pendant que l'on achève le second couplet, Papillonne entre lentement en scène par la gauche, suivie de Rose, Marguerite et Violette,
sans que Papillon et les autres les aperçoivent. Aux premiers mots de
Papillonne, il tressaillira et se tournera vers elle. La musique se tait.)

SCÈNE V

LES MÊMES, PAPILLONNE, LES TROIS FLEURS.

PAPILLONNE, émue et sérieuse.

Mon jeune époux, je viens à l'appel de ton âme.

(Tournée vers le public :)

Tous les deux, nous avons mérité quelque blâme ;
Mais le sincère amour fera tout oublier.

(Moins grave, mais avec tendresse :)

Ainsi, cher Papillon, tu te laisses lier
Par des chaînes de fleurs ?

PAPILLON, souriant malgré son trouble.

Je n'ai qu'une parole.

(Il fait un pas vers Papillonne ; puis, avec émotion :)

L'anémone des bois à la blanche corolle
Est moins pure que toi. Je t'aime. Épousons-nous.

(Se tournant vers les arbres placés à droite :)

Merci, cher Rossignol, pour ton chant grave et doux.

FOURMI, tout ému, avec une joie profonde.

O fraîcheur du printemps !

(Puis, après un regard sur les fiancés :)

Les regarder m'enivre.

Moi, que retient au sol l'âpre souci de vivre,
Moi, Fourmi, l'ouvrière obscure, qui m'en vais
Portant de lourds fardeaux par les sentiers mauvais,
Un besoin de chérir et d'admirer m'oppresse ;
Comme une autre, mon âme a ses jours de tendresse ;
Et mon cœur chante en moi, lorsque mes pauvres yeux
Voient des êtres si beaux s'envoler dans les cieux...

(Un instant elle reste les yeux levés et les bras ouverts, comme en
extase. Papillon donne la main à Papillonne ; Rose et Marguerite se
placent à droite et à gauche du couple pour le mener devant le Mûrier.
Violette les suivra.)

ROSE.

Venez, pour que l'aïeul auguste vous sourie.

(Tous les cinq sont près de l'arbre.)

MARGUERITE, d'une voix douce et grave.

A genoux, fiancés.

(Papillon et Papillonne s'agenouillent. Douce musique pendant les
paroles de Violette.)

VIOLETTE.

« Enfants, je vous marie,
Dit, par ma voix, l'antique et bienfaisant Mûrier.
Le jour baisse : une blanche Étoile va briller,
Tandis que le soleil se couche. Puisse-t-elle
Illuminer vos yeux d'une flamme immortelle!
Pour la joie et l'épreuve, enfants, soyez unis.
Sur vous j'étends mes bras. Relevez-vous bénis. »

(Papillon et Papillonne se relèvent. Ils restent au premier plan, tandis
que les trois fleurs se groupent à droite, au fond de la scène, avec
Cigale, Grillon et Abeille. Le milieu de la scène est libre. Limaçon,
Fourmi et Ver-Luisant occupant toujours la gauche.

La musique n'a pas encore cessé, lorsqu'une Apparition se manifeste.
Elle est vêtue de blanc; une étoile rayonne dans ses cheveux. Elle est
entrée par la gauche, et elle reste un moment au fond de la scène.)

SCÈNE VI

LES MÊMES, UNE APPARITION.

ROSE, tout émue [1].

Oh! voyez! quelle est donc cette femme si belle?

(L'Apparition fait deux ou trois pas. Tous l'admirent en silence. La
musique cesse.)

L'APPARITION, regardant le groupe de droite.

Je vais vous dire, amis, de quel nom je m'appelle.

(L'Apparition se trouve à peu près au centre de la scène, plutôt vers
la gauche. Elle parlera d'une voix douce et grave, en regardant droit
devant elle ou en levant les yeux. Elle tournera pourtant la tête vers
le groupe de droite en disant : Celle qui parle ainsi... et les mots suivants; mais, de nouveau, elle fera face au public lorsqu'elle dira : C'est
moi. Ses gestes doivent être lents et harmonieux. Tous les autres personnages, les yeux fixés sur elle, l'écoutent avec le plus grand respect.)

Quand l'homme a bravement travaillé jusqu'au soir,

1. Elle parle sur la musique.

Il quitte l'atelier ou les champs. Il se presse.
Une brise légère et pure le caresse.
Au repas de famille il va bientôt s'asseoir.

Il admire en marchant le soleil qui décline,
S'empourpre et disparaît. La nuit tombe; et, moins las,
Dans la brume teintée encore de lilas
Il voit un pâle éclair briller sur la colline.

L'ombre, noyant le ciel et la terre, grandit;
Mais la faible lueur en devient plus visible.
Lentement elle monte. Elle est blanche et paisible.
Maintenant une large Étoile resplendit.

Elle regarde l'homme, et l'homme la contemple.
Elle parle à son cœur et lui dit : « Sois heureux.
Les tiens te fêteront, toi qui peines pour eux.
Sois toujours leur soutien, leur force et leur exemple. »

Celle qui parle ainsi, dans l'ombre, au travailleur,
Celle qui bénira sa nichée endormie,
C'est moi. Je suis sa haute et rayonnante amie.
Qui m'écoute le soir s'éveillera meilleur.

D'innombrables vivants, durant les nuits passées,
Ont fixé leurs regards sur moi pour me bénir.
D'autres, sans nombre aussi, dans les nuits à venir,
Élèveront vers moi leurs yeux et leurs pensées.

Je suis la joie honnête après le saint devoir.
Doux repos du travail, baume de la souffrance,
Dans le plus triste cœur j'éveille une espérance.
O mes amis, mon nom est l'Étoile du soir...
(Elle a regardé le groupe de droite en disant : *O mes amis*, puis, face
au public et levant les yeux, elle a fini lentement de parler. Ensuite elle
reste immobile, les regards fixés sur un point de l'espace. Un silence.)

PAPILLON, s'inclinant.
Pure Étoile du soir, parmi nous descendue,
Toujours avec respect vous serez entendue.

PAPILLONNE, de même.
Nous sommes bien chétifs, bien humbles, près de vous.

L'APPARITION, tournée vers le couple.
L'hommage des petits est pour moi le plus doux.
(Elle parcourt du regard toute l'assistance et arrête un instant ses

yeux sur Ver-Luisant, dans le groupe de gauche. Elle se tourne ensuite vers Papillon et Papillonne pour dire les deux vers suivants; puis, de nouveau, elle regarde Ver-Luisant, qui l'écoute en extase, les mains jointes.)

Ne voulant pas troubler votre fête ingénue,
Je retourne là-haut comme j'en suis venue,
Mais non sans adresser un adieu fraternel
Au plus petit de vous...

(En disant les vers qui suivent, elle regarde l'espace devant elle puis tour à tour les deux groupes, puis encore le ciel.)

                     Un soleil éternel,
Dont nul n'a contemplé le visage sans voiles,
Se réfléchit pour vous en des milliers d'étoiles.
Lui seul rayonne aussi dans les regards vivants
Où s'allume l'éclair de la pensée. Enfants,
Nous venons tous de lui. Le ver brillant dans l'herbe
Comme l'étoile éclose au firmament superbe,
Tout ce qui resplendit sur terre et dans les cieux
Est un reflet du grand soleil mystérieux...

(Elle regarde Ver-Luisant avec tendresse; puis elle parle sans le quitter des yeux.)

Tous deux ayant jailli de la flamme première,
Nous rendons témoignage à la même lumière.
C'est pourquoi, cher petit qui luiras un instant,
Ta grande sœur du ciel te salue en partant.

(Douce musique. Trop émue pour sourire, l'Apparition incline la tête en disant ses dernières paroles et se retire lentement. Tous la saluent avec respect, comme un être divin. Elle sort à gauche.)

SCÈNE VII

LES MÊMES, SAUF L'APPARITION.

(Bien que les personnages aient repris leur attitude habituelle, les physionomies sont restées sérieuses. Grillon s'approche lentement de Ver-Luisant lorsque la musique s'est tue.)

GRILLON, à Ver-Luisant.

Ta réplique, mon cher, n'a pas été brillante.
Une telle réserve est presque humiliante.

VER-LUISANT, encore en extase.

Que pouvais-je répondre à l'Étoile des cieux?

LIMAÇON.

Attrape ça, Grillon.

GRILLON, s'avançant vers le public.

Mesdames et messieurs,

Il serait peu modeste, en effet, et peu sage
De trop parler après une étoile. L'usage
Est pourtant de finir par un petit discours,
Et, certes, les meilleurs sont aussi les plus courts.
Vous avez témoigné beaucoup de patience;
Mais nous, par un scrupule exquis de conscience,
Au lieu de pérorer nous chanterons un chœur.

(Se tournant vers les autres personnages :)

Reprenez après moi, vous, de tout votre cœur!

CHANSON DE NOCES.

GRILLON.

Jouez gaîment, fifre et tambour,
    Jusqu'au lever du jour!

CHŒUR.

Jouez gaîment, fifre et tambour,
    Jusqu'au lever du jour!

GRILLON.

Sur l'herbe fraîche et sur le thym,
En souliers roses de satin.
Nous danserons jusqu'au matin.

CHŒUR.

Nous danserons jusqu'au matin!

GRILLON.

Sonnez, chansons, riez, beaux yeux,
    Battez, ô cœurs joyeux!

CHŒUR.

Sonnez, chansons, riez, beaux yeux,
    Battez, ô cœurs joyeux!

GRILLON.

Tant que la nuit respirera,
Tant qu'une étoile brillera,
Pour Papillonne on chantera.

CHŒUR.

Pour Papillonne on chantera!

GRILLON.

Sous la feuillée, amis, j'entends
Le rire du Printemps.

CHŒUR.

Sous la feuillée, amis, j'entends
Le rire du Printemps.

GRILLON.

Au nid s'éveillent les oiseaux;
Et, sans courber les verts roseaux,
La lune danse au bord des eaux.

CHŒUR.

La lune danse au bord des eaux.

GRILLON.

O terre et ciel, lointaines mers,
Et vous, les astres clairs!

CHŒUR.

O terre et ciel, lointaines mers,
Et vous, les astres clairs!

GRILLON.

Pour mieux fêter ces deux époux
Dont le sourire nous est doux,
Perdez la tête comme nous!

CHŒUR.

Perdez la tête comme nous!

(Tandis que le chœur chante le dernier vers, Grillon se retire pour
laisser Papillon et Papillonne au premier plan et au milieu de la scène.
Dès que le chant est terminé, les jeunes époux se font vis-à-vis : sur
à droite et sur la gauche, d'autres couples sont formés par Grillon et
Rose, Limaçon et Marguerite, Violette et Abeille, Cigale et Fourmi, —
si, du moins, la scène est assez vaste pour que cinq couples y prennent
ears ébats. Vert-Luisant est spectateur. Au son de la mélodie qui a
servi pour la chanson, les couples exécutent les figures de la danse
appelée « Bal ». On danse pendant le temps qu'il faut pour jouer deux
fois la mélodie.

RIDEAU.

INDICATIONS PRATIQUES

PERSONNAGES

Il faut tenir compte, s'il est possible, de la taille des interprètes. L'Apparition doit être plus grande que les autres personnages; Papillon, Papillonne, Rose, Marguerite, Limaçon, Grillon, Abeille, à peu près de même taille; Papillon au moins aussi grand que Papillonne. Violette sera un peu plus petite que les autres Fleurs; Cigale et Fourmi auront une taille égale ou inférieure à celle de Violette; Ver-Luisant sera le plus petit de la bande. C'est, à vrai dire, le seul personnage dont la taille doive être tout à fait exiguë.

Bien que ces indications aient leur importance, il va sans dire que, dans le choix des interprètes, on doit être guidé par des raisons multiples, dont quelques-unes sont très délicates à apprécier. Il est bon de prendre les acteurs à l'essai, et de ne rendre le choix définitif qu'après un certain nombre de répétitions.

L'Apparition doit avoir des traits purs, assez beaux, quelque chose de doux et de grave, de l'autorité dans le maintien et la diction. Tout, en elle, doit être parfaitement simple; elle parle avec une émotion contenue, mais que l'on sent profonde.

Papillon, Papillonne, Rose, Marguerite, doivent avoir de la gentillesse, de la grâce, par instants une vivacité tout enfantine. Il vaut mieux que ces personnages (de même que Grillon, Limaçon, Abeille) soient d'une taille un peu au-dessous de la moyenne, s'ils sont représentés par des jeunes filles. Seize ans vaudront mieux que dix-huit; mais l'acte de naissance importe, ici, moins que l'apparence.

Il est à souhaiter que Rose ait une jolie figure.

Papillonne aura une gentille mutinerie. Papillon doit être aussi gracieux que sa future; sa physionomie sera aimable, gaie, souriante; c'est un enfant gâté à qui sa gentillesse fait tout pardonner. Ni l'un ni l'autre ne doit manquer de finesse; et chacun d'eux aura quelques paroles émues à dire. Il faut, en outre, que Papillon ait, en chantant, une voix douce et expres-

sive; la force et l'étendue sont inutiles. Il doit pouvoir chanter
correctement un petit solo. Somme toute, il est, avec l'Apparition, le personnage le plus important de la pièce.

Grillon est le boute-en-train de la bande : qu'il ait donc un
minois éveillé, de l'aplomb, de la gaîté, une voix juste et
agréable, ce qu'il faut d'instinct musical pour bien rythmer ses
deux chansonnettes.

Limaçon est d'humeur sentimentale, ce qui ne l'empêche pas
de lancer fièrement ses commandements militaires. Il faut qu'on
l'écoute avec plaisir chanter sa mélancolique romance, au sujet
de laquelle j'aurai une remarque à faire un peu plus loin.

Avec toute la modestie et toute la douceur dont l'idée peut
être suggérée par son nom, Violette a des accès de vivacité
enfantine; elle montre franchement qu'elle aime à s'amuser
dans une honnête compagnie. Les vers de la Bénédiction nuptiale doivent être dits d'une voix émue et sérieuse.

Au reste, depuis les paroles de Papillon :

> Dans ce bosquet, parfois,
> Le divin Rossignol fait retentir sa voix,

jusqu'à la sortie de l'Apparition, les spectateurs ne doivent pas
être égayés, mais émus. Si l'on sourit en écoutant les paroles
tendres de Papilline et de Papillon, ou en assistant aux apprêts
de la Bénédiction nuptiale, le sourire doit s'effacer rapidement.
Ce sont des pensées graves qui, sous une forme légère, sont
proposées à la méditation de l'auditoire.

Violette élèvera la voix pour bien se faire entendre, lorsque
ses paroles seront soutenues par la musique. Il ne s'agit pas de
crier, mais de parler très distinctement et sur un ton de voix
plus clair que d'habitude. Elle évitera de parler trop vite :
recommandation bien souvent applicable, notamment lorsque
l'on a des choses sérieuses à dire.

Je l'ai indiqué au cours de la pièce, Mademoiselle Abeille
éprouve une certaine satisfaction à se montrer érudite et diserte,
lorsqu'elle débite le petit couplet : *Par sa lyre aux sons clairs...*
Si l'actrice chargée de ce rôle veut me faire un grand plaisir,
elle prononcera : les OUR. Ce n'est pas que je recommande, en
général, cette prononciation, contraire à l'usage actuel; c'est
qu'elle me paraît ici en situation par ce qu'elle a de légèrement
affecté.

Il y a dans le rôle de Fourmi un couplet qui doit être dit avec
beaucoup d'émotion : *O fraîcheur du printemps...* D'autre part,
une fillette brune et sèche, aux yeux noirs très vifs, pourra
donner aux spectateurs l'illusion d'une petite fourmi humaine.

Que Cigale soit gentille et lance d'une voix claire, stridente
même : *Mon fifre siffle...*

Le charme d'une extrême jeunesse est spécialement requis du
minuscule Ver-Luisant.

PROLOGUE

On fera chanter sur la scène, en manière de Prologue, les *Noces du Papillon*, chanson dont il me paraît superflu de donner ici les paroles et la musique. On les trouvera dans le *Recueil de chants populaires pour les É. oles (1re série)* de MM. Bouchor et Tiersot (librairie Hachette). Tous les personnages de la pièce, sauf l'Apparition, seront en scène au lever du rideau, et l'on chantera la chanson comme il va être dit, avec un accompagnement de piano.

Papillon est entouré de ses amis, qui entonnent tous ensemble le premier couplet de la chanson. Ils en chantent les quatre premiers vers; Papillon réplique par les deux vers suivants; les quatre premiers sont repris par le chœur avec beaucoup d'entrain.

Tour à tour Limaçon, Fourmi, Abeille, Cigale et Grillon, Ver-Luisant, chantent en solo (en duo à l'unisson pour Grillon et Cigale) les quatre premiers vers du couplet où ils sont nommés. Papillon, à chaque fois, donne une réplique de deux vers; la reprise, à la fin de tous les couplets, est faite par le chœur, soit à deux parties, soit (de préférence) à l'unisson.

Dès que la chanson est finie, on baisse le rideau pour le relever peu après, et la pièce commence.

DÉCOR

Il est décrit au début de la pièce; mais on s'en passera pour peu qu'il y ait quelque difficulté à s'en procurer un semblable. Ne soyons pas esclaves de la matière. L'imagination des spectateurs donnera beaucoup si on lui demande beaucoup; ce serait la rendre paresseuse que de ne rien exiger d'elle. Quelque chose ressemblant à une pierre pourra servir de siège; une plante verte figurera le Mûrier, une autre le buisson fleuri d'églantines.

COSTUMES

Ils ont ici beaucoup plus d'importance que le décor.

L'Apparition sera vêtue à l'antique. Consultez, à ce sujet, les indications données à la suite de *Nausicaa*, et aussi les reproductions des belles statues grecques drapées. Les vêtements de l'Apparition seront blancs.

Les autres personnages auront des costumes imitant ou rappelant les fleurs ou les insectes dont ils portent les noms. L'imagination peut se donner carrière par des fantaisies originales et gracieuses. Il n'est pas trop malaisé de représenter presque au naturel Rose, Marguerite et Violette. Coiffures, jupes, corsages,

peuvent donner une idée vraie et charmante des trois fleurs.
Ne vous croyez pas obligé de modifier le costume de Rose et de
Marguerite avant leur réapparition, bien qu'elles aient annoncé
diverses recherches de toilette en vue de la noce. De même, il
importe peu que tous les petits pieds soient chaussés ou non de
satin rose, malgré certain vers de Grillon dans la chanson finale.
Danser avec joie et avec grâce, c'est une façon idéale, et certes
la meilleure, d'avoir des souliers de satin rose.

Papillon et Papillonne sont tout vêtus de blanc, et pourvus de
petites ailes blanches, fixées sur le dos, à l'endroit où commencent les épaules. Il va sans dire que ce sont, pour la forme, des
ailes de papillon, les délicates ailes attribuées par les artistes à
Psyché. Psyché, en grec, signifie Ame : l'Ame est chose légère,
ailée, c'est un libre et divin Papillon.

Le costume du fiancé, pourvu qu'il soit tout blanc, peut être
conçu de diverses façons. En voici deux : élégant et riche, il
serait en satin blanc et dessiné d'après le costume français du
xviii siècle, simplifié, poétisé par Watteau; voyez, au Louvre,
un délicieux *Léandre* de ce grand peintre. Mais Papillon pourra
être charmant sous le traditionnel costume de Pierrot, costume
flottant, aux longues manches, qu'il est facile d'égayer par
quelques fanfreluches de satin blanc. Papillon sera donc un
Pierrot ailé, avec une coiffure ailée aussi, et surmontée de fines
antennes. Ou bien il sera vêtu comme il vous plaira.

J'aimerais que Limaçon, mollusque aimable parmi des insectes, fût coiffé de sa coquille et vêtu (pourpoint et haut-de-
chausses) d'une étoffe dont les zébrures indécises rappelleraient
la coquille de l'escargot. Je vêtirais Abeille de velours, or et
brun, je la coifferais d'une tête d'abeille, une de ces figures à
double lobe que les Grecs déclaraient camuses, et d'où le nez,
avouons-le, est absent. Je donnerais à Grillon un costume
Louis XVI, habit à la française et culotte courte, le tout de lui-
sante étoffe brune. Je sèmerais çà et là, sur la tête et le dos de
mes bonshommes, des antennes ou des ailes. Cigale en profite-
rait, tout en étant de sa vraie couleur, brunâtre ou grisâtre, et
non pas verte à la façon des petites sauterelles de l'herbe [1].
Fourmi, ma gentille moricaude, serait vêtue de noir et aurait le
chignon serré par un mouchoir de Basquaise, noir aussi. Ver-
Luisant, de la tête aux pieds, serait en or ou en argent. Enten-
dez par là n'importe quelle étoffe ou papier aux reflets métal-
liques.

1. Ceci est à l'adresse des Parisiens et des Parisiennes, généralement
portés à croire que les cigales sont vertes.

DICTION

Ce n'est pas ici le lieu de faire un cours de diction; mais je résumerai mon sentiment personnel sur la façon dont il faut réciter les vers, en disant qu'ils ne doivent pas être récités comme de la prose.

Une personne douée de sens poétique, et dont l'oreille est exercée, démêle aisément les syllabes du vers sur lesquelles le poète désire que l'on appuie, syllabes bien accentuées, appartenant à un mot riche de sens, faisant image ou imprégné d'émotion. Ces accents principaux sont tout à fait distincts des temps d'arrêt exigés par le sens grammatical, que la ponctuation indique; ils ne coïncident pas nécessairement avec la fin d'un vers, ni avec son milieu, s'il est composé de deux hémistiches. Ils sont très différents aussi de l'insistance que l'on peut mettre sur un mot afin de produire un de ces effets dramatiques dont les acteurs sont avides, et que parfois ils distribuent généreusement sur des mots ou des groupes de mots pour lesquels le poète eût souhaité une interprétation fort simple. Si l'on insiste trop sur les syllabes que le poète accentuerait lui-même, on produit une sorte de mélopée qui n'est pas sans monotonie; mais, si l'on n'y insiste pas assez, on prive le vers de cette sorte de musique sans laquelle il n'y a point de poésie.

Du reste, il ne faudra pas dire de la même façon (cela va de soi) deux poèmes dont l'esprit sera différent. Un morceau lyrique où le sentiment jaillit avec force, où s'épanche la tendresse, où l'enthousiasme déborde, est, presque à la lettre, un « chant », et le vers devra y être « chanté ». Le vers d'un poète comique peut, en revanche, contenir fort peu de chant, sans être, pour cela, de la prose rimée; un vers alerte, incisif, bien frappé, est toujours un vers, même s'il est dépourvu d'une poésie que le sujet ne comporte pas. Dans une même pièce de théâtre, le ton peut être extrêmement variable, et la façon d'en réciter les vers doit varier en conséquence. Si l'auteur ne s'est pas rendu coupable de platitude, il y aura dans le vers le plus familier une grâce particulière, un je ne sais quoi par où il se distinguera d'une ligne de prose ayant le même nombre de syllabes. Il faudra faire sentir ce je ne sais quoi, mais sans y insister, comme instinctivement; et, à d'autres passages, d'une inspiration plus relevée, le vers se fera plus riche en accents, la rime plus vibrante, la mélodie plus douce ou plus forte.

Il faut se garder de l'emphase avec un soin extrême, et on l'évitera d'autant plus sûrement que l'on éprouvera une émotion plus vraie. Le manque de naturel gâte les meilleures qualités. Mais il y a bien des manières d'être naturel : on peut l'être avec noblesse, avec élégance, avec profondeur. Il n'y a rien de plus

naturel que la majesté de l'océan, la grâce de la rose ou la
colère d'un peuple.

J'ai donné, au cours de la pièce, toutes les indications qui
m'ont paru nécessaires ou utiles pour éviter une interprétation
fautive de tel ou tel vers et pour souligner les moindres nuances
de sentiment. Je n'ajouterai que deux recommandations très
générales. La première est de prendre des temps partout où
cela est prescrit dans le texte, au lieu de réciter sans interruption tous les vers que l'on doit dire avant de céder la parole à
un autre personnage. La seconde est de ne pas marquer inva-
riablement un arrêt à la fin du premier hémistiche, en récitant
des vers alexandrins. Il est vrai que cet arrêt a été regardé
comme obligatoire durant la période classique de notre littérature. Mais nos grands poètes, Corneille, Molière, Racine,
La Fontaine, ont violé assez souvent la règle qu'ils ne son-
geaient point à modifier. L'inévitable temps d'arrêt au milieu
du vers, dans une succession d'alexandrins, ne tarde pas à
donner une impression de monotonie. Victor Hugo a fait volon-
tairement et avec suite ce que les classiques avaient fait par
instinct et peut-être en se le reprochant. Parfois, comme une
flèche, le vers du poète s'élance, sans aucun arrêt sensible,
jusqu'à la rime qui en marque le terme ; plus souvent le « repos
en l'hémistiche », comme disait le vieux Corneille, a pour équivalents, chez Victor Hugo, deux forts accents dont l'un est placé
dans la première moitié du vers, l'autre dans la seconde. Le
vers de douze syllabes est ainsi composé de trois parties, égales
ou inégales, et il peut être dit « ternaire ». Pourvu qu'il n'en
soit point fait abus, cette sorte de vers rompt très heureusement
la monotonie de l'alexandrin à césure régulière.

Les alexandrins de coupe ternaire ne manquent pas dans le
Mariage de Papillonne.

Le vers que voici doit être dit d'un seul trait, dans un mouvement modéré :

Quand l'homme a bravement travaillé jusqu'au soir.

Si l'on place des accents dans l'intérieur du vers, ils seront
légers et porteront sur le mot *l'homme*, et sur la dernière syllabe
de *travaillé*. Mais il ne faut pas dire :

Quand l'homme a bravement... travaillé jusqu'au soir.

Il y a presque toujours un fort accent sur la dernière syllabe
du vers, celle qui constitue la rime, et le plus ordinaire lecteur
le fera sentir sans même y prendre garde. Il y a des exceptions
à cet usage, mais elles sont rares. Si le poète a placé à la rime
une conjonction, par exemple : *Mais*, on supposera qu'il a voulu
insister sur la restriction que ce mot implique, et, par suite, sur
la syllabe elle-même.

MUSIQUE

La mélodie du chœur : *Blanche épousée...*, a été empruntée à l'*Orphée* de Gluck et transposée de *fa* en *mi* bémol, pour convenir à toutes les voix. On pourra tout aussi bien, selon les éléments dont on disposera, transposer en *mi* naturel ou garder le ton de *fa*.

Tous les acteurs qui sont en scène chantent à l'unisson. Pour renforcer le chant, on pourra placer dans les coulisses, à droite et à gauche, des jeunes filles ou des enfants aux voix justes et fraîches. Il en faudra une dizaine au plus, qui chanteront à l'unisson avec les acteurs en scène. Papillonne et les trois Fleurs pourront être utilisées. Il va sans dire que l'admirable mélodie de Gluck devra être chantée avec beaucoup de pureté, de douceur et d'expression.

Si, par bonheur, on dispose d'un bon violoniste ou flûtiste, il pourra jouer (à l'unisson avec le piano) la mélodie de la première phrase, lorsqu'elle sert de prélude ; puis le chœur, accompagné au piano seulement, chantera cette même phrase ; la seconde (sans les voix) sera jouée par la flûte ou le violon avec le piano ; et, à la rentrée du chœur, les deux instruments continueront de jouer ensemble jusqu'à la fin.

On jouera avec une extrême douceur la mélodie qui accompagne la Bénédiction nuptiale, afin de ne pas couvrir la voix frêle de Violette, que j'ai elle-même priée de parler très distinctement et sur un ton assez élevé [1]. Le même motif (abrégé) pourra être joué un peu plus fort à la sortie de l'Apparition, mais toujours d'une façon très liée, avec beaucoup de charme et de tendresse.

L'air que Papillon fredonne dans la coulisse doit être chanté *sans accompagnement*. C'est la mélodie des *Noces du Papillon*.

Si l'on a un flûtiste, le thème de la Marche des insectes sera joué sur la petite flûte ou sur le fifre, dans le registre le plus aigu. Le pianiste ne jouera que les accords écrits sur la seconde portée ; il ne jouera même rien du tout, si l'on a un tambour pour frapper le rythme indiqué par ces accords.

La Chanson de Noces, qui est sur le même air, doit être chantée gaiement, bien rythmée, dans un mouvement qui ne soit pas trop vif, afin que la prononciation reste tout à fait distincte. (Grillon ne doit pas avoir la langue paresseuse.) Il faut attaquer très franchement ; les deux premiers vers de chaque couplet seront repris avec entrain. La mélodie se fait plus gracieuse aux deux vers suivants, pour reprendre, au dernier, son rythme ferme et dansant. Reprise allègre de ce dernier vers.

---

1. Sur de la musique parlez toujours *dans le haut de la voix*. Les intonations graves ne seraient pas entendues.

Le troisième couplet sera chanté avec plus de douceur et de grâce que les autres. Le début et la fin du quatrième exigent un vrai délire d'enthousiasme. A la reprise du dernier vers, on pourra élargir un peu, mais il faudra rythmer avec une extrême énergie.

A chaque couplet, Grillon fera des gestes appropriés aux paroles, et le chœur répétera ces gestes en même temps qu'il reprendra tel ou tel vers.

Premier couplet. — A la fin du premier vers et pendant le second, imitez avec les deux mains les *mouvements d'un joueur de fifre.* Au dernier vers, dansez sur place.

Second couplet. — Au deuxième vers, appuyez-vous les deux mains sur le cœur. En chantant ces mots : *Tant qu'une étoile brillera,* Grillon lève les yeux au ciel et désigne une étoile avec sa main droite. Au dernier vers on se tourne vers Papillonne : Grillon d'abord, le chœur à la reprise. Papillonne saluera.

Troisième couplet. — Aux deux premiers vers, penchez le corps à droite, la physionomie attentive, la main droite élevée à la hauteur et à quelque distance de l'oreille. Au dernier vers, les bras coudés et un peu écartés du corps, les mains à plat, les ongles en dessus, abaissez tour à tour et élevez légèrement les deux mains ensemble, afin d'imiter la palpitation des eaux miroirant à la clarté de la lune.

Quatrième couplet. — Au deuxième vers, levez les bras au ciel. En chantant les vers 3 et 4, Grillon se tourne vers Papillon et Papillonne; le chœur regarde les fiancés, qui saluent. Au dernier vers, portez les deux mains au front en disant le mot : *tête*; puis écartez-les avec force à la fin du vers.

Il n'est pas besoin d'insister sur l'expressive douceur, le charme mélancolique de la mélodie qui a servi pour la Romance de Papillon; mais on peut recommander à l'interprète de ne pas prendre trop lentement et de chanter bien en mesure. Si l'on a un violoniste ou un flûtiste, il pourra jouer, à l'unisson avec le piano, le prélude de cette Romance. Le piano seul accompagnera la voix. La chansonnette de Grillon doit être gaiement rythmée, enlevée avec une légèreté joyeuse. Il y a une remarque plus spéciale à faire sur la Romance de Limaçon. La mélodie, d'un sentiment vrai et pénétrant, ne doit qu'à la situation de paraître comique. Limaçon ne fera donc pas de cette romance une charge : aux derniers mots seulement (*les fleurs*), il aura une intonation caverneuse qui pourra faire rire.

La partition du *Mariage de Papillonne* contient toutes les autres indications utiles.

DANSE

La mélodie de notre chanson finale, originaire de Bretagne, est un air de « bal ». Le bal est une danse particulière. Il serait à propos, me disais-je, de faire suivre la chanson par une danse; mais je n'avais point vu danser le bal. Au cours d'un voyage dans l'Ouest, je m'enquis de cette danse, aussi populaire en Saintonge qu'en Bretagne. J'en eus l'original et charmant spectacle, grâce à l'extrême obligeance de Mme la directrice de l'école normale de La Rochelle.

La mesure des airs de bal est tantôt un 6/8, tantôt un 2/4. A La Rochelle, on danse le bal à 6/8, sur l'air bien connu : *A la pêche des moules*. Mon air breton est, au contraire, à deux temps, ce qui ne peut que donner à la danse une allure plus vive et plus ferme. Il est fort possible que l'on danse le bal de diverses manières, suivant les régions; je ne l'ai pas vu danser en Bretagne. Tel que j'en ai eu le spectacle, il comporte plusieurs figures. On exécute chacune d'elles pendant un certain temps, après quoi on passe à la suivante, toujours au son de la même mélodie, et sans mêler ces figures. Selon ce que j'ai vu, elles se réduisent à trois.

Il me sembla qu'on pourrait les combiner dans le court espace de temps nécessaire pour jouer une fois la mélodie bretonne, et que cela donnerait plus de vie à la danse; d'autant que je ne pouvais, à la fin d'une pièce, disposer que d'un petit nombre de minutes pour faire danser mes acteurs. Il importait, d'autre part, que les mouvements fussent en rapport exact, pour la durée, avec les diverses parties de la mélodie. Étant allé à Rouen pour faire jouer le *Mariage de Papillonne*, j'indiquai très imparfaitement ce que je souhaitais à Mme la directrice de l'école normale. Elle prit la peine de tout régler avec précision; et c'est grâce à sa bienveillance que je puis offrir à mes lectrices et à mes lecteurs une description précise du bal, — tel qu'il a été dansé à Rouen, avec un très vif succès, après la chanson finale du *Mariage de Papillonne*.

DESCRIPTION DE LA DANSE

Après le dernier couplet de la Chanson de Noces, on joue les six mesures (à deux temps) de l'introduction, et la danse commence.

Les danseurs se groupent deux à deux; ils se placent vis-à-vis l'un de l'autre, de profil par rapport aux spectateurs, en se tenant les mains. Une main droite tient une main gauche, et inversement.

A

Pendant la 1re mesure, la 2e mesure et la 1re croche de la 3e, les danseurs *sautent* alternativement sur un pied, puis sur l'autre, en pliant les genoux; en même temps ils avancent et reculent alternativement les bras. Les mouvements des bras et des jambes se correspondent et se font en mesure.

B

Puis les danseurs se séparent et tournent sur eux-mêmes en *marquant le pas*, de façon à se retrouver face à face, en frappant des mains, très exactement, sur le deuxième temps de la 4ᵉ mesure. Chacun tourne à sa droite.

Ils refont les mêmes mouvements, pendant les quatre mesures suivantes, qui sont la répétition des précédentes.

C

A partir de la 9ᵉ mesure, les danseurs, de nouveau face à face et se tenant les mains, élèvent deux de leurs bras unis au-dessus de leurs têtes. Les bras décrivent ainsi un arc de cercle au-dessous duquel passent les danseurs. Ils se trouvent alors dos à dos et se tiennent toujours les mains. Ils reviennent à leur position première en passant sous un autre arc de cercle formé par les deux autres bras. Ce double – mouvement se fait pendant les 9ᵉ et 10ᵉ mesures et le 1ᵉʳ temps de la 11ᵉ. Il doit être exécuté rapidement, mais avec grâce. On fera le premier demi-tour en se tournant du côté des spectateurs.

D

Pendant le second temps de la 11ᵉ mesure, la 12ᵉ et le 1ᵉʳ temps de la 13ᵉ, les danseurs exécutent les mouvements indiqués en A, sans jamais se lâcher les mains.

E

Pendant le second temps de la 13ᵉ mesure, la 14ᵉ et le premier temps de la 15ᵉ, les danseurs recommencent le double mouvement exécuté en C.

F

A partir du second temps de la 15ᵉ mesure, les danseurs recommencent le mouvement indiqué en B. Ils se retrouvent face à face et frappent des mains sur la dernière note.

Somme toute, il n'y a que 3 figures différentes : A, B,C, qui se succèdent dans l'ordre suivant : A, B, A, B, C, A, C, B.

Les danseurs recommencent une seconde fois tous les mouvements dans l'ordre indiqué ci-dessus. On ne rejoue pas, avant cette reprise, les six mesures de l'introduction.

LA

BELLE AU BOIS DORMANT

Féerie en quatre tableaux.

A Max et à Mad.

PERSONNAGES

LA FÉE AUX PERLES.
LA BELLE AU BOIS DORMANT
MÉSANGE, } suivantes de la Belle.
PAQUERETTE, }
DAME TOURTE, gouvernante de la Belle.
LE PETIT CHAPERON ROUGE.
LE PRINCE FLORIZEL.
RONDACHE, écuyer du prince.
DEUX SUISSES.
LE MAJORDOME.
LE CUISINIER.
FRANGIPANE, gâte-sauce.
FURET, petit page.

La scène est d'abord dans la chambre de la Belle, puis dans une forêt, ensuite dans la salle des gardes, enfin dans la chambre de la Belle.

Époque habituelle des contes de fées.

AVERTISSEMENT

Je relève, dans la première édition de la *Belle au bois dormant*, les indications suivantes :

« La pièce peut être jouée soit par des amateurs des deux sexes, soit par des jeunes filles, les rôles d'hommes devenant des travestis.

« Trois rôles doivent être tenus par des enfants, une fille et deux garçons, lesquels peuvent d'ailleurs être remplacés par des fillettes.

« Le premier tableau dure environ dix minutes, le second vingt-cinq, le troisième quinze et le quatrième une demi-heure. Avec les trois entr'actes nécessaires, et qu'il faut rendre aussi courts que possible, la représentation doit durer à peu près une heure trois quarts, en tous cas moins de deux heures.

« Comme je ne conçois guère le théâtre, surtout celui qui nous occupe, sans musique et même sans danse, une partition a été publiée en même temps que le présent ouvrage. Elle est due presque entièrement à la collaboration de Haydn, de Mozart, de Beethoven, de Schumann et de la tradition populaire de France.

« Quant à la pièce, elle m'a été soufflée par les arbres, les oiseaux et les écureuils de la forêt de Fontainebleau. »

Il faut toujours rendre justice à ses collaborateurs.

Parmi les représentations de cette comédie ou féerie, auxquelles il m'a été possible d'assister, j'en citerai deux qui approchèrent la perfection de bien près; si même elles ne l'atteignirent pas, c'est uniquement par égard pour le proverbe : « La perfection n'est pas de ce monde. » L'une de ces représentations fut donnée à Reims, en 1902, par l'Association des anciennes élèves du lycée de jeunes filles; l'autre à Aix-en-Provence, en 1903, par l'école normale d'institutrices [1].

Je sais que la pièce a été parfois jouée par des amateurs des deux sexes, grandes personnes ou enfants; mais je n'ai pu

---

1. Je me rappelle aussi, avec un vif plaisir, une représentation du même ouvrage, donnée à Toulon par l'école primaire supérieure de jeunes filles.

assister à aucune de ces représentations. Je crois qu'en général des jeunes filles seront les meilleures interprètes de ce petit ouvrage.

Lorsqu'il fut joué à Aix, des chants appropriés furent exécutés avant les actes II, III et IV : chanson du *Petit Chaperon rouge* [1]; trio final de *la Belle et la Bête* [2]; chanson de la *Belle au bois dormant* [3].

On regrettera peut-être que cette pièce, comme les autres du même recueil, comporte un assez grand nombre de personnages, des costumes qui doivent être fort soignés, une partition très importante. Évidemment il serait plus commode de jouer de courtes saynètes à trois ou quatre rôles, sans musique ni costumes spéciaux; et je n'empêche personne d'en écrire ou d'en jouer de telles. Mais le plus grand charme des pièces jouées par des jeunes filles est, à mon avis, de présenter aux yeux un joli spectacle, par les costumes et les groupements, et de captiver l'oreille par des chants interprétés avec goût. Au surplus, je ne crois pas qu'il y ait intérêt à jouer souvent la comédie, ni à entasser les pièces, comme on le fait parfois, dans une même soirée. Il vaut bien mieux, à ce qu'il me semble, en faire moins et y donner tous ses soins.

1. Chez Ninô.
2 Quatrième série des Illustrations musicales, chez Heugel.
3. Chez Hachette.

LA

BELLE AU BOIS DORMANT

PREMIER TABLEAU

LE SOMMEIL

Une chambre dans le château. La Belle est couchée sur un lit placé contre le mur qui ferme la scène à droite, le chevet du lit étant vers le fond. La Belle est richement parée; robe à longue traîne. Elle dort, la tête posée sur son bras droit replié, la main sous la nuque. Au pied du lit, assises ou à demi couchées, la tête reposant sur des coussins, Mésange et Pâquerette dorment aussi, la première à gauche, la seconde à droite, en face du spectateur. Pâquerette appuie sa tête sur l'épaule de Mésange et elle tient dans sa main droite la main gauche de son amie. Dans la partie gauche de la scène, Furet dort dans un large fauteuil, sur lequel il est blotti, les pieds dépassant à peine le siège. On le voit de profil, le visage tourné vers la gauche et enfoncé dans un coussin. Au fond de la scène, visible entre Furet et les deux jeunes filles, Dame Tourte, également assise, sommeille, le menton sur la poitrine, les mains appuyées sur les bras de son fauteuil. Elle est face au spectateur. Un voile dissimule ses traits, et le bord de son chapeau cache une partie de son visage incliné.

On commence le prélude [1], puis le rideau s'écarte, et la Fée aux perles entre doucement par la gauche, où est censée être la salle des gardes. Elle contemple la Belle endormie, puis elle observe tour à tour les autres personnages. Elle ne commence à parler que lorsque la musique s'est tue. Elle désigne du geste, ou en les regardant, les personnages dont elle parle. Elle tient à la main sa baguette d'argent.

1. N° 1 de la partition.

SCÈNE UNIQUE

LA FÉE; LA BELLE, MÉSANGE, PAQUERETTE,
DAME TOURTE, FURET, endormis.

LA FÉE.

Tous, ils dorment depuis cent ans. Ils sont bien sages!
Mésange et Pâquerette, avec leurs frais visages,
Sont telles que les vit le siècle précédent.
Grignotant un *Pater* ou deux entre ses dents
Pour rendre cette longue nuit un peu plus courte,
Voici, l'air renfrogné, l'austère Dame Tourte.
Depuis qu'elle a fermé ses redoutables yeux,
L'Étiquette sommeille avec elle. Tant mieux.
Là, gros comme le poing, Furet, le petit page,
Qui fut, en d'autres temps, grand meneur de tapage,
Plongeant dans un coussin son museau délicat,
Rêve, pelotonné comme un tout jeune chat;
Et, je peux l'attester, dans la salle voisine
Deux Suisses rubiconds et les gens de cuisine
Font un mélodieux concert de ronflements.
                          (Elle regarde la Belle.)
Mais toi, qui rouvriras bientôt tes yeux charmants,
Belle en qui le Printemps va saluer sa reine,
O mignonne, la Fée aux perles, ta marraine,
Pour la dernière fois contemple ton sommeil.
Quelle grâce! Le teint est demeuré vermeil,
Frais comme une églantine à l'instant même éclose.
Dans sa calme innocence, heureuse, elle repose.
Le souffle de la vierge est paisible et léger;
Et ses yeux, clos depuis un siècle, font songer
A des fleurs que la Nuit protège avec tendresse
Et qui vont se rouvrir au jour qui les caresse...
                          DAME TOURTE, rêvant.

Ah! Jésus-Maria!
                          (La Fée tressaille et regarde Dame Tourte.)
                          LA FÉE.
            S'éveille-t-elle? Non;
L'heure n'est pas venue encore.

DAME TOURTE, rêvant.

Quel guignon!
Ce maudit as de piqué est cause de ma perte.

PAQUERETTE, rêvant.

Oh! cueillir le muguet!

MÉSANGE, rêvant.

Mordre une pomme verte!

FURET, rêvant.

J'ai faim.

LA FÉE.

Ils rêvent tous.
(Musique¹. La Fée regarde la Belle.)

Belle, à quoi songes-tu?
A travers le sommeil ton cœur a-t-il battu?
Quel rêve t'a souri? Sauras-tu reconnaître
L'inconnu qui demain t'éveillera peut-être?
Sais-tu que Florizel, blessé d'un mal secret,
Erre depuis longtemps à travers la forêt,
Altéré d'une joie ineffable et suprême,
Mais ne connaissant pas encore ce qu'il aime?
Florizel, ignorant les choses d'autrefois,
Ne sait pas qu'en ce lieu caché parmi les bois,
Depuis cent ans, repose une vierge endormie;
Mais, plein de trouble, il rêve, il espère une amie;
Et, tandis que tu dors ton sommeil enchanté,
Belle, il a pressenti ta divine beauté!

LA BELLE, rêvant, d'une voix très douce.

Florizel! Florizel!

LA FÉE.

Ce nom que tu murmures
Te semble doux comme un parfum de fraises mûres.
O chère enfant, c'est vrai, ton Florizel est beau,
Tendre, et le gai printemps fleurit à son chapeau;
Mais ce n'est point encore assez pour qu'il t'éveille.
Le bienheureux qui doit découvrir la merveille,
Celui qui lui dira : « Je t'aime! Lève-toi! »
Celui qui recevra le gage de sa foi,

1. N° 2 de la partition.

Il ne me suffit point qu'il t'aime et qu'il t'admire,
Qu'il soit beau, que la joie éclaire son sourire;
Moi qui veille sur toi dans l'antique maison,
Je veux qu'il soit vaillant et je veux qu'il soit bon!

(La musique cesse[1]. Une pause.)

Voyons si tout est bien.

(Elle jette un coup d'œil autour d'elle.)

                    Un aimable désordre;

Soit.

(S'approchant de Furet, qui remue tout en dormant :)

        Qu'as-tu, mon petit? Est-ce que tu veux mordre
Ton oreiller? Bientôt tu te rattraperas
De ce jeûne sévère. Allons, donne ton bras;
Repose là ton front et dors, petit bonhomme.

(Tout en parlant, elle l'arrange dans son fauteuil. Puis elle se tourne
vers Mésange et Pâquerette; ensuite du côté de Dame Tourte.)

O mes roses d'avril, encore un léger somme.
Quant à vous, Dame Tourte au respectable nez,
Rêvez jusqu'à demain, rêvez que vous tournez
L'as de cœur...

(Elle regarde un moment la Belle.)

                    Je vous quitte, ô belle paresseuse,
Mais non sans vous chanter encore une berceuse.

(Elle chante[2] :)

            Dors, ma filleule chérie,
        Jusqu'au jour du splendide réveil;
            Dors, mon enfant, je t'en prie,
            Dors ton paisible sommeil.
            Loin des regards du soleil.
            Jusqu'au grand jour du réveil,
            Dors, ma filleule chérie.
            Dors loin du monde et du bruit;
                Ma belle, bonne nuit!

            Rêve douceur et tendresse,
            Toi dont l'âme en silence fleurit.
            Que nul émoi ne t'oppresse.
            Vois ton bonheur en esprit;

1. Il n'y a pas de grave inconvénient à ce que la musique dépasse
un peu la parole; mais il faut éviter avec grand soin qu'elle ne finisse
trop tôt.
2. N° 3 de la partition.

Vois l'avenir, et souris,
Toi qui dans l'ombre fleuris!
Rêve douceur et tendresse.
Rêve toujours : le temps fuit.
Ma belle, bonne nuit!

      (Elle sort lentement à gauche. Rideau.)

DEUXIÈME TABLEAU

DANS LA FORÊT

Une clairière dans une forêt. La scène est vide. On voit entrer par la gauche le prince Florizel, courbé sous un fagot énorme, qu'il porte sur son dos en le tenant à deux mains. Il n'a pas de chapeau. Derrière lui vient la Fée, méconnaissable, tout enveloppée d'un manteau à capuchon, qui tient son visage dans l'ombre. Elle marche le corps voûté, la tête basse, en s'appuyant sur un gros bâton; sa voix chevrotante est celle d'une très vieille femme. Florizel s'arrête au milieu de la scène et pose à terre le fagot. La Fée est à gauche au premier plan.

SCÈNE I

FLORIZEL, LA FÉE.

LA FÉE.

Ah! mon bon monsieur, que de peine vous prenez pour moi!

FLORIZEL, s'avançant.

Aucune peine, ma bonne mère, aucune; rien que le plaisir de vous obliger. Je profite de ce que nous avons atteint la clairière pour souffler un peu; mais il est entendu que je porterai le fagot jusqu'à votre cabane.

LA FÉE.

Vraiment, mon bon monsieur, c'est trop! je suis confuse de votre bonté. Un prince! car vous êtes prince, je le vois bien à vos habits, à votre langage, et à je ne sais quoi encore; un prince aux mains

blanches, un jeune homme délicat, porter une lourde
charge de bois, et pourquoi faire? pour soulager une
pauvre vieille femme inconnue!

FLORIZEL.

Ma foi, ma bonne mère, je vous dirai en toute
franchise que vous m'avez rendu honteux de mon
oisiveté, de mes mains blanches et de toute ma personne. Quand je pense que vous, à votre âge, vous
êtes obligée, pour vivre, d'accomplir chaque jour ce
dur travail, j'en rougis pour la société des hommes.
Il faudra que je réfléchisse mûrement à ces choses-là,
puisque je dois un jour gouverner le royaume de mon
père.

LA FÉE.

Vos réflexions ne sauraient être que bonnes et belles.

FLORIZEL.

Mais à présent, bonne mère, ne pourriez-vous me
dire s'il y a une demeure au milieu de cette forêt?
Un jour que j'étais sur un roc escarpé, je crus apercevoir une tour; il me sembla même qu'elle était à demi
ruinée et qu'elle avait une longue barbe de lierre.
Longtemps je marchai dans la direction où je l'avais
aperçue; mais je ne pus rien découvrir.

LA FÉE, d'un air mystérieux.

Je vous dirai tout ce que je sais; ou plutôt, car je ne
sais rien, je vous rapporterai tout ce que j'ai entendu.
Voici. On assure qu'il existe, en effet, un château, tout
au milieu de la forêt. Un vieux château, qui est là
depuis des siècles. Seulement, il n'y a pas de chemin
pour y arriver. Il y a bien un sentier de chèvres, dans
les rochers et les buissons; quelques-uns l'ont suivi
avec bien des peines; mais, découragés, ils sont retour-
nés sur leurs pas. D'autres ne sont jamais revenus.

FLORIZEL, vivement.

Ah! ah! voilà qui me plaît. Et où est-il, ce sentier?

LA FÉE.

Si je le savais, mon prince, je me ferais conscience
de vous l'apprendre. Pourtant, vous semblez y tenir
beaucoup...

FLORIZEL.

Oui, oui, et plus que je ne puis dire.

LA FÉE.

Je vous rapporterai donc ce que j'ai entendu à droite et à gauche. Eh bien! le sentier... Je ne devrais pas vous dire cela.

FLORIZEL.

Si, bonne mère, il faut me le dire; et je vous bénirai du fond de mon cœur, dussé-je, moi aussi, n'en revenir jamais!

LA FÉE.

Puisqu'il en est ainsi, écoutez-moi bien : le sentier commence à grimper juste au-dessus de ma hutte. Il est d'abord assez visible; mais ensuite il faut de bons yeux pour l'apercevoir, des jarrets solides pour le gravir, et un vrai cœur d'homme pour n'y pas trembler.

FLORIZEL.

Je crois avoir tout cela. Je verrai bien, du reste. Mais ce mystérieux château a-t-il des habitants? et que dit-on à leur sujet?

LA FÉE.

On dit — mais je ne sais pas si c'est vrai, car on dit bien des choses, le soir, à la veillée, — on dit que le château renferme un trésor gardé par deux griffons, qui jettent continuellement des flammes.

FLORIZEL.

Pour qui les griffons gardent-ils ce trésor? Il a sans doute un maître?

LA FÉE.

Mon prince, vous m'en demandez trop : je ne suis pas si savante. Pensez donc : une pauvre vieille femme comme moi! Pourtant, j'ai entendu dire...

FLORIZEL.

Ah! quoi donc?

LA FÉE.

C'est peut-être un conte imaginé à plaisir.

FLORIZEL.

Parlez toujours.

LA FÉE.

Mon brave monsieur, on dit que le trésor appartient
à de petits nains, à de méchants gnômes, qui dorment
le jour et qui, toute la nuit, forgent dans leurs ateliers
l'or et l'argent. Voilà ce que l'on dit.

FLORIZEL.

Pas autre chose?

LA FÉE.

C'est tout ce que j'ai entendu raconter.

FLORIZEL.

Ah! tant pis.

LA FÉE.

Cependant, je dois ajouter que, suivant d'autres, la
maison serait hantée par les esprits; et il en est pour
soutenir que tous les sorciers du pays viennent y
prendre leurs ébats.

FLORIZEL.

Bref, on n'est pas d'accord. Eh bien! j'aime mieux
cela. Je vous remercie, ma bonne mère. Il faudra que
j'y aille voir un peu.

LA FÉE.

Gardez-vous-en bien, mon digne prince! Vous êtes
si bon! Quel chagrin pour moi, s'il allait vous arriver
malheur! Et par ma faute, encore...

FLORIZEL.

Mais pas du tout! Je suis assez grand pour prendre
une résolution. S'il m'arrive quelque chose, il faudra
n'en accuser que moi. Allons, je vais porter le fardeau
jusqu'à votre cabane. C'est tout près d'ici, m'avez-
vous dit?

LA FÉE.

A cinquante pas, mon bon monsieur.

FLORIZEL.

Puis je reviendrai dans cette clairière, où Rondache,
mon écuyer, doit me retrouver. A tout à l'heure.

LA FÉE.

Je vous salue bien, mon prince. Moi, je vais me
reposer un instant.

FLORIZEL.

Chargeons ce fagot.

(Il se baisse pour le prendre.)

LA FÉE.

Attendez au moins que je vous aide.

(Florizel fait un geste de dénégation.)

Mais si! mais si! J'ai plus de vigueur que vous ne
pensez.

FLORIZEL, pendant qu'elle l'aide à charger le fagot.

Soit. Aussi bien, je ne suis qu'un apprenti, et je
ferais un médiocre bûcheron. (Avec émotion :) Merci,
bonne mère. Je comprendrai mieux, désormais, ce que
signifie le regard des pauvres gens.

(Il sort à droite. Une pause.)

SCÈNE II

(Très courte phrase musicale [1]. La Fée se redresse vivement, jette son
bâton et se débarrasse du manteau qui l'enveloppe.)

LA FÉE, seule.

Ah! je respire enfin. Le temps m'a paru long.
J'ai bien cru que j'avais cent ans pour tout de bon.

(Elle regarde du côté par où Florizel est sorti.)

Quel brave cœur! Il est digne de ma filleule.

(Une pause assez longue.)

Moi, pauvre fée, hélas! je serai toujours seule;
Pas un ne me dira sa tendresse, tout bas;
Il paraît que l'amour ne nous regarde pas.
Sans doute nous avons la baguette magique;
Les grelots du muguet nous sonnent leur musique;
Danser, rire, chanter, j'accorde que c'est doux,
Et la pensée humaine est moins prompte que nous;
Nous ne redoutons rien de l'aveugle fortune;
Nous dormons, s'il nous plaît, sur un rayon de lune;
Libres dans notre immense empire aérien,
Nous avons la jeunesse immortelle... C'est bien,
Oui, mais ce n'est pas tout; et, quelquefois, j'envie
L'être éphémère qui, dans sa goutte de vie,

1. N° 4 de la partition.

Peut voir se réfléchir tout le ciel un instant!
(Une pause.)
Qu'est-ce que vous voulez? On n'est jamais content.
(Une pause.)
Bah! faire le bonheur des âmes que l'on aime,
C'est peut-être plus doux que d'être heureux soi-même.
(On entend un bruit de pas.)
Chut! on vient. Cachons-nous pour écouter. Bientôt,
Je pense, nous aurons à dire notre mot.
(Elle sort à gauche. Son manteau et son bâton sont restés à terre.
Florizel entre à droite.)

SCÈNE III

FLORIZEL, puis RONDACHE.

FLORIZEL.

Pauvre vieille femme! J'hésitais à reconnaître sa demeure dans la misérable hutte qu'elle m'a désignée. Le toit est à jour et la porte ne ferme pas. J'aurais cru cette bicoque abandonnée. Ah! voici Rondache. Eh bien, quelles nouvelles?
(Rondache entre à gauche, tenant à la main le chapeau de Florizel.)

RONDACHE.

Détestables, mon prince, détestables. Et voici votre chapeau, que vous aviez oublié près de la source où nous nous rafraîchîmes, comme disait monsieur votre précepteur.

FLORIZEL.

Grand merci.
(Il met son chapeau.)
Tes nouvelles sont mauvaises?

RONDACHE.

Affreuses. On ne peut atteindre le château sans de prodigieuses difficultés; personne, bien entendu, ne veut nous servir de guide; et il y a de fortes chances pour que nous restions en route. Aucune bête ne passerait à travers les fourrés inextricables de la forêt; donc, à moins de nous charger comme des mules, nous ne tarderons pas à périr de faim et de soif. Le régime auquel nous étions astreints, depuis six semaines, par notre course effrénée à travers les bois me semblait assez rude; mais c'était le paradis auprès de ce qui nous attend, si vous persistez dans votre funeste projet.

FLORIZEL, gaîment.

On dirait que tu es de mauvaise humeur.

RONDACHE.

Dame! il y a de quoi.

FLORIZEL.

Mais tu ne me dis pas ce qui m'intéresse le plus. Une fois que nous aurons surmonté les difficultés que tu supposes...

RONDACHE, entre ses dents.

Pâquedieu! quel enragé!

FLORIZEL.

... A quoi cela nous mènera-t-il, et que trouverons-nous dans le château?

RONDACHE.

Vous voulez le savoir?

FLORIZEL.

C'est probable.

RONDACHE.

Vous y tenez? bien sûr?

FLORIZEL, impétueusement.

Ah çà! te moques-tu de moi? Voilà six semaines que j'explore cette forêt dans tous les sens et que je ne mange, ni ne bois, ni ne dors, tant le désir me consume de savoir ce qu'elle recèle pour me troubler aussi profondément, comme si mon bonheur, ma vie, mon âme y étaient enfermés et m'appelaient; et tu viens, détestable bourreau, me demander si je veux connaître le fruit de tes recherches?

RONDACHE, froidement.

Puisque vous le voulez, soit; voici le résultat de mes patientes investigations. Au cœur de la forêt il y a un château. Dans ce château habite une famille d'ogres et d'ogresses. Ils vivent de leur chasse et, à l'occasion,

de chair humaine, quand des écervelés comme vous,
mon prince, deviennent victimes de leur imprudente
curiosité. Parlez-moi maintenant de votre vie et de
votre âme. Vraiment elles sont en bonne compagnie.
Dans une famille d'ogres !

FLORIZEL, légèrement incrédule.

Toute une famille?

RONDACHE, impatienté.

D'ogres et d'ogresses : le père, la mère et les enfants.
J'ignore s'il y a des oncles et des cousines; mais il n'en
faut pas tant pour vous broyer les os, tout fils de roi
que vous êtes.

FLORIZEL, gaîment.

Et pour te rôtir dans ton jus, dûment bardé de
lard; car tu n'es pas indifférent, sans doute, à cette
perspective.

RONDACHE, piqué.

Vous semblez peu disposé à me croire. Vous n'allez
pas, je suppose, mettre en doute l'existence des ogres?

FLORIZEL.

Dieu me préserve d'une telle audace! Mais les
bonnes gens du pays me font l'effet de n'être pas très
exactement renseignés sur les gens du château, si,
comme je pense, il est habité. On m'a conté des histoires un peu différentes. Dans tous les cas, je veux
en avoir le cœur net; et demain matin nous tenterons
l'aventure, en suivant un sentier qu'une bonne vieille
m'a indiqué.

RONDACHE, éclatant.

Mais vous êtes fou, mon prince, vous êtes fou! Je
ne vous laisserai point partir. Le roi et la reine ne
me le pardonneraient pas, dussions-nous, par miracle,
revenir sains et saufs! Quittons plutôt cette maudite
forêt.

FLORIZEL, avec tristesse.

Écoute-moi, Rondache. Peut-être, en effet, un mortel
danger menace-t-il le téméraire qui entreprend de
pénétrer le secret de cette étrange demeure; peut-être
aussi est-elle depuis longtemps abandonnée, et ne

trouverai-je dans mon aventure que la fatigue, la faim
et la soif; mais une chaîne invisible me tire vers ce
lieu, et je ne peux pas plus m'éloigner de la forêt,
maudite ou non, que je ne pourrais me séparer de
mon cœur. Tu as bien fait en essayant de me retenir;
moi, je te tiens quitte du service que tu me devais.
J'irai seul.

RONDACHE, indigné.

Hein? quoi? comment dites-vous? abandonner lâchement mon prince à l'heure du péril? Ah! par exemple,
non, non, de par tous les diables, non! Puisque cette
folie vous tient, nous la ferons à deux, dussé-je être
dépouillé de ma peau pour descendre dans la tripaille
d'un ogre!

FLORIZEL, ému et joyeux.

Ah! mon bon ami Rondache, voilà que je te retrouve!
Tiens, embrassons-nous : ça me soulagera le cœur.

RONDACHE.

Mon maître! mon ami!
(Florizel le serre dans ses bras et l'embrasse sur les deux joues,
Rondache essuie une larme en se détournant.)

FLORIZEL.

Mon pauvre Rondache, tu m'as ému; et puis tu m'as
parlé de mon père et de ma mère. Pour eux et pour
toi, je suis bien près de renoncer à ce que tu appelles
ma folie.

RONDACHE.

Serait-il possible?

FLORIZEL.

On ne me parle que d'ogres, de griffons et de sorciers. Certes, je les affronterais pour conquérir le bien
suprême que je désire; mais si j'étais la proie d'une
illusion décevante?

RONDACHE.

N'en doutez pas, mon prince; vous êtes la proie
d'une ill...

FLORIZEL, brusquement.

Écoute!

RONDACHE.

Qu'y a-t-il?

FLORIZEL.

On a chanté.

RONDACHE.

Je n'ai rien entendu.

FLORIZEL.

Si. Écoute !

(On entend une voix enfantine qui chante [1].)

LA VOIX.

Chantons la Belle au bois dormant,
Dormant au bois si longuement;
Chantons la Belle au bois dormant,
Pareille aux fleurs du mois charmant.

FLORIZEL ravi.

Oh ! la douce voix ! Elle a le charme suave d'une
brise qui vient de caresser des violettes.

RONDACHE.

C'est une petite voix d'enfant; une voix un peu
acide, mais gentille tout de même.

FLORIZEL.

As-tu remarqué les paroles? les as-tu comprises?

RONDACHE.

Dans une chanson, je n'écoute jamais les paroles.

FLORIZEL.

Elles avaient quelque chose de mystérieux.

(Le Petit Chaperon Rouge entre à gauche, ayant au bras un petit
panier à anse.)

SCÈNE IV

FLORIZEL, RONDACHE,
LE PETIT CHAPERON ROUGE

(En apercevant les deux hommes, la petite fille s'arrête interdite.)

LE PETIT CHAPERON ROUGE.

Tiens ! il y a du monde.

FLORIZEL, passant devant Rondache.

Il ne faut pas avoir peur, mon enfant. Nous n'avons

1. N° 5 de la partition.

aucune intention de vous faire du mal ; au contraire, nous aurions grand plaisir à vous être agréables.

LE PETIT CHAPERON ROUGE.

Oh ! je n'ai pas peur de vous, monsieur ; pas peur du tout.

FLORIZEL.

Et pourquoi ?

LE PETIT CHAPERON ROUGE, hésitant.

Parce que... parce que... parce que vous avez un joli chapeau.

RONDACHE.

Ah ! la petite coquette !

FLORIZEL, ôtant son chapeau.

Je vous l'offrirais volontiers ; mais il vous siérait beaucoup moins bien que votre petit chaperon rouge. Pourtant, s'il vous plaît de cueillir quelques-unes de ces fleurs...

LE PETIT CHAPERON ROUGE, admirant le chapeau.

Des violettes, des pervenches, des... celles-là, comment les appelle-t-on ?

FLORIZEL.

Ce sont les fleurs du printemps, les douces primevères.

LE PETIT CHAPERON ROUGE.

Ah ! oui, les primevères ! Il y a un petit oiseau qui se met à chanter lorsqu'il les a vues.

FLORIZEL.

Les voulez-vous ?

LE PETIT CHAPERON ROUGE.

J'en voudrais bien une rose... et une blanche... et aussi une jaune.

FLORIZEL.

Tenez, ma mignonne, puisque vous aimez les fleurs.

(Il lui donne toutes les primevères.)

LE PETIT CHAPERON ROUGE.

On ne vous grondera pas pour me les avoir données ?

FLORIZEL.

Oh ! non, pas du tout ; et, si je veux, il en poussera d'autres à la place, encore plus belles.

LE PETIT CHAPERON ROUGE, avec gaîté.

Vraiment? vous avez de la chance. Tenez, je vais
vous faire aussi un cadeau. C'est des noisettes. Si je
les avais cueillies en route, elles auraient leur petit
plumet vert ; ce serait plus gentil et elles seraient plus
tendres. Mais il n'y en a pas encore ; les miennes sont
de l'été dernier.

(Elle tire quelques noisettes de son petit panier et les donne à Florizel.)

FLORIZEL.

Je les accepte avec plaisir : vous êtes une aimable
petite fée. Tu vois, Rondache, que nous ne mourrons
pas de faim.

(Il lui donne les noisettes.)

RONDACHE, les regardant.

Hum ! un pâté de bécasse ferait mieux mon affaire.

(Il les met dans sa poche.)

FLORIZEL.

Maintenant, ma petite amie, si je ne suis pas trop
indiscret, voulez-vous me dire où vous allez comme
cela, toute seule, à travers les bois ?

LE PETIT CHAPERON ROUGE, chantant [1].

Je m'en vais bien loin seulette
Sous l'ombrage murmurant,
Et je porte une galette
A ma bonne mère-grand...

Une galette et un petit pot de beurre. J'ai tout dans
mon panier.

FLORIZEL.

Et vous ne craignez pas les méchants loups qui,
après avoir fait causer les petites filles, les mangent
quelquefois?

LE PETIT CHAPERON ROUGE, d'un air fûté.

Oh! je ne cause pas avec les loups. On m'a raconté
l'histoire d'une autre petite fille, qui avait un chaperon
rouge comme moi, et qui a été mangée par le loup. Sa
grand'mère aussi. Mais à présent, vous savez, nous
connaissons les histoires, et on ne nous y prend plus.

---

1. N° 6 de la partition.

RONDACHE.

Voyez-vous ça! Quand j'étais à la mamelle, ma mère me le disait bien, qu'il n'y a plus d'enfants.

FLORIZEL, hésitant.

Vous chantiez tout à l'heure une autre chanson...

LE PETIT CHAPERON ROUGE.

Ah! vous m'avez entendue? Je vous assure que je n'en savais rien. Je chantais comme ça, pour passer le temps.

FLORIZEL, ému.

De quoi parle-t-elle, cette chanson?

LE PETIT CHAPERON ROUGE.

Eh bien! de la Belle au bois dormant. C'est l'histoire de la Belle qui est endormie dans un bois. Elle dort depuis près de cent ans. Je ne sais pas tous les couplets, mais il y en a un qui est comme ça :

(Elle chante [1] :)

> La blonde enfant repose
> Dans un château très vieux;
> Sa joue est blanche et rose,
> Mais nul n'a vu ses yeux...

C'est ce que je préfère dans la chanson, parce que je voudrais bien savoir si elle a les yeux bleus ou si elle a les yeux noirs. Comme elle est blonde, je crois plutôt qu'elle a les yeux bleus.

(Florizel a écouté le couplet avec une attention passionnée. Après l'avoir entendu, il s'est avancé sur le devant de la scène et il a marché à grands pas vers la droite. Il n'a pas écouté les réflexions de l'enfant.)

FLORIZEL.

Dieu! quel trouble s'empare de moi! Cette Belle endormie depuis cent ans, au milieu des bois, dans un vieux château... Mon sang bouillonne, et il me semble que je suis ivre.

(Il sort vivement à droite.)

1. N° 7 de la partition.

SCÈNE V

RONDACHE, LE PETIT CHAPERON ROUGE

(Une pause.)

LE PETIT CHAPERON ROUGE.

Est-ce que le monsieur est en colère?

RONDACHE, distrait.

Non, ma mignonne. Il est seulement un peu agité.

(Rondache regarde vers la droite.)

LE PETIT CHAPERON ROUGE.

Peut-être qu'il n'a pas aimé la chanson?

RONDACHE.

Je crains, au contraire, qu'elle ne soit trop de son goût. Mais où donc avez-vous appris cela?

LE PETIT CHAPERON ROUGE.

A l'école.

RONDACHE.

Ah ! vous allez à l'école?

LE PETIT CHAPERON ROUGE, trouvant la question saugrenue.

Naturellement !

RONDACHE, toujours distrait.

Ça ne doit pas vous amuser beaucoup.

LE PETIT CHAPERON ROUGE.

Mais si. J'aime bien, surtout, quand on raconte des histoires et quand on chante des chansons.

RONDACHE, à part.

Où diable est-il allé? Il avait le sang à la tête.

(Au Petit Chaperon Rouge :)

Qui est-ce qui vous apprend les chansons?

(Il n'écoute pas la réponse et regarde vers la droite.)

LE PETIT CHAPERON ROUGE.

C'est mademoiselle. Avant, il y en avait une autre, qui n'aimait pas les chansons. Oh ! je m'ennuyais, dans ce temps-là. On marchait sur la pointe des pieds, il fallait toujours baisser les yeux, et on récitait à voix basse des affaires que je ne comprenais pas. On disait toujours que la maîtresse était bonne. Je ne sais pas

si elle était bonne, mais on l'appelait toujours comme
ça. Maintenant on ne dit pas à tout bout de champ que
mademoiselle est bonne, mais moi, je sais bien qu'elle
l'est. Oh! je serai contente le jour où elle se mariera.
On ira lui chercher de belles fleurs dans les bois et on
lui chantera les chansons qu'elle aime le mieux. Avant,
la maîtresse ne se mariait jamais. Pourquoi, dites,
monsieur?

RONDACHE, distrait.

Je ne sais pas, mon enfant.

LE PETIT CHAPERON ROUGE, riant.

Bien sûr que vous ne savez pas! Vous n'avez pas
écouté ce que je vous ai dit.

RONDACHE.

C'est vrai, ma petite fille. Je suis inquiet. Ah! le
voici!

(Florizel entre à droite.)

SCÈNE VI

FLORIZEL, RONDACHE, LE PETIT CHAPERON ROUGE

FLORIZEL, passant devant Rondache.

Cette belle endormie, mon enfant, savez-vous où elle
est?

LE PETIT CHAPERON ROUGE, un peu effrayé.

Non, monsieur.

FLORIZEL, d'une voix tremblante.

N'avez-vous pas entendu dire qu'elle est dans cette
forêt?

LE PETIT CHAPERON ROUGE, très troublé.

Non, monsieur.... C'est-à-dire... Enfin, je ne sais
pas.

FLORIZEL, avec angoisse.

Vous ne savez rien sur elle?

LE PETIT CHAPERON ROUGE.

Si, monsieur... Ou plutôt... Voilà : le père Euloge...
il est mort l'année dernière... le père Euloge a dit
comme ça à ma mère-grand que son père, à lui, quand

il était tout petit, avait vu le château, et qu'il y avait
eu un beau baptême, avec beaucoup de fées, et que la
plus vieille n'avait pas eu de couvert en or comme les
autres. Alors elle a voulu faire mourir la Belle; mais
sa marraine n'a pas voulu. Seulement, elle s'est piquée
avec un fuseau, et elle s'est endormie pour cent ans.
Et puis le roi et la reine sont morts, et les épines ont
poussé tout autour du château, et on ne peut plus y
aller. Voilà ce que le père Euloge a dit; et moi, j'étais
sous la table, et j'ai tout entendu.

FLORIZEL, avec emportement.

C'est la voix de ma bien-aimée qui m'appelle, et il
faut que j'y aille : il le faut, dussé-je endurer mille
morts ! Mais où donc est la vieille femme qui m'avait
indiqué le chemin ? N'est-ce pas son bâton qui est ici
à terre? et son manteau ?

(Le Petit Chaperon Rouge ramasse le manteau ; elle regarde avec un
peu d'effroi l'intérieur du capuchon.)

LE PETIT CHAPERON ROUGE.

On dirait une mère-grand que le loup aurait mangée.

FLORIZEL.

Qu'est-elle devenue? C'est bien son manteau. Sa
disparition est singulière.

LE PETIT CHAPERON ROUGE.

Peut-être que c'était une fée.

RONDACHE, avec pitié.

Comme c'est vraisemblable !

FLORIZEL.

A tout prix je veux la retrouver.

(Musique¹. La Fée entre à gauche. Le Petit Chaperon Rouge laisse
tomber le manteau.)

LE PETIT CHAPERON ROUGE.

Oh ! regardez ! une fée ! une vraie !

1. N° 8 de la partition.

SCÈNE VII

FLORIZEL, RONDACHE, LA FÉE,
LE PETIT CHAPERON ROUGE.

(La musique s'est tue. Les deux hommes restent muets de surprise. Ils sont à droite, la petite fille à gauche ; la Fée est venue se placer au milieu. Florizel l'écoute, éperdu, tandis qu'elle parle ou chante. La fillette en extase joint les mains.)

LA FÉE.

C'est de la bouche des petits
Que sort la Vérité, mon prince.
La tâche, certes, n'est pas mince;
Franchement je t'en avertis.

La faim, la soif, la lassitude,
Je ne te fais grâce de rien.
Le vieux château se défend bien ;
On y va par un sentier rude.

Tu chemineras jusqu'au soir;
La nuit sera noire et sauvage.
Va donc sans tarder davantage :
Tu sais tout ce qu'il faut savoir.
(Musique [1]. La Fée chante :)

L'amant dédaigne le péril.
Arme ton âme et sois viril !
Pénètre au cœur des sombres bois;
Courage, et fais ce que tu dois !
Malgré les noirs torrents, les gouffres, les rochers,
Toujours, toujours, il faut marcher !

FLORIZEL.

Oh ! je veux être digne de ma bien-aimée !

LA FÉE, chantant

Sois calme et fier ; sinon, tu meurs.
Passe, et méprise les clameurs.
Parmi les hurlements affreux
Sois brave, et tu seras heureux !

1. N° 9 de la partition.

La Belle attend celui qui la réveillera :
C'est un vaillant qu'elle aimera !

(De son bras gauche étendu, qui tient la baguette, elle désigne la sortie de droite.)

FLORIZEL.

Merci, bonne fée !

(À Rondache :)

Viens, suis moi.

(Il sort vivement à droite; Rondache le suit. La Fée reste tournée vers la droite; le Petit Chaperon Rouge, les yeux fixés sur elle, est toujours immobile. On ferme rapidement le rideau.)

TROISIÈME TABLEAU

LA SALLE DES GARDES

Tous les personnages sont assis et dorment. À droite, au premier plan, les deux Suisses; chacun tient à deux mains sa hallebarde, droite entre ses genoux. À leurs pieds trois bouteilles, deux vides et une pleine, avec deux gobelets. Au fond, une cheminée, en partie cachée par une rôtissoire; volailles et gibiers à la broche. Le Majordome est à droite, le Cuisinier à gauche, aux deux côtés de la cheminée. Au premier plan, à gauche, Frangipane. Un en-cas de nuit, avec un couvert, est placé sur une petite table auprès de la rôtissoire.

On commence à jouer le prélude, qui est une marche [1]; puis le rideau se lève, et, après un instant, Florizel entre par la gauche, l'épée à la main. Il fait le tour de la salle, examine les dormeurs, puis remet son épée au fourreau. Il retourne à la porte par laquelle il est entré et agite largement son chapeau, comme pour faire signe à une personne éloignée d'approcher. Lorsque la musique a cessé, il vient sur le devant de la scène.

SCÈNE I

FLORIZEL, puis RONDACHE; LES DEUX SUISSES, LE MAJORDOME, LE CUISINIER, FRANGIPANE, endormis.

FLORIZEL.

Nous voici donc enfin dans ce château redoutable.
J'ai triomphé de toutes les épreuves, hormis une seule,

1. N° 10 de la partition.

la plus décisive de toutes. Dans la dernière salle du
château, là (il montre la droite), dans cette vieille tour qui
m'appelait de si loin, repose ma radieuse amie. L'heure
de son réveil est proche, si j'ai bien compris les paroles
de la Fée. Comment oserai-je paraître devant elle?
Quand son premier regard apercevra un inconnu, ne
sera-t-elle pas saisie d'effroi? Ne me haïra-t-elle pas
à jamais? Ah! maintenant je souhaiterais que l'enchantement ne finît pas, et qu'il me fût seulement permis de m'agenouiller devant elle et de la contempler
endormie, en rêvant qu'elle m'aimera...

(Rondache entre à gauche. Il tient son épée à la main; son bras
gauche est passé dans un petit bouclier rond.)

Ah! te voici! Eh bien, nous sommes dans la place,
et tu vois que mon entreprise n'était pas si folle.

RONDACHE, hochant la tête.

Pas si folle... Hum! Les choses ne sont pas allées
toutes seules; et je bénis mon destin, qui me fit découvrir ce bouclier devant le pont-levis.

FLORIZEL.

Aucun adversaire ne s'est montré.

RONDACHE.

Ils n'auraient eu garde, en voyant deux lurons aussi
résolus que vous et moi; mais, à en juger par leurs
hurlements, il y en avait bien trois ou quatre douzaines.

FLORIZEL.

Tu exagères.

RONDACHE.

Comment! je pourrais dire une centaine. J'ai entendu
des mugissements si énormes et si terribles qu'ils ne
pouvaient être poussés que par toute une compagnie
de monstres; et des chauves-souris gigantesques n'ont
cessé de me battre avec leurs ailes en faisant autour
de moi un vent glacial.

FLORIZEL.

As-tu remarqué comme, en approchant du château,
cet inextricable amas d'épines et de ronces, où il nous
eût été impossible de nous frayer un sentier à coups
de hache, s'est entr'ouvert de lui-même pour nous
laisser un étroit passage?

RONDACHE.

Si étroit que tout mon corps fut lardé de longues épines. J'étais aussi hérissé qu'une châtaigne.

FLORIZEL.

Mais ce qui fut délicieux et me rendit l'espoir que je commençais à perdre, c'est que tout à coup, dans la nuit déjà tombée, ces épines se mirent à fleurir; j'aperçus leurs blanches floraisons qui rayonnaient dans les ténèbres, et un suave parfum vint me réjouir le cœur. Alors il me sembla que ma bien-aimée était proche; je posai un rapide baiser sur les fleurs; une épine toucha ma lèvre, et quelques gouttes de mon sang changèrent en pourpre ardente la neige virginale du buisson.

RONDACHE.

N'empêche que je suis moulu de fatigue et que j'ai l'estomac dans les talons. Je ne suis pas amoureux, moi! Voilà vingt heures que je n'ai eu pour me soutenir que trois noisettes et l'eau d'une misérable source.

FLORIZEL.

Tu es au bout de tes peines.

RONDACHE.

Mais nous sommes bien imprudents de parler ainsi à haute voix : nous ne sommes pas seuls.

(Il jette un regard inquiet autour de lui.)

FLORIZEL.

Ils dorment tous; leur mine est débonnaire. Tu peux rengainer ta lame et déposer ta rondache.

RONDACHE.

Quelque sot. Voilà des Suisses dont la trogne enflammée annonce un foie irritable; et leurs halle-bardes ne me disent rien de bon. Je reste sur la défensive.

FLORIZEL.

Comme il te plaira. Il faut que je te laisse ici pour affronter, seul, un plus grave péril. Ah! je sens mon cœur battre comme celui d'un jeune oiseau qui palpiterait dans ma main.

RONDACHE.

De quel péril me parlez-vous?

FLORIZEL.

Je vais pénétrer dans le sanctuaire où sommeille ma
bien aimée; j'attendrai l'heure de son réveil, dût-il ne
venir jamais; si elle rouvre ses yeux de lumière, je la
supplierai à genoux de me pardonner; et, si elle ne me
fait point la grâce de m'aimer, tout indigne que j'en
suis, tu ne reverras jamais Florizel.

RONDACHE.

Oh! mon prince, je suis bien tranquille à cet égard.
Mais si quelque griffon gardait la princesse?

(Musique[1].)

FLORIZEL.

Ne redoute rien de pareil. Elle n'a point d'autre
garde que sa pure innocence et que sa beauté même,
dont la pensée me fait défaillir le cœur. Adieu!

(Il sort à droite. Rondache reste immobile, tourné vers la porte par
où le prince a disparu. La musique cesse.)

SCÈNE II

RONDACHE; LES DEUX SUISSES, LE MAJORDOME,
LE CUISINIER, FRANGIPANE, endormis.

RONDACHE.

Puisse la bonne fée lui venir en aide! Mais il faut
examiner un peu nos compagnons. C'est vrai, ma foi,
que les hallebardiers n'ont pas l'air bien méchant.
Suspendons notre armure... (il cherche un clou dans la
muraille et n'en voit pas) par terre (il pose son bouclier sur le
sol), et rendons aux loisirs de la paix le noble instrument des massacres. (il rengaine son épée. Apercevant les
bouteilles :) Ah! ah! mes gaillards, vous en avez sifflé
deux, et vous m'avez bien la mine de vous être endormis
au moment où la troisième allait y passer. L'oriflamme
que vous portez encore sur le nez montre surabon-
damment que vous fûtes, il y a un siècle, de vrais

1. N° 11 de la partition.

liffreloffres. Béni soit l'enchantement qui vous obligea de laisser la troisième fiole à votre ami Rondache! — Monsieur le Majordome, je vous présente mes respects; cent ans de majestueux sommeil n'ont rien diminué de votre importance, et je me recommande à vous pour n'être jamais réduit à la tête du lapin et au croupion du canard. — Qu'aperçois-je? un fort joli en-cas, ma foi, pour une princesse qui aurait des insomnies : petit pain croustillant et doré, volaille froide sur un lit de gelée succulente, tranche de jambon aussi rose qu'une jeune fille surprise avec des papillotes sur le front par une visite matinale... — Voilà donc une vénérable broche qui s'est endormie soixante-quinze ans avant ma naissance; et le feu lui-même dort depuis ce temps-là. Nul doute que ces coqs de bruyère, ces faisans et ces perdreaux ne se soient un peu refroidis; mais la bonne fée, qui songeait peut-être à un repas de noces impromptu, a pris soin de les conserver aussi frais que les convives. — Monsieur le Cuisinier, je...

PREMIER SUISSE, rèvant.

Târtîffle! Le temps pàrétre long, quand on tôrt.

RONDACHE, se retournant brusquement.

Qu'est-ce que vous dites?

SECOND SUISSE, rèvant.

Une poutélle te fin ch'ai laissé sans la poire.

RONDACHE.

Quelle poire? Ah! oui, une poire pour ma soif. Monsieur le hallebardier, je vous remercie de cette attention délicate.

LE CUISINIER, rèvant.

Frangipane! Frangipane! maudit gamin!

FRANGIPANE, très vite, en rèvant.

Voilà, voilà, voilà!

LE CUISINIER, rèvant.

Passe-moi les godiveaux.

FRANGIPANE, rèvant.

Voilà, patron.

LE CUISINIER, rêvant.

Où étais-tu encore, maudit gamin? A regarder par la fenêtre les tours du jongleur, ou à tremper tes doigts dans mes sauces pour les lécher ensuite?

RONDACHE.

C'est si naturel!

LE MAJORDOME, rêvant.

Quant à moi, madame la princesse, voici l'homme que je suis : je pique mon faisan avec une fourchette assujettie dans ma main gauche; j'élève mon rôti en l'air; d'un couteau souple et affilé je détache mes quatre membres, qui tombent gracieusement dans un plat de vermeil où ils se disposent en couronne...

RONDACHE.

Voilà des dormeurs bien éveillés. A moins que ce ne soit moi qui dorme debout.

FRANGIPANE, rêvant.

Pas du tout : c'est toi qui m'as chipé mes billes!

RONDACHE.

Ah çà! vous n'allez pas me laisser tranquille, tas de bavards que vous êtes? Tâchez donc un peu de dormir consciencieusement.

(Tous se mettent à ronfler avec un bruit terrible.)

Autre musique. Ma foi, faites comme il vous plaira, et allez tous au diable!

(Ils cessent de ronfler.)

PREMIER SUISSE.

Chantons quelque petite chausse.

RONDACHE.

Bonne idée. Pendant ce temps-là, je ferai mes confidences au souper de la princesse. Ne vous occupez pas de moi : j'ai un petit déménagement à faire.

(Pendant le premier couplet de la chanson, il va chercher la table sur laquelle est l'en-cas de nuit et l'apporte sur le devant de la scène. La table est toute servie, sauf en ce qui concerne la boisson. Tout en chantant, les Suisses ont les yeux fermés; ils marquent la mesure avec leurs pieds.)

LES DEUX SUISSES, chantant [1].

Nous aiment pien à pâtailler;
C'est à coups te hàllepârte.

_____

1. Nº 12 de la partition.

Si l'on fient ici pour ferrailler,
Messieurs, ça nous recârte.
Mais il faut pien nous railtailler,
Le soir, au corps te cârte!

RONDACHE, gouailleur.

Ah! la jolie chanson! Il serait fâcheux qu'il n'y eût pas un second couplet.

PREMIER SUISSE, chantant [1].

Nouss aiment pien licher le fin :
Que foilà te pònnes lârmes...

SECOND SUISSE, l'interrompant.

Les parôles tu ne tis pas chuste.

PREMIER SUISSE.

Toi, chante, alòrss.

(Pendant que le second Suisse chante son couplet, Rondache, en ayant soin de ne pas le masquer, prend la bouteille pleine et la place sur la table, ainsi que les deux gobelets.)

SECOND SUISSE, chantant [2].

Nouss aiment pien un férre plein
Que rouchit le sang tes crâppes;
Maiss il faut tu pon et tu plus fin
Pour fére noss acâpes.
Afignon m'a fait coûter un fin
Péni par quince pâpes!

PREMIER SUISSE.

Où est celà que tu prends toutes ces tiapleries? Il n'y a pas te pâpe tu tout lâ-tetans.

SECOND SUISSE.

Toi, chante, alòrss.

(Pendant que le premier Suisse chante, Rondache emplit de vin les deux gobelets.)

PREMIER SUISSE, chantant [3].

Nouss aiment pien licher le fin :
Que foilà te pònnes lârmes!
Tonnez-moi six fois mon férre plein
Et fètes crands facârmes;
Ce n'est pas pour tes petits lâpins,
Mais c'est pour tes chentârmes!

1. N° 13 de la partition.
2. N° 14 de la partition.
3. N° 15 de la partition.

SECOND SUISSE.

Qu'est celà que tu chantes âfec tes petits làpins? Il
n'y a pas te làpins tu tout là-tetans.

PREMIER SUISSE.

Chantons le troissiéme, alôrss.

RONDACHE.

Soit; mais ce sera le dernier.
(Pendant leur dernier couplet, les Suisses dodelinent de la tête avec
fatuité.)

LES DEUX SUISSES, chantant [1].

Nouss aiment pien aussi le pàl
Et les cheûnes temoissêlles.
Quand on est aimàple et pas trop màl,
Il n'est pas te cruélles.
On sait pien, à pied comme à chefàl,
Percer le cœûr tes pélles!

RONDACHE.

Bravo! mais je ne veux pas souper debout. (Au premier Suisse :) Veuillez me confier votre hallebarde pour
une minute. (Il lui prend sa hallebarde et la pose à terre.) J'aurai
l'honneur de vous transformer en nourrice, monsieur
l'homme d'armes. (Il s'approche de Frangipane.) Allons, mon
petit godiveau, viens dormir avec ta nounou. (Il le prend
dans ses bras et le porte sur les genoux du Suisse, qui se met à le bercer
tout en dormant.) Et maintenant, à table! (Il place le siège de
Frangipane derrière la table, de façon à s'asseoir face au spectateur.)
Tout en jouant de la fourchette, je vous en chanterai
une aussi, pour vous tenir en repos; car je comprends
qu'après un siècle d'immobilité vous ayez des impa-
tiences dans les jambes. Il vous sera même permis de
faire les reprises en chœur.
(Il chante debout, un gobelet à la main [2].)

À la santé des amoureux
Vidons un verre;
À la santé des amoureux
Buvons en deux!

(Pendant que les autres chantent la reprise, il vide le premier gobelet,
pose sur la table et saisit le second.)

1. N° 16 de la partition.
2. N° 17 de la partition.

LES DEUX SUISSES, LE MAJORDOME, LE CUISINIER.

A la santé des amoureux
Il vide un verre;
A la santé des amoureux
Il en boit deux!

RONDACHE.

Ce jambon me fait les doux yeux :
C'est mon affaire!

LES DEUX SUISSES, LE MAJORDOME, LE CUISINIER.

Ce jambon lui fait les doux yeux :
Qu'il est heureux!

RONDACHE.

A la santé des amoureux
Vidons un verre;
A la santé des amoureux
Buvons-en deux!

(Il vide le second gobelet, et mange, tandis que les autres continuent
à chanter.)

LES DEUX SUISSES, LE MAJORDOME, LE CUISINIER.

On a jeûné cent ans :
Il est grand temps
De nous refaire.
Poulardes et chapons,
Jolis jambons,
C'est bon, bon, bon!

(On ferme le rideau tandis que Rondache mange et que les autres
finissent de chanter.)

QUATRIÈME TABLEAU

LE RÉVEIL

Même décor qu'au premier tableau, mais il y a tout le long
des murs, sur le sol et sur le lit, une profusion de roses de mai,
de fleurs printanières, de feuilles vertes, comme si elles venaient
d'envahir la salle. La Belle, Mésange et Pâquerette, Dame Tourte
et Furet, toujours endormis, sont placés comme au premier
tableau.

Prélude [1]. On écarte le rideau, et Florizel entre à gauche. Il

1. N° 18 de la partition

n'a ni chapeau ni épée. Il s'arrête en entrant, fixe les yeux sur
la Belle, s'approche lentement, et commence à parler quand le
prélude est fini.

SCÈNE I

FLORIZEL; LA BELLE, MÉSANGE, PAQUERETTE,
DAME TOURTE, FURET, endormis.

(D'abord tremblante, la voix de Florizel s'affermit peu à peu; mais il
reste profondément ému.)

FLORIZEL.

Oui, c'est elle... — Si peu d'espace
Me séparait de sa beauté!
J'ose te parler à voix basse,
O miracle béni de grâce,
De splendeur et de pureté.

Les choses dont mon âme est pleine,
Je veux les dire en ce moment.
Pourtant, vois-tu, je l'ose à peine,
Parce que ta légère haleine
Soulève ton cœur en dormant.

La rose est dans son frais calice,
Que ferme un gracieux sommeil;
Je la respire avec délice,
Avant qu'elle s'épanouisse
Dans la rosée et le soleil.

Telle que je t'ai devinée,
Tu m'apparais. Oh! laisse-moi
Rêver de lointain hyménée,
Car c'est toute ma destinée
D'être agenouillé devant toi.

(Il met le genou droit en terre. Musique¹. Après un long moment de
silence, la Belle s'éveille lentement, lève la tête, s'assied sur son lit,
regarde Florizel et lui sourit.)

LA BELLE, d'une voix vague et lointaine.
Est-ce vous, Florizel?

1. N° 10 de la partition.

FLORIZEL.

Dieu! mon nom!

LA BELLE.

Sans reproche,
Vous vous êtes bien fait attendre, doux ami.

FLORIZEL.

O divine lumière!

LA BELLE.

Ai-je longtemps dormi?
Je ne sais; mais, depuis que le réveil est proche,
Je ne sommeillais qu'à demi.

FLORIZEL.

Tu sais donc que je t'aime, ô merveille sacrée,
Et tu ne chasses pas le pauvre suppliant?

LA BELLE.

Elle m'a dit : « Je veux qu'il soit bon et vaillant. »
Moi, je vous attendais.

FLORIZEL.

O joie inespérée!

LA BELLE.

Que le jour est pur et brillant!

FLORIZEL, se levant.

Lève-toi! lève toi! C'est l'aube radieuse.

LA BELLE.

L'alouette au ciel d'or jette son joyeux cri.

FLORIZEL.

A l'appel du Printemps la Terre a refleuri.

LA BELLE.

J'avais bien reconnu sa voix mélodieuse.

FLORIZEL.

En t'éveillant tu m'as souri.

LA BELLE.

Donnez-moi votre main.

FLORIZEL.

Lève-toi, mon aimée!
Le sol va tressaillir sous tes pieds délicats.

(Il lui donne la main.)

LA BELLE.

Tout ce qui s'est passé, je ne m'en souviens pas.

FLORIZEL.

Les fleurs t'appellent; viens; la prairie embaumée
Veut la caresse de tes pas.

(Florizel aide la Belle à descendre de son lit et la mène sur le devant
de la scène. Ils se regardent en silence.)

LA BELLE, ôtant la bague de sa main gauche.

Cette bague est à vous. Dans son muet langage
Elle vous parlera de votre amie.

FLORIZEL.

                              O ciel,
O terre, dites-moi si mon rêve est réel.

LA BELLE.

Oui, vrai comme l'amour.

FLORIZEL, ôtant la bague de sa main gauche.

                    Mon âme est dans ce gage :
Ce qu'il renferme est immortel.

(La Belle met sa bague au doigt de Florizel, qui met la sienne au
doigt de la Belle, s'agenouille, et lui baise les mains. La musique cesse.
Brusquement Dame Tourte s'éveille, ôte son voile, se dresse et crie [1].)

DAME TOURTE.

Hein! Quoi? Qu'est-ce que c'est? Un homme? Au
secours! au secours!

(Mésange, Pâquerette et Furet se dressent en sursaut.)

FLORIZEL, se relevant.

Rassurez-vous, vénérable dame : je ne suis point un
larron.

DAME TOURTE, s'avançant.

Larron d'honneur, sinon d'argent!

(Florizel et la Belle sont au milieu, Mésange et Pâquerette à droite,
Dame Tourte et Furet à gauche.)

FLORIZEL, fièrement.

C'est une calomnie indigne. Sachez que vous êtes ici
dans le royaume de mon père; et moi, fils unique du

---

1. Si la musique avait été prise dans un mouvement un peu trop lent
et qu'elle ne fût pas achevée au moment où les anneaux viennent
d'être échangés, Dame Tourte devrait pourtant crier à ce moment, et
la musique resterait inachevée. D'autre part, il est nécessaire qu'elle ne
finisse pas plus tôt. Plusieurs répétitions sont nécessaires pour bien
fixer le mouvement de la musique.

roi, je prends par la main cette jeune fille (il donne la main à Belle) et devant tous je l'appelle ma bien-aimée, ma fiancée, ma femme, parce que je l'aime, comme je l'aimerais si elle était une pauvre fille des champs!

DAME TOURTE.

Tout cela n'est qu'un tissu d'extravagances. Un tel langage ne révèle pas un prince. Et qui nous dit, après tout, que vous en êtes un? Oui, qu'est-ce qui nous le prouve?

FURET.

Oh! Dame Tourte, ça se voit bien, allez, qu'il est un vrai prince!

DAME TOURTE, furieuse.

Silence, galopin!

MÉSANGE, à Dame Tourte.

Madame, avant de nous endormir, la Fée aux perles a prédit qu'un prince viendrait, au bout de cent ans, éveiller la princesse.

FURET.

Attrapez ça, Dame Tourte!

DAME TOURTE, à Furet.

Gare la gifle!

PÂQUERETTE.

Si, par impossible, il n'était pas prince, il serait digne de l'être : seul, un vaillant pouvait pénétrer dans ce château après avoir traversé la forêt enchantée.

DAME TOURTE, aux deux jeunes filles.

Taisez-vous, péronelles. (A la princesse :) Le feu roi votre père, madame, et la feue reine votre mère me commirent, voilà cent quinze ans, au soin de votre éducation; vous aviez alors cinq ans. Que Dieu ait l'âme du feu roi et de la feue reine! Investie par eux d'un pouvoir de surveillance et de direction sur tous vos actes, je ne souffrirai point qu'un inconnu vous épouse.

LA BELLE.

Un inconnu? Il ne l'est pas pour moi.
(Elle le regarde avec tendresse.)

MÉSANGE.

D'ailleurs, le monde a marché, depuis cent ans; et nous courons grand risque de ne rencontrer que des visages parfaitement inconnus. Qu'importe, pourvu qu'ils soient aimables?

DAME TOURTE, à Florizel.

Vous, monsieur, qui vous dites prince, avez-vous la permission du roi votre père pour conclure mariage?

FLORIZEL.

A mon âge, respectable dame, on sait ce que l'on fait; la Belle n'est pas moins capable de se gouverner seule, et j'ai souvent ouï dire que, si les jeunes font de sots mariages, les vieux en font de pires. Mais je veux bien vous apprendre que mon père et ma mère m'ont depuis longtemps prié avec instance de prendre femme selon mon choix, sans prétendre pour ma fiancée d'autre dot que l'honneur, et, s'il était possible, la bonté, la grâce et la joie. Après des années de farouches refus, dont ils eurent grande peine, mais qu'ils béniront demain, voici que j'ai trouvé toutes ces vertus, et bien d'autres, chez une jeune fille dont la destinée a fait la perle des princesses. Bientôt ma bonne mère l'embrassera en pleurant de bonheur; elle sera comme un doux rayon de soleil pour la vieillesse de mon père; et elle retrouvera en eux le père et la mère qu'elle n'a plus.

(Il étend le bras sur la Belle comme pour la protéger; elle appuie en pleurant son visage sur l'épaule de Florizel. Dame Tourte reste un moment interdite.)

MÉSANGE.

Oh! celui-là dit vrai; c'est bien son cœur qui parle. Puisses-tu, ma Pâquerette, avoir un tel fiancé!

PAQUERETTE.

Qu'ils sont beaux tous les deux!

DAME TOURTE, à Florizel.

Je n'ai jamais nié, monsieur, que vous n'eussiez la langue bien pendue. Mais à qui fera-t-on accroire qu'un fils de roi viendrait demander une princesse en mariage en escaladant les murs et en sautant par les fenêtres, au risque de se rompre le cou, sans se faire

précéder par un ambassadeur, que dis-je? pas même
par un trompette!

FLORIZEL.

J'ai dit ce que j'avais à dire. Je ne sortirai pas d'ici
sans emmener ma femme.

DAME TOURTE.

Ah! ça, par exemple, ce serait trop fort. Voyez-vous
ce mariage sans bénédiction, sans orgue ni cierges,
sans fifre ni tambour? Je me laisserai plutôt fouler aux
pieds que de...

(Le Petit Chaperon Rouge entre par la gauche en courant. La fillette
tient un petit bouquet à la main.)

SCÈNE II

FLORIZEL, LA BELLE, PAQUERETTE, MÉSANGE,
DAME TOURTE, FURET, LE PETIT CHAPERON ROUGE.

LE PETIT CHAPERON ROUGE, entrant.

Bonjour, tout le monde!

DAME TOURTE.

Qu'est-ce encore que cette va-nu-pieds?

LE PETIT CHAPERON ROUGE.

Pardon, ma belle dame : j'ai mes sabots, et ceux du
dimanche, encore.
(Elle passe devant Dame Tourte et va présenter ses fleurs à la Belle.)
O la Belle des belles, une dame que vous verrez
avec plaisir m'a envoyée en avant pour vous annoncer
sa visite, et sur mon chemin j'ai cueilli pour vous ces
fleurs qui semblaient pousser tout exprès sur les buissons. Je n'en ai pas cueilli beaucoup, pour ne pas me
mettre en retard; mais je vous les offre de bon cœur.

LA BELLE.

Et votre bon petit cœur a trouvé ce qui devait me
réjouir le plus.
(Elle s'approche du Petit Chaperon Rouge pour l'embrasser; la fillette lui tend la joue; elle l'embrasse.)

FLORIZEL.

Ce Petit Chaperon Rouge et moi, nous sommes de

vieilles connaissances. Après la bonne fée, c'est à elle que je devrai mon bonheur.

MÉSANGE, à la Belle.

Nos mains ne sont pas fleuries; mais votre félicité, ô Belle, doit rayonner dans nos yeux.

PAQUERETTE.

Notre cœur espère et palpite avec le vôtre.

LA BELLE.

Douces compagnes, vous êtes une des joies de mon réveil. (Subitement troublée :) Mais, j'y pense...

FLORIZEL.

Quoi, ma belle?

LA BELLE.

Je dois être bien passée de mode.

FLORIZEL.

Que dites-vous?

LA BELLE.

Ayant dormi depuis un siècle, je dois être vêtue comme la grand'mère de votre mère-grand...

FLORIZEL.

Bénie soit l'ancienne mode, que vous rajeunissez par tant de grâce!

LA BELLE, avec un sourire.

L'amour est indulgent.

LE PETIT CHAPERON ROUGE.

J'oubliais de vous dire que les autres, dans la pièce voisine, demandent la permission de venir ici pour saluer la Belle.

LA BELLE.

Qu'ils entrent.

MÉSANGE.

Rangeons-nous de ce côté, car ils vont sans doute faire une entrée solennelle.

(Furet pousse son fauteuil au fond; Mésange et Pâquerette rangent leurs coussins à droite, puis Florizel, la Belle. Mésange, Pâquerette et le Petit Chaperon Rouge se placent à droite, face à l'entrée de gauche. Dame Tourte se retire vers le fond, avec des gestes furieux. Furet est resté à gauche.)

FURET.

C'est moi qui les annonce! et puis on chantera tous ensemble. (Annonçant avec solennité :) Messieurs les Suisses, monsieur le Majordome, monsieur le Cuisinier, monsieur Frangipane... et monsieur Furet, sont admis à présenter leurs hommages à madame la Princesse.

FLORIZEL.

Tu oublies Rondache, mon écuyer.

FURET.

Ma foi, tant pis. Il s'annoncera tout seul. Sonnez, clairons! battez, tambours!

(Très court prélude ; puis, au son de la marche [1], entrent à la queue leu-leu, par la gauche, en chantant, Rondache, l'épée à la main, les deux Suisses, la hallebarde sur l'épaule, le Majordome, les bras croisés, le Cuisinier tenant une broche, et Frangipane, une brochette. L'épée et les broches sont tenues toutes droites, au port d'arme, le bras droit coudé, la main droite à la hanche. Furet emboîte le pas derrière Frangipane. Tous marchent en mesure, en chantant, et font le tour de la pièce autant de fois qu'il est nécessaire pour achever la chanson. Mésange, Pâquerette et le Petit Chaperon Rouge chantent aussi, en marquant le pas sur place, et en faisant le geste de battre du tambour à tous les « rataplan » de la marche.)

SCÈNE III

FLORIZEL, LA BELLE, MÉSANGE, PAQUERETTE,
DAME TOURTE, FURET,
LE PETIT CHAPERON ROUGE, RONDACHE,
LES DEUX SUISSES, LE MAJORDOME,
LE CUISINIER, FRANGIPANE.

CHŒUR.

(Chanté par tous les personnages présents, excepté Florizel, la Belle et Dame Tourte.)

Battez fièrement, tambours,
        Rataplan!
Battez au lever du jour,
        Rataplan!

1. N° 20 de la partition.

Trompettes, sonnez! donnez le signal!
Flottez, étendards, au vent matinal!
Clairons éclatants, chantez le réveil!
Brillez, casques d'or, aux feux du soleil.
Battez, rataplan, tambours,
Rataplan!
Voici la splendeur du jour,
Rataplan!!

(Quand la chanson est finie, le cortège va se grouper à gauche. Rondache remet son épée au fourreau. Le Cuisinier et Frangipane passent leurs broches dans la ceinture de leurs tabliers.)

RONDACHE, s'avançant.

Madame, c'est le cœur frémissant de joie que nous crions tous : Vive la Belle!

LE CORTÈGE, MÉSANGE, PAQUERETTE,
LE PETIT CHAPERON ROUGE.

Vive la Belle!

RONDACHE.

Volontiers on dormirait cent ans pour apercevoir au réveil un couple aussi radieux.

DAME TOURTE, s'avançant entre les deux groupes.

Vous avez fini, je pense, toutes vos cérémonies, dont je ne crois pas que l'on eût trouvé d'exemple dans une cour bien réglée. (Le groupe de gauche murmure.)

Oh! je ne sollicite point l'approbation de mes inférieurs... (Murmures plus forts.) Je déclare seulement que nul mariage ne saurait être valable en ce château abandonné, où il n'y a point d'aumônier pour bénir les époux.

LE MAJORDOME.

La remarque, en effet, est judicieuse.

LE CUISINIER.

Bah! pourvu qu'on fasse le repas de noces...

LE MAJORDOME.

Permettez, chef, permettez : la tradition, l'usage, les convenances...

RONDACHE.

Allez-vous écouter cette vieille folle?

1. Les Suisses pourront oublier leur accent pour la circonstance ; de même, au chœur final.

DAME TOURTE,

Vous tou- qui fûtes des serviteurs fidèles, laisserez-vous un inconnu enlever d'ici votre maîtresse, par force ou par séduction ? Je dis que ce serait une lâcheté indigne de vous. Elle ne doit quitter ce château que bel et bien mariée ; or, nul, ici, n'a qualité pour célébrer un mariage.

PREMIER SUISSE, à son camarade.

Là Belle tu crois qu'elle a raison ?

SECOND SUISSE.

Possible.

FLORIZEL, à la Belle, très effrayée.

Ne crains rien, mon amie, ma belle, ma chère femme : aucune puissance ne peut nous séparer.

MÉSANGE.

Hélas ! pourquoi la bonne fée n'a-t-elle pas endormi le chapelain du roi ?

(Musique[1]. La Fée, sa baguette à la main, surgit à côté de Dame Tourte. Émotion générale.)

LE PETIT CHAPERON ROUGE.

Ah ! quel bonheur ! elle va tout arranger.

(Les personnages sont groupés ainsi : au milieu la Fée ; près d'elle, à droite, Florizel et la Belle, puis les deux jeunes filles, et le Petit Chaperon Rouge à l'extrémité droite de la scène. Près de la Fée, à gauche, Dame Tourte, puis Rondache, les deux Suisses, le Majordome, le Cuisinier, Frangipane et Furet, qui occupe l'extrémité gauche. Les personnages forment un demi-cercle cintré ou arrière.)

SCÈNE IV

LA FÉE, FLORIZEL, LA BELLE, MÉSANGE, PAQUERETTE
DAME TOURTE, LE PETIT CHAPERON ROUGE,
LES DEUX SUISSES, LE MAJORDOME, LE CUISINIER,
FRANGIPANE, FURET.

(La Fée parle quand la musique s'est tue.)

LA FÉE.

Qu'est-ce donc ? Je croyais ne rencontrer ici
Que visages riants, sans ombre de souci.

1. N° 21 de la partition.

Est-il si malaisé de faire un peu de joie?
A quel méchant démon êtes-vous donc en proie?
Ma filleule, serrée auprès de son époux,
Frissonne, et m'interroge avec ses grands yeux doux
Aussi craintivement qu'une jeune gazelle.
L'austère Dame Tourte a parfois trop de zèle;
Allons, remettez-vous, enfants, de votre effroi.
Je n'ai point endormi le chapelain du roi,
C'est vrai; mais votre amour est mon œuvre bénie;
J'ai mis entre vos cœurs la divine harmonie,
Et c'est moi, simplement, qui vais vous marier.
Dame Tourte, veuillez ne pas vous récrier;
Sinon, j'étends sur vous ma petite baguette,
Et c'est un lourd sommeil de mille ans qui vous guette!

(Dame Tourte, effrayée, baisse la tête et recule d'un pas. Musique[1].
Courte pause; puis la Fée reprend, parlant sur la musique :)

Nous n'avons point d'encens, d'orgue ni de missel;
Mais j'entends s'élever le chœur universel
Des rêves et des vœux, des êtres et des choses;
La myrrhe ne vaut pas le souffle de ces roses;
Le murmure des bois et le soupir des eaux,
Qui grandissent, mêlés à l'hymne des oiseaux,
Montent comme le chant d'un orgue magnifique,
O chers époux; et moi, la grande Fée unique,
Par qui le ciel rayonne et palpitent les nids,
Au nom de l'éternel amour, je vous unis!

(Florizel et la Belle, se tenant par la main, se sont inclinés devant la
Fée; tous gardent une attitude recueillie.)

FLORIZEL.

L'amour béni par vous n'est point chose qui passe.

LA BELLE.

Merci, puissante Fée, à qui je dois la grâce
D'un merveilleux réveil et d'un bonheur sacré.

LA FÉE.

C'est dans tout l'avenir que je vous bénirai!

(La musique cesse. Une pause.)

DAME TOURTE, faisant un pas en avant.

Tout cela est bel et bon; mais enfin, madame la Fée

1. N° 22 de la partition.

aux perles, je voudrais bien que vous m'expliquas-
siez...

(La Fée lève sa baguette comme pour en toucher Dame Tourte, qui
jette un cri perçant et se sauve à toutes jambes. Elle sort à gauche,
saluée par les : Hou! Hou! prolongés de tout le groupe de gauche et
du Petit Chaperon Rouge.)

SECOND SUISSE.

A pas la flelle Tourte !

SCÈNE V

Les mêmes, sauf DAME TOURTE.

LA FÉE.

Mes chers amis, avant de passer tous à table pour y
achever joyeusement la noce par un repas que nous
serviront de petites fées et de gentils lutins de ma
connaissance, il me semble que deux ou trois chansons ne feraient pas de mal.

LE PETIT CHAPERON ROUGE.

Bravo! Qui en sait une ?

LA FÉE.

Toi, petit masque.

LE PETIT CHAPERON ROUGE.

Oh! non, madame, je n'oserais pas chanter devant
le monde.

PREMIER SUISSE, chantant [1].

Nouss aiment pien licher le fin :
C'est le chus tes pònnes lignes...

RONDACHE, l'interrompant.

Connu, mon vieux! connu !

LA FÉE.

Vous, Pâquerette et Mésange, n'avez-vous rien à
dire aux fleurs et aux oiseaux, que vous retrouvez
après si longtemps?

LA BELLE.

Oh! je vous en prie, chantez! C'était si délicieux,

1. Nº 23 de la partition.

autrefois, lorsqu'au réveil j'entendais vos voix fraiches
se répondant ou si doucement unies !

PAQUERETTE.

Puisque vous le voulez, Belle, nous chanterons.

MÉSANGE.

Mais il ne serait pas surprenant que nous eussions
quelques petits chats dans la gorge, ou tout au moins
quelques souriceaux.

LA FÉE.

Allez toujours. Si votre gosier n'est pas encore bien
éveillé, la chose restera entre nous. Personne, ici, n'ira
le dire aux mauvaises langues de la forêt.

MÉSANGE.

Soit. Commence, Pâquerette.

(Les deux jeunes filles s'avancent au milieu.)

CHANSON DE MÉSANGE ET DE PAQUERETTE [1]

PAQUERETTE.

Petites sœurs de la prairie,
Parez la Belle tant chérie;
Souffle des bois et du verger,
Embaume-la, parfum léger !

MÉSANGE.

Petites sœurs de la ramée,
Et toi surtout, fauvette aimée,
Faites vos nids dans les buissons;
Chantez la Belle en vos chansons!

TOUTES LES DEUX.

O tendre voix, suave haleine
Du ciel, des monts et de la plaine.
Chant nuptial, parfum si doux,
Soyez bénis par ces époux!

LA FÉE, désignant le public.

Vous avez par là de meilleurs juges que nous ; c'est
à eux de vous dire si vous avez plu, ou de sourire avec
indulgence. Mais nous avons le droit de vous remer-
cier, ma petite Mésange et ma gentille Pâquerette.

(Mésange et Pâquerette reprennent leurs places.)

1. N° 24 de la partition.

LES DEUX SUISSES.

Fife la Pâquerette et la Méssanche !

LE MAJORDOME.

Messieurs, du calme.

LA FÉE, au Petit Chaperon Rouge.

C'est à toi de gazouiller, bengali ; ne te fais pas prier.

LE PETIT CHAPERON ROUGE.

Oh! ce sera bientôt fait. Je n'en sais qu'une, et elle n'a qu'un couplet.

LA FÉE.

Dis toujours.

LE PETIT CHAPERON ROUGE, s'avançant au milieu.

Petit page et petit marmiton, vous allez chanter avec moi.

FRANGIPANE.

On ne sait pas la chanson.

LE PETIT CHAPERON ROUGE.

Ça ne fait rien. Et, comme nous n'avons pas de bien grosses voix, il faut que vous nous aidiez, mesdames.

LA FÉE.

Soit.

LE PETIT CHAPERON ROUGE.

On est en deux camps.

(Deux groupes se forment, l'un à gauche, composé de Furet, de Frangipane et de la Fée, qui se place entre eux, un peu en arrière ; l'autre à droite, composé du Petit Chaperon Rouge, de Mésange et de Pâquerette, qui se placent à sa droite et à sa gauche, un peu en arrière.)

FURET.

Qu'est-ce qu'il faut dire?

LE PETIT CHAPERON ROUGE.

Non, tu n'auras pas mes prunes..., et, après ça, tu verras bien. C'est vous qui commencez.

(On joue le court prélude de la chanson [1].)

FRANGIPANE, FURET, LA FÉE.

Non, tu n'auras pas mes prunes;
Non, tu ne les auras pas!

1. N° 25 de la partition.

LE PETIT CHAPERON ROUGE, MÉSANGE, PAQUERETTE.

Si, j'en guette quelques-unes :
Si, mon vieux, tu le verras!

TOUS LES SIX.

Sauve-toi dans la prairie,
Ou le loup te mangera.
Vite, vite, saute et crie,
Ou le loup te mangera,
Faliretto et falira !

PREMIER SUISSE.

Fife là chanson !

LA BELLE.

C'est déjà fini ?

LE PETIT CHAPERON ROUGE.

Oui, madame la Belle.

FLORIZEL.

C'est dommage. Ne pourriez-vous trouver un second
couplet ?

LE PETIT CHAPERON ROUGE.

Mon Dieu, si ça peut vous être agréable...

LA FÉE.

Second couplet !

FURET.

Qu'est-ce qu'il faut dire ?

LE PETIT CHAPERON ROUGE.

Non, tu n'auras pas mes guignes...

FURET.

Allons-y.

(Prélude du second couplet [1].)

FRANGIPANE, FURET, LA FÉE.

Non, tu n'auras pas mes guignes;
Non, tu ne les auras pas!

LE PETIT CHAPERON ROUGE, MÉSANGE, PAQUERETTE.

Si, je suis bien trop maligne;
Si, mon vieux, tu le verras!

1. Nº 26 de la partition.

TOUS LES SIX.

Sauve-toi dans la fougère,
Ou Guillot t'embrassera,
Vite, vite, sois légère,
Ou Guillot t'embrassera,
Falirette et falira!

SECOND SUISSE.

Fife le Petit Chaperon Rouche!

(Tous regagnent leurs places, sauf la Fée, qui s'avance vers le public.)

LA FÉE.

Il vaudrait mieux ne plus écouter que les merles,
    Les fauvettes et les pinsons ;
Cependant, permettez à l'humble Fée aux perles
    D'interrompre un peu les chansons.

Je tremble, car, malgré ma baguette magique,
    Mon pouvoir s'est évanoui.
Ce mélange d'azur, de rire et de musique
    Vous a-t-il plu? Dites que oui.

Il faut que, par bonté, notre public déclare
    Que sans dormir il a rêvé ;
Que telle farce, dont il est encore hilare,
    Est plus légère... qu'un pavé.

Après tout, si Mozart chante dans votre tête,
    Vous nous le devrez bien un peu ;
Et vous excuserez les fautes du poète
    En faveur du vieux conte bleu.

Vénérable et charmant, ce conte de nourrice
    Toujours se laissera conter.
Perrault l'a si bien fait qu'un peu trop de caprice
    Risquait, ici, de tout gâter.

Il fallait bien, pourtant, rajeunir cette histoire,
    L'assaisonner d'un sel nouveau,
Puisque le vieil Homère a dit (on peut l'en croire)
    Que le plus neuf, c'est le plus beau.

Si nous n'avons pas mis la flèche dans la cible,
    Ce sera pour une autre fois.
Enfin, nous avons fait, amis, notre possible ;
    Et maintenant, sortons du bois.

C'est sur une chanson allègre et printanière
    Qu'il convient de nous séparer.
Mais un enchantement me retient prisonnière ;
    Vous pouvez seuls me délivrer.

Faites-nous cette grâce ; avec vos mains unies
    Donnez un aimable signal,
Et, pour vous égayer de claires harmonies,
    Je conduirai le chœur final.

(Elle salue le public et se place au milieu des chanteurs, qui forment deux groupes. Florizel passe à gauche, où il se met auprès de la Fée ; à côté de lui se trouvent Rondache, les deux Suisses, le Majordome et le Cuisinier. Le groupe de droite se compose de la Belle, qui est près de la Fée, puis de Mésange, de Pâquerette, du Petit Chaperon Rouge, de Frangipane et de Furet. Il y a donc, à gauche, les hommes ; à droite, les femmes et les trois enfants. La Fée est au milieu, conduisant les voix d'hommes avec sa baguette, lorsque les femmes ne chantent pas, chantant sans conduire avec le groupe des femmes, ou avec les deux groupes, quand toutes les voix se réunissent. On prélude au chœur final [1].)

LES HOMMES.

Tout un siècle à jeun et sans bombance :
Un sage de la Grèce en eût bâillé.

LES FEMMES ET LES ENFANTS.

Tout un siècle sans un tour de danse :
Quel pied, mesdames, n'en eût frétillé ?

LES HOMMES.

Je songe avec transport que la table est servie ;
On va rire, on va boire au bonheur des époux.
O table, mes amours ! J'y passerais ma vie.
Vin frais et nappe en fleur, est-il rien de plus doux ?

LES FEMMES ET LES ENFANTS.

Au son du tambourin, quand mon pied saute ou glisse,
M'est avis que je vole et je crois être oiseau.
On va danser enfin ! J'y songe avec délice ;
Je veux, jusqu'à demain, tourner comme un fuseau.

LA FÉE, seule.

Plus de froid silence !
Tout est joie et rire et danse.

1. N° 27 de la partition. — La Belle a donné son petit bouquet, qui pourrait l'embarrasser lorsqu'on dansera, à Pâquerette ou à Mésange, et l'une ou l'autre le pose sur un des sièges ou sur le lit. Rondache, le Cuisinier et Frangipane se débarrassent comme ils peuvent de leurs armes.

Le gai Printemps s'avance ;
Terre, il vient pour t'épouser.
O joyeux mystère !
O caresses de lumière !
Voici la jeune terre
Toute rose d'un baiser !

LA FÉE, MÉSANGE, PAQUERETTE.

Flûtes de roseau, légers hautbois,
Doux violons, oiseaux des bois,
Mêlez vos tendres voix !
Dans l'herbe et dans les fleurs et sur les mousses de velours
Je veux danser toujours !

LES HOMMES.

Quant à notre pièce, elle est finie ;
Ne dites pas qu'elle a duré cent ans !

LES FEMMES ET LES ENFANTS.

On n'est pas forcé d'être un génie ;
De grâce, mes amis, soyez contents !

TOUS.

O belles, puissiez-vous être un jour éveillées
Par un beau jeune prince au chapeau ceint de fleurs !
S'il manque au rendez-vous, dansez sous la feuillée
Au chant des violons et des oiseaux siffleurs !

(Danse finale. — Rideau.)

INDICATIONS PRATIQUES

PERSONNAGES ET COSTUMES

La Fée aux perles. — C'est de beaucoup le rôle le plus important. Il faut de l'autorité, du charme, une grande souplesse; le ton varie souvent et passe très vite de la plaisanterie ou même de la gaminerie à l'émotion intime, au lyrisme, et, pour un passage, à la gravité religieuse. En outre, la Fée simule, au second tableau, la démarche et le parler d'une très vieille femme.

Elle doit avoir une jolie voix de mezzo soprano, ou tout au moins une jolie voix; car on pourrait transposer au-dessous du ton écrit les deux airs qu'elle chante au premier et au second tableau. En ce qui concerne le passage qu'elle chante seule dans le chœur final, il est impossible de le transposer à moins de transposer le chœur lui-même, qui peut tout au plus être baissé d'un demi-ton (*la* naturel au lieu de *si* bémol). Si la Fée n'avait pas la voix assez haute pour donner franchement le *fa* naturel et le *sol* en passant, on pourrait la faire remplacer dans ce solo par Pâquerette ou Mésange, à la condition que cela fit éviter une transposition. On pourrait encore faire chanter le passage désigné comme solo par la Fée et les deux jeunes filles, plusieurs voix réunies ayant moins de peine à donner les notes hautes. Mais le mieux sera de se conformer, s'il est possible, à ce qui est écrit.

Il ne sera pas malaisé de vêtir la Fée aux perles conformément à son nom, de satin blanc ou crème, ou de quelque nuance nacrée, avec coiffure, collier, bracelet, ceinture et garniture de perles, sans lourdeur, mais de façon qu'il y en ait un peu partout. Il va de soi qu'aux lumières de la rampe des perles à très bon marché ont toute la beauté souhaitable. J'ai parlé de satin, mais il y en a de qualités très diverses, et toutes sont bonnes pour nous. Encore s'agit-il bien moins de réalité que d'illusion à produire. J'ai vu, à l'école normale de Nîmes, des jeunes filles jouer une comédie féerique, exigeant de rares et merveilleux costumes, avec de fort jolies robes en papier. L'harmonie du vêtement est ici la chose essentielle, et tout doit y concourir; la baguette de la fée doit être argentée, non dorée. Corsage un peu ouvert, robe courte sans excès. Nous ne sommes pas au Châtelet ou à la Porte Saint-Martin.

LA BELLE AU BOIS DORMANT. — Son premier devoir est d'être belle, c'est-à-dire de le paraître. Si elle possède la grâce « plus belle encor que la beauté », nous ne mesurerons pas l'ovale de son visage, ses yeux ne seront pas obligés d'être fendus en amande, et son nez lui-même aura droit à quelque aimable fantaisie. Le rôle n'est pas difficile. La voix doit être agréable en parlant; il faut de la grâce dans les gestes, une tendre émotion dans les quelques paroles dites par la Belle à son réveil.

Elle chante seulement dans le chœur final; c'est dire que l'on pourrait, à la rigueur, choisir pour ce rôle une jolie personne disant bien et dont la voix, comme chanteuse, serait tout à fait insuffisante.

On habillera la Belle comme on le jugera à propos; je l'imagine en corsage et robe de soie bleu tendre, avec quelques petites roses-de-mai formant une coiffure très légère, à peine indiquée, une touffe des mêmes roses au corsage, et, si l'on veut, quelques-unes encore au bas de la robe, qui sera, de préférence, à longue traîne. Je voudrais le corsage et la robe tout à fait simples et unis, sans autre ornement que ces roses. Quant à la coupe du vêtement, on se rapprochera des modes du XVe siècle. Taille longue et mince. On doit être en avance d'un siècle sur les modes du XVIe siècle, que suit le prince Florizel. Tout cela très approximativement.

MÉSANGE. — Un peu plus décidée, un peu plus vive que Pâquerette, elle doit avoir, comme son amie, le charme exquis de la jeunesse. On ne l'a pas toujours par le seul fait qu'on est jeune; mais je ne demande rien d'autre à Mésange, sinon un joli petit filet de voix, assez souple pour qu'après avoir chanté la mélodie d'une chanson elle y fasse (dans le même ton) la seconde partie.

Un mélange de jaune et de bleu foncé dans son costume pourrait rappeler le plumage du charmant petit oiseau dont elle porte le nom. Une sorte de béguin en velours bleu dessinerait bien la tête de la mésange.

PÂQUERETTE. — Un peu plus délicate, un peu plus timide que Mésange. Jolie petite voix claire. Robe légère, printanière, à fond blanc et à fleurs, rappelant la pâquerette bordée de rose.

DAME TOURTE. — Personne mûre et rébarbative; ce pourrait à la rigueur être un homme, dans une troupe mixte. Si la pièce est jouée exclusivement par des jeunes filles, celle à qui sera confié le rôle de Dame Tourte aura le courage de s'enlaidir franchement. Personne acariâtre et hautaine, qui symbolise toutes les vanités du Protocole. Dame Tourte ne chante pas.

Pour la vêtir, on pourrait copier sans atténuation un costume du xv° ou xvi° siècle, riche et sombre, raide et pesant, où elle serait noblement engoncée. Elle porte un chapeau de fantaisie, à larges bords, dont la coiffe a la forme d'un cylindre évasé par le haut. Ce chapeau est ou est censé être en velours; on peut y ajouter une boucle, une plume, un ornement qui en achève le ridicule. Du reste, un grand voile sombre couvre le chapeau et le visage de la bonne dame, de façon qu'elle attire peu l'attention avant le moment où elle doit se dresser en sursaut. Une fois éveillée, elle peut faire rire un instant par sa mise; mais son intervention est dramatique; il y a un fond sérieux dans la dispute entre la Convenance incarnée et la grande Fée bienfaisante, dont le vrai nom est Nature.

LE PETIT CHAPERON ROUGE. — Minois très éveillé, naïf et malicieux. Par convention, ce peut être une fillette de quatorze à quinze ans, mais il vaudrait mieux qu'elle n'en eût pas plus de douze. Elle doit avoir la voix juste et agréable, un babil naturel et amusant, beaucoup d'entrain.

Costume de petite paysanne, avec de jolis sabots. Jupe courte. Le corselet d'une couleur et la jupe d'une autre, le chaperon rouge étant la note la plus vive du costume, à moins que la jupe aussi ne soit rouge, ce qui me plairait bien. On trouvera des indications nombreuses pour un vêtement de ce genre dans les notes qui suivent notre *Première vision de Jeanne d'Arc*.

FLORIZEL. — Rôle de jeune homme, si l'interprétation comporte des acteurs; sinon, ce sera un travesti, de même que tous les rôles dont il me reste à parler [1]. Florizel doit avoir un visage aimable, des manières nobles et aisées, avec un mélange de vive décision pour affronter le péril et de tremblante émotion devant l'amour. Si le rôle est tenu par une jeune fille, elle devra être grande, un peu mince, élancée. Elle ne portera point de barbe postiche, à moins que ce ne soit une ombre de moustache et un soupçon de barbe naissante. Je rappelle en passant que les barbes doivent toujours être collées, jamais accrochées aux oreilles [2].

Florizel n'a pas besoin d'être chanteur ou chanteuse; il ne chante que dans le chœur final; mais, en revanche, il doit, homme ou femme, avoir en parlant une voix très musicale.

Le costume du prince a une très grande importance. Son chapeau est de feutre gris, souple, à larges bords, genre Rubens; il est paré de fleurs qui occupent la place où l'on pourrait mettre un panache, c'est-à-dire la moitié gauche du bord, et la grappe de fleurs doit déborder un peu en arrière. Il y a des primevères

1. Même dans une troupe mixte, Florizel pourrait, *à la rigueur*, être joué en travesti.
2. Voir les Indications à la suite de *Nausicaa*

blanches, roses et jaunes, des violettes et des pervenches. Il faut
que les primevères puissent être aisément détachées, ce qui a
lieu au second tableau. Pour le troisième, elles auront été
remises en place... si on y tient.

Voici comment je me figure Florizel : pourpoint de velours
vert tendre, à crevés de satin rose, culotte de satin vert, bottes
grises, molles, montant plus haut que le genou, épée, manteau
gris attaché sur l'épaule droite et rejeté en arrière sur l'épaule
gauche. On ne doit pas s'y tromper : Florizel est le chevalier
Printemps.

RONDACHE. — Un peu plus âgé que Florizel, un peu plus cor-
pulent, d'ailleurs sensible, de l'entrain, et capable d'enlever une
chanson. Il peut être vêtu comme les chevau-légers de la fin
du XVI° siècle, tels du moins qu'on les représente dans les
Huguenots ou le *Pré aux Clercs*, car je n'y suis pas allé voir : pourpoint, ceinture de cuir, épée, trousse, maillot et grandes bottes,
le tout fort simple et dans des nuances peu voyantes. Comme
coiffure, ce pourra être le casque appelé salade, dont les bords
courbes se relèvent sur le front et sur la nuque, ou un chapeau
de feutre avec une plume. Barbe légère, si l'on veut; manteau
à volonté.

LES DEUX SUISSES. — Hommes d'âge indécis, aux trognes flam-
boyantes, aux larges barbes fauves ou rousses [1] (il faut que la
bouche reste bien dégagée). Les acteurs s'exerceront patiemment à obtenir l'accent désirable, qui consiste à remplacer toujours les consonnes douces par des consonnes dures (sans faire
la réciproque), à pesamment allonger les voyelles surmontées
d'accents circonflexes, à donner aux R un son guttural, et surtout à ne pas se départir d'une sorte de chantonnement lourd
et traînant. Les deux Suisses doivent être capables de chanter
d'une façon qui, pour être comique, n'exclut pas la justesse, le
rythme et l'entrain.

Ils sont coiffés de bonnets à la Scapin, de préférence jaunes
et rayés de noir, sortes de toques retombant sur l'oreille droite;
pourpoints à très larges manches rétrécies aux poignets et
grosses culottes bouffantes, je suppose de couleur jaune rayée
de noir; en ce cas, bas jaunes; souliers noirs, d'étoffe, qui vont
en s'élargissant vers le bout, avec ou sans crevés d'étoffe. Hallebardes.

Dans le cas où la troupe ne sera composée que de jeunes filles,
il s'en trouvera bien ayant assez le sens du comique pour entrer
avec une entière franchise dans l'esprit de ces personnages
grotesques.

Les deux Suisses doivent être grands.

1. Certaines photographies de nos personnages m'ont révélé de jolis
Suisses à petites moustaches : contre-sens absolu. Ce sont des soudards
au teint « culotté », avec de grandes barbes.

Le Majordome. — Personnage décoratif et solennel, d'âge indécis. Barbe en éventail, régulière, large et horizontale du bas; peu ou point de moustaches. Pour simplifier, on pourrait supprimer la barbe. Pas de couvre-chef; fraise empesée; costume de même coupe que celui des Suisses, mais noir, les bas seulement étant rouges.

Le Cuisinier. — Toque de chef, blanche, large et gonflée; costume de même coupe que celui des précédents, le pourpoint étant de toile blanche, le haut-de-chausses et les bas gris. Tablier de cuisine. Barbu ou sans barbe à volonté. Age indécis.

Le Majordome et le Cuisinier chantent dans les chœurs [1].

Frangipane. — Petit marmiton, capable de chanter juste; c'est un garçon (ou une fillette) de dix à douze ans. Toque, veste, culotte, bas, souliers, tout est blanc dans son costume. Tablier de cuisine.

Furet. — Petit page, le plus petit des trois enfants. Garçon (ou fillette) ne paraissant pas plus de huit ans, et pouvant paraître beaucoup moins. Il doit pouvoir chanter. Costume classique de petit page : toque, pourpoint, trousse, maillot, dont on assortira les couleurs comme on voudra, plutôt dans le bleu foncé et dans le gris.

DÉCORS

J'ai dit maintes fois mon indifférence relative sur ce chapitre. Il ne me déplairait pas que l'on présentât au public, avant chaque tableau, un écriteau portant l'indication nécessaire : *La chambre de la Belle.* — *Une clairière dans une forêt.* — *La salle des gardes.* — *La chambre de la Belle.* On pourrait encore inscrire ces indications au programme.

Tout décor est inutile au premier et au troisième tableaux. On pourra cependant disposer une tapisserie ou une draperie quelconque en guise de toile de fond. Si l'on en a plusieurs, celle du premier tableau (laquelle reparaîtra au quatrième) sera plus riche, plus claire ou plus tendre que celle du troisième tableau.

Pour le décor de la forêt (second tableau) on pourra mettre un rideau de verdure comme toile de fond. Il pourra y avoir des feuillages verts à l'entrée des coulisses.

Au quatrième tableau, il faut des fleurs, en grand nombre, mêlées de feuillage, au fond, aux coulisses, sur le sol, sur le

1. Les quatre personnages qui viennent d'être énumérés n'étant point jeunes, on consultera utilement ce qui a été dit sur les rides, à la suite de *Nausicaa*, de même que sur les barbes et sur la trace bleue laissée par le rasoir.

lit de la Belle. Si la toile de fond possédait une fenêtre, elle serait enguirlandée de fleurs. Ne pas oublier les petites roses-de-mai.

MOBILIER ET ACCESSOIRES

Il faut au *premier tableau* : un lit richement drapé, sur lequel repose la Belle, ayant des coussins en guise d'oreiller; deux fauteuils, dont l'un avec un coussin, pour Furet, et d'autres coussins pour Pâquerette et Mésange.

La Fée a sa baguette à la main.

Dame Tourte a un voile sur la tête.

Au *second tableau*, la Fée, déguisée en vieille femme, a une grosse canne et un manteau à capuchon; elle aura plus tard sa baguette.

Florizel entre portant un gros fagot. Il a son épée. Son chapeau lui sera remis par Rondache.

Rondache a son épée.

Le Petit Chaperon Rouge porte un petit panier à anse. La fillette en retire quelques noisettes sèches.

Au *troisième tableau*, il faut cinq sièges. On utilisera, si l'on veut, les fauteuils du premier tableau en y ajoutant des chaises. Elles pourraient être en cuir, à dossier haut et plein; mais on prendra ce qu'on aura. Les Suisses ont leurs hallebardes.

Au fond, masquant en partie la cheminée (qui pourra être peinte en trompe-l'œil ou tout à faire imaginaire) une rôtissoire laisse apercevoir des volailles et des gibiers (faisans et perdrix) embrochés et dorés par la cuisson. On tâchera de se procurer des volailles en carton. Le feu est éteint.

Près de la rôtissoire il y a une petite table sur laquelle on a disposé un en-cas de nuit : volaille froide et jambon dans un plat de métal ou de faïence, un petit pain, un couvert. Tout ceci parfaitement réel et naturel.

Par terre, auprès des Suisses, deux bouteilles vides et une pleine de vin rouge, avec deux gobelets. On tâchera d'avoir des bouteilles larges et trapues. En tout cas, il ne faut pas de litres!

Florizel a son chapeau et son épée, qu'il tient à la main en entrant.

Rondache a son épée et un petit bouclier rond.

Au *quatrième tableau* : même mobilier qu'au premier; des fleurs partout.

Florizel n'a ni chapeau ni épée.

Le Petit Chaperon Rouge a des fleurs à la main, pour les offrir à la Belle.

Rondache aura, en entrant, son épée à la main; le Cuisinier et Frangipane tiendront l'un une broche, l'autre une brochette, qu'ils passeront dans la ceinture de leur tablier au moment où Rondache mettra son épée au fourreau. Les Suisses ont leurs hallebardes.

La Fée a sa baguette.

Dame Tourte ôte et jette son voile au moment où elle s'éveille en sursaut.

DICTION

Il y aurait trop à dire. On remarquera cependant que la pièce est écrite en vers et en prose. La prose doit avoir son harmonie ; mais le rythme précis, le chant, l'effusion lyrique ne sont pas de son domaine. Toutefois il y a bien des nuances ; à certains moments il semble que la prose va prendre son vol, tandis que, d'autres fois, le pied léger de la poésie effleure la terre. L'enthousiasme poétique ne doit jamais exclure le naturel, la vérité de la diction ; la mélodie du vers lyrique n'est pas la monotone redondance du sermon ou du plaidoyer ; mais, d'autre part, le chant contenu dans toute poésie peut être quelquefois réduit à un minimum, et le ton doit se faire tout simple et familier en des vers comme celui-ci :

Qu'est-ce que vous voulez ? On n'est jamais content ;

vers de comédie, vers pédestre, que pourrait suivre un brusque coup d'aile.

Inversement, la prose a le droit de rêver un instant, de cueillir une fleur et d'écouter un oiseau. Elle se laisse pénétrer de poésie lorsqu'elle dit :

... Alors il me sembla que ma bien-aimée était proche ; je posai un rapide baiser sur les fleurs ; une épine toucha ma lèvre, et quelques gouttes de mon sang changèrent en pourpre ardente la neige virginale du buisson...

Mais, comme la prose ne peut quitter le sol que pour un moment, sous peine de forcer son talent et de ne rien faire avec grâce, une réplique immédiate :

N'empêche que je suis moulu de fatigue...

nous ramène à la réalité.

Je m'en tiendrais volontiers à ces observations générales ; mais, si j'en crois mon expérience, il n'est pas inutile de rappeler : 1° qu'un arrêt n'est pas toujours possible à la fin d'un vers quelconque, ni surtout au milieu d'un vers de douze syllabes ; 2° que la ponctuation écrite ne correspond pas forcément aux pauses de la diction ; 3° qu'il faut appuyer sur les mots vivants et expressifs, non sur les mots de grammaire (comme les pronoms relatifs) qui constituent l'ossature logique de la phrase. Par exemple, dans les vers suivants :

..... C'est bien,
Oui, mais ce n'est pas tout, et, quelquefois, j'envie
L'être éphémère qui, dans sa goutte de vie,
Peut voir se réfléchir tout le ciel un instant!

il ne faut pas d'arrêt après *j'envie*; il faut un accent sur la dernière syllabe d'*éphémère*, et un petit arrêt après ce mot; s'arrêter sur *qui* serait odieux; enfin, le dernier vers doit être dit sans aucun repos après la sixième syllabe; et si, dans l'intérieur de ce vers, on mettait de petits accents, ils devraient tomber sur *voir* et sur *ciel*.

MUSIQUE

Il faut un accompagnateur très sûr, bon pianiste, connaissant bien la partition et pouvant faire signe aux chanteurs.

Le piano peut être placé au bas de la scène — suffisamment élevée pour que l'instrument ne cache pas les acteurs — et au milieu, de façon que, dans les chœurs, les exécutants entendent également bien le piano à droite et à gauche. Si la scène est peu élevée, on placera l'instrument à l'extrémité droite ou gauche. On pourrait encore le mettre dans la coulisse, mais en s'assurant que le pianiste et les acteurs s'entendent réciproquement.

Les mélodrames doivent être joués *pianissimo* pour ne pas couvrir la voix des récitants. Je recommande l'emploi de la pédale douce, et au besoin l'emmaillottement du piano dans une couverture.

On attachera la plus grande importance à commencer et à finir exactement les passages de musique aux endroits spécifiés. Ce travail de précision exigera plusieurs répétitions.

La partition contient toutes les indications nécessaires de mouvement, de nuance et d'expression.

Les reprises du chœur, dans la chanson qui termine le troisième acte, sont écrites à deux parties; mais il n'y a aucun inconvénient à les chanter à l'unisson.

DANSE

Il est toujours bon de finir par une danse. Après le chœur final, on en reprendra l'accompagnement, du moins en partie. La musique est celle d'un *tambourin*. J'ai lu des descriptions de cette danse, mais je n'y ai absolument rien compris. Sans doute il est difficile d'expliquer une danse; il est fâcheux, pourtant, que les personnes compétentes ne fassent pas le moindre effort pour se rendre intelligibles aux profanes. On réglera la danse comme on voudra; si l'on en fait un véritable tambourin, tant mieux. Mais, si l'on n'a pas à cet égard plus de lumières que moi, on pourra essayer quelque chose dans le genre de ce que je vais décrire, en essayant d'être clair. Mon esquisse n'a rien de génial; il me semble du moins que l'exécution serait facile et pourrait n'être pas sans charme, si l'on y mettait de la grâce et de l'entrain.

Le chœur achevé, cinq couples se placeront comme pour former une ronde : Florizel et la Belle, Rondache et la Fée, le Majordome et Mésange, le Cuisinier et Pâquerette, Frangipane et le Petit Chaperon Rouge. Les deux Suisses se planteront l'un à droite, l'autre à gauche de la scène, au premier plan et dans les coins, et dodelineront de la tête pour montrer qu'ils prennent part à l'allégresse générale. Quant à Furet, il fera de vains efforts pour porter la traîne de la Belle, parmi le tourbillon de la danse.

Chaque cavalier a sa danseuse à sa gauche.

Les couples étant placés, on commence la musique.

A [1]. Chacun ou chacune donnant la main à ses deux voisines ou voisins, on avance vers la gauche en dansant deux mesures de polka, le pied gauche en avant à la première mesure, le pied droit en avant à la seconde. A la troisième mesure les mains se quittent, chacun fait un tour complet sur lui-même *en dansant*, les mains se renouent, et l'on continue à avancer en rond, de droite à gauche, ce qui constitue les mesures 4 et 5, pendant lesquelles on fait encore deux mesures de polka, le pied droit en avant à la quatrième, le pied gauche en avant à la cinquième. A la sixième on s'arrête, on joint les talons en se tournant vers l'intérieur du cercle, et tous frappent des mains une fois, bien ensemble, sur le premier temps de la mesure 6.

B. On recommence exactement ce qui a été fait en *A*.

C. On continue à avancer en rond de droite à gauche, en *marchant au pas*, le pied gauche sur les temps forts. Chaque cavalier prend dans sa main droite la main droite de sa voisine de gauche et la fait passer à sa droite par l'intérieur du cercle. Ils se font un salut aussi gracieux que possible. Puis le cavalier fait un demi-tour à droite et opère de la même façon avec sa nouvelle voisine de gauche. Si je calcule bien, chaque cavalier aura le temps de faire passer à sa droite les cinq danseuses successivement pendant le temps que dure le motif.

D. Cette fois le cavalier, marquant toujours les temps forts avec le pied gauche, prendra par la taille la danseuse qui est à sa gauche, et, faisant un demi-tour à droite *en marchant*, la fera

1. On retrouvera les lettres A, B, C, D, dans la partition.

passer à sa droite par l'intérieur du cercle. Puis, achevant le tour à droite, il fera de même avec sa nouvelle voisine de gauche. Pendant le motif *D* il fera passer à sa droite les cinq danseuses successivement, et il lui restera le temps de faire un profond salut à sa nouvelle voisine de gauche, qui lui fera une révérence.

Là-dessus, on pourra fermer le rideau.

J'avais indiqué diverses figures pour la suite; mais, en somme, il s'agit simplement de faire voir au public que, dans la joie de leur cœur, les personnages se mettent à danser.

Il est d'ailleurs bien entendu que l'on réglera les choses comme on voudra.

Il ne faut pas oublier que le chœur final (dont la musique sert pour la danse) doit être battu à deux temps, et non pas à quatre. Il faut surtout que ce soit bien rythmé.

CENDRILLON

Féerie en quatre actes.

Petite Simonette,
Plus petite Étiennette,
Toute petite Annie, ô délicat bébé,
Votre grand-papa vous dédie
Cette espèce de comédie,
Que vous lirez plus tard, beaucoup plus tard....

M. H.

PERSONNAGES

DES TROIS PREMIERS ACTES

TRUBULU DERNIER, roi d'un pays vague.
ANTOINETTE, sa femme.
GALAOR, fils de Trubulu et d'Antoinette.
PROTOCOL, maître des cérémonies.
MATHILDE } filles d'une veuve remariée.
BERTHE }
CENDRILLON, fille d'un veuf remarié avec cette veuve.
La Fée au chaperon rouge.

PERSONNAGES

DU QUATRIÈME ACTE

LES PRÉCÉDENTS.
UN COMPAGNON MENUISIER.
UN APPRENTI MENUISIER.
TROIS JEUNES FILLES.
UNE MÈRE.
COMPAGNONS, APPRENTIS, MÈRES, JEUNES FILLES.

La scène est dans la capitale du royaume de Sa Majesté Trubulu, pendant l'automne de 1789, aux trois premiers tableaux, et le premier mai 1790 au quatrième.

AVERTISSEMENT

La pièce que voici paraît pour la première fois dans le présent volume.

Elle peut être interprétée exclusivement par des jeunes filles (au-dessus de quinze ans), en ce qui concerne la figuration aussi bien que les rôles principaux.

Elle peut aussi être jouée par des artistes des deux sexes, dans une représentation organisée par une Université populaire, un patronage laïque, ou quelque société de ce genre ; si c'était sur un vrai théâtre, avec décors, coulisses et accessoires, etc., cela n'en vaudrait que mieux.

Enfin, elle peut être jouée par de très jeunes filles (de treize à quinze ans), qui tiendraient les rôles masculins comme les autres [1] ; mais la figuration masculine serait attribuée, si on le jugeait plus commode, à de grands garçons, ayant encore leur voix enfantine (onze à treize ans). Il serait à souhaiter, en ce cas, que les actrices proprement dites ne fussent pas trop grandes, et que les figurants ne fussent pas trop petits.

Quel que soit le mode d'interprétation adopté, il est bon de savoir que le quatrième acte n'est pas strictement indispensable. Le dénouement est connu à la fin du troisième, et le spectateur, s'il en reste là, peut s'en aller tranquille sur le sort de Cendrillon. Le quatrième acte exige une figuration importante et de l'espace pour la faire évoluer : c'est pourquoi on pourra juger préférable de renoncer à cet acte.

Il va sans dire que l'auteur ne le souhaite pas. Tout lecteur attentif de la pièce comprendra, du reste, que, sans trahir les données du vieux conte, si plaisant à l'imagination, on a voulu y entremêler, non sans quelque audace peut-être, des éléments plus modernes et assez divers, de façon qu'il devînt une glorification du travail. Or, c'est au dernier acte seulement que cette glorification est mise en pleine lumière et que la pièce reçoit sa véritable conclusion.

---

1. Ceux du Compagnon et de l'Apprenti (quatrième acte) pourraient cependant être confiés à des garçons.

Il faut ajouter que, si l'on ne dispose ni d'une large scène ni d'un personnel nombreux, l'imagination du spectateur pourra être mise en réquisition. Sur un vrai théâtre, et disposant de toutes les ressources désirables, je porterais à vingt, à vingt-cinq ou à davantage le nombre des figurants dans chacun des quatre groupes qui représentent le peuple : compagnons, apprentis, mères et jeunes filles. Mais, sur une scène étroite, cinq à six figurants, ou moins encore, suffiraient pour chacun des quatre groupes. Si l'on est vingt sur une scène où raisonnablement l'on pourrait tenir sept ou huit, l'impression de la foule est donnée. Vingt figurants ! Je ne crois pas que Shakespeare en eût toujours autant, lorsqu'il faisait évoluer des armées sur la scène.

Plus qu'un mot.

Aucun de nous n'a le droit de juger son œuvre, pour la bonne raison qu'il est incapable de le faire; mais si, parmi les petites pièces que j'ai publiées, une devait se répandre davantage ou me survivre de quelques années, je souhaiterais que ce fût celle-ci, parce que j'ai tâché d'y mettre, sous une forme qui fût agréable à de jeunes imaginations, et qui répondit aux sentiments d'un auditoire populaire, ma profonde sympathie pour ceux qui méritent le mieux le beau nom de travailleurs.

Février 1906.

CENDRILLON

ACTE I

Un petit salon. A gauche la cheminée, où flambe un bon feu. Près de la cheminée une table à ouvrage, avec une chaise permettant de s'asseoir devant la table, et face au spectateur. A droite, face à la cheminée, une grande glace, et devant cette glace une chaise sur laquelle Berthe est assise, un peignoir couvrant ses vêtements, tandis que Cendrillon achève de la coiffer. Vers le milieu de la scène, sur le devant, Mathilde est debout, parée pour le bal. Dans le reste de la pièce, meubles, sièges, bibelots; c'est un petit salon affecté à l'usage des jeunes filles. Le tout de style Louis XVI, ou ayant plus ou moins le cachet du XVIII° siècle.

A droite, une porte donne accès dans la chambre des jeunes filles. Grande porte au fond, donnant sur un vestibule ou sur un escalier.

Mathilde est nerveuse, impatiente; elle parle un moment après le lever du rideau.

SCÈNE I

MATHILDE, BERTHE, CENDRILLON.

MATHILDE, à Cendrillon, avec colère.
Ah çà, voyons, vas-tu venir?

CENDRILLON, à Mathilde, avec douceur.
De grâce, laissez-moi finir :
Je n'ai qu'à poser une mouche
A votre sœur.

MATHILDE, à Cendrillon.
Sainte-n'y-touche!

(Cendrillon s'occupe de poser une mouche à Berthe. Mathilde, au public :)

Elle s'excusera toujours,
Elle vous fera des mamours,
Mais vous ne serez pas servie.

BERTHE, brusquement, à Cendrillon.

Tu me fais mal.

MATHILDE, au public.

Mort de ma vie!
Suis-je patiente!

CENDRILLON.

C'est fait.

(Elle ôte à Berthe son peignoir et le pose sur le dossier de la chaise,
tandis que Berthe se lève en parlant.)

BERTHE.

Ouf! Il n'est que temps. J'étouffais.

(Elle respire largement, étale sa traîne, puis se regarde dans la glace.)

CENDRILLON, s'approchant de Mathilde.

A vos ordres, mademoiselle.

MATHILDE.

Ah! tu peux bien vanter ton zèle!

CENDRILLON, voulant se justifier.

J'ai fait...

MATHILDE, lui coupant la parole.

C'est bon. Pour le moment,
Daigne me dire seulement
Si je suis bien.

(Pendant un moment Cendrillon regarde la coiffure et la toilette de
Mathilde.)

CENDRILLON.

Très bien...

MATHILDE, avec emphase.

Admire.

(Cendrillon fait en silence le tour de Mathilde et se retrouve à la place
qu'elle occupait.)

CENDRILLON, doucement malicieuse.

Il vous suffira de sourire
Pour que vos danseurs soient ravis.

MATHILDE, sèchement.

Garde tes stupides avis.

(Changeant de ton et très satisfaite d'elle-même.)

Qu'est-ce que tu dis de ma traîne,
Hein?

CENDRILLON, avec une imperceptible ironie.
Vous avez l'air d'une reine.

MATHILDE, se rengorgeant.
Une reine? Eh bien, pourquoi pas?

(Elle fait deux ou trois pas solennellement, se prend dans sa traîne
et manque de tomber. Cendrillon fait un geste pour la secourir; mais
Mathilde, qui s'est redressée, poursuit avec colère :)

Bon, tu m'as fait faire un faux pas.

(Au public :)
Mon Dieu, que cette fille est bête!

BERTHE, voulant la calmer.
Mathilde...

MATHILDE.
Ah! tu me romps la tête.

BERTHE, riant.
Ton crâne est fragile.

MATHILDE, sèchement.
C'est bon.
Je vais attendre, au grand salon,
Que l'on avance le carrosse.

(Elle sort par le fond, avec majesté.)

SCÈNE II

BERTHE, CENDRILLON.

BERTHE.
Mathilde, ce soir, est féroce.
D'ailleurs, elle est toujours ainsi.

CENDRILLON, indulgente.
Non, pas toujours.

BERTHE, naïvement satisfaite d'elle-même.
Moi, Dieu merci,
Je suis aimable et bonne fille.
Si je n'étais pas si gentille,
Ce serait bien triste pour toi,
Dans la maison.

CENDRILLON, d'une voix douce
C'est vrai.

BERTHE, brusquement, après un moment de silence.
                                        Pourquoi
Ne vas-tu pas au bal?

CENDRILLON, très émue.
                    Moi?

BERTHE, trouvant son idée toute simple.
                    Dame!

CENDRILLON, se demandant ce qu'elle doit croire.
Vous me raillez.

                    BERTHE.
            Non, sur mon âme!
Les seigneurs au parler si doux
S'empresseraient autour de nous;
Toi, tu danserais dans l'office
Au milieu des gens de service.

            CENDRILLON, déçue.
Je préfère le coin du feu...
                                (Une courte pause.)
Pourtant je rêve bien un peu
De toutes ces magnificences :
Lumières, fleurs, toilettes, danses...
Ce doit être beau?

            BERTHE, avec énergie.
                    Je te crois!

            CENDRILLON, timide et hésitante.
Si vous vouliez, rien qu'une fois,
Ma bonne demoiselle Berthe,
Me prêter votre robe verte,
Je verrais le vrai bal du roi...

            BERTHE, très brusquement.
Hein? te prêter ma robe, à toi?

            CENDRILLON, suppliante.
Hélas! j'aime tant la musique!

            BERTHE, au public.
Ça, par exemple, c'est comique :
Ma robe verte à Cendrillon!...
(Puis, s'adressant à Cendrillon avec une ironie tranquille :)
Tu peux garder ton cotillon,
Ma chère enfant. Il est commode

Et, de plus, toujours à la mode.
Mais j'entends le carrosse. Adieu :
Rêve, ma belle, au coin du feu !

(Elle sort légèrement par le fond. Musique¹. Cendrillon reste un
moment immobile et pensive, puis elle va prendre le peignoir qui est
resté sur la chaise devant le miroir, le plie et le range. Elle s'approche
ensuite de la table à ouvrage, qui est à gauche, près de la cheminée,
et reste debout à cette place. Tous ces mouvements ont été faits d'une
façon lente et distraite. Cendrillon parle quand la musique s'est tue.)

SCÈNE III

CENDRILLON, seule.

O ma pauvre petite mère,
Douce maman, toujours si chère,
Qui mourus quand j'avais sept ans,
C'est toi, dans mes nombreux instants
De solitude ou d'insomnie,
Qui viens me tenir compagnie.
Ton sourire est triste et charmant,
Et tu me dis bien tendrement :
« Patience, ma chère fille !
Travaille bien, tire l'aiguille,
File et repasse ; un jour viendra
Où ton cœur s'épanouira.
Que l'espérance te soutienne !
Ma pensée est avec la tienne :
Quand le chagrin mouille tes yeux,
Je te console de mon mieux ;
Et bientôt, sans que tu me voies,
Je prendrai ma part de tes joies. »
Petite mère parle ainsi.
Alors, moi, je lui dis merci ;
Mais tout cela, c'est comme un rêve...
Le jour s'en va, la nuit s'achève,
Et je reste avec mes chagrins.
Je ne verrai pas, je le crains,

1. N° 1 de la partition.

Fleurir ma secrète espérance...

(Elle s'assied et prend un ouvrage.)

Hélas! pas même un tour de danse!

(Musique [1]. Cendrillon se met à travailler. Après un instant, la Fée au Chaperon rouge apparaît au fond, sa baguette à la main. Elle dirige son regard vers Cendrillon; puis, sur la pointe du pied, elle s'avance lentement jusqu'au milieu de la pièce et y reste immobile, tournée vers Cendrillon, qui ne la voit pas. La musique se tait. Alors Cendrillon relève la tête et parle, son ouvrage à la main.)

SCÈNE IV

LA FÉE, CENDRILLON.

CENDRILLON.

J'avais ma marraine, autrefois;
Mais, dans son vert logis des bois,
Elle oublie un peu sa filleule,
Et me voilà seule, bien seule...

LA FÉE.

Ça n'est pas vrai!

CENDRILLON, se levant effarée.

Qui parle?

(Elle a posé son ouvrage sur la table.)

LA FÉE.

Moi!

CENDRILLON, se tournant vers la Fée.

Vous?

(Elle regarde un instant la Fée et s'écrie :)

Ah! quel bonheur!

LA FÉE, s'approchant.

Eh bien, quoi!

On n'embrasse pas sa marraine?
Ça vaudrait mieux, mauvaise graine,
Que de se plaindre et d'accuser...

(Cendrillon s'approche de la Fée et l'embrasse tendrement. La Fée reprend avec une moue dédaigneuse :)

Qu'est-ce que c'est que ce baiser?

1. N° 2 de la partition.

J'en veux un joyeux et sonore,
Et qui claque bien !
(Cendrillon s'approche pour l'embrasser de nouveau ; la Fée la retient.)
> Sache encore
Qu'il me faut la paire... Va-s-y.
> (Elle tend sa joue.)

CENDRILLON.

Bonne marraine !
(Elle donne à la Fée deux baisers retentissants, un sur chaque joue.)

LA FÉE, s'animant peu à peu.

> Ah ! c'est ainsi
Qu'on déblatère sur mon compte ?
Vois-tu, — ceci n'est pas un conte —
Depuis longtemps, je n'ai hanté
Que le peuple d'une cité
Tumultueuse qui m'est chère.
On la dit frivole et légère ;
Elle a fait des choses, pourtant,
Dignes d'un renom éclatant.
C'est loin, bien loin de ce royaume.
Sous la mansarde et sous le chaume
On souffre ici tout comme ailleurs ;
Partout j'aime les travailleurs ;
Mais, pour briser le joug servile,
C'est l'exemple de cette ville,
Où bat le cœur du genre humain,
Qui les soulèvera demain !

CENDRILLON.

Qu'a fait ce peuple ?

LA FÉE, avec un enthousiasme croissant.

> Il a, ma fille,
Renversé la vieille Bastille,
Qui déshonorait le ciel bleu !
Tout ça, pour toi, c'est de l'hébreu ;
Mais, tiens, suppose une bâtisse
Faite de toute l'injustice
Qu'on peut entasser en mille ans,
Une geôle aux murs insolents
Et pleine d'un affreux mystère...
Nous avons jeté ça par terre !

CENDRILLON, avec admiration.

Vous en étiez, marraine?

LA FÉE, fièrement.

Un peu!

Ce fut mon baptême du feu.

CENDRILLON, très émue.

On s'est battu?

LA FÉE, avec bonhomie.

Vois-tu, fillette,

Pour faire la moindre omelette

Il faut casser un œuf ou deux.

CENDRILLON.

Mais à présent ils sont heureux,

Dans ce pays-là?

LA FÉE, gravement.

Pas encore.

J'ai vu poindre une rouge aurore

A travers l'orage et la nuit;

Le jour viendra...

(Une pause. Puis, familièrement :)

Mais le temps fuit

A grand vol, tandis que je cause.

Je viens te parler d'autre chose.

Que fait ton père?

CENDRILLON.

Il est aux champs.

LA FÉE.

Sais-tu pourquoi?

CENDRILLON, hésitant.

... Non...

LA FÉE.

Des méchants

Disent que sa chère compagne

Faisait de sa maison un bagne;

D'autant qu'il dut, en épousant

Cette veuve au nez séduisant,

Faire place dans la famille

A ses deux pimbêches de filles...

Voilà ce que dit le public

A la langue de basilic.
Mais c'est une horrible imposture.
Épris de la belle nature,
Ton père s'est fait villageois
Pour voir pousser les petits pois.

CENDRILLON.

Pauvre papa!

LA FÉE.

Ta belle-mère
Est toujours charmante, j'espère?
Tes demi-sœurs, tes quarts de sœurs
Te disent toujours des douceurs
Et te font mille gâteries?
(Cendrillon baisse la tête sans répondre.)
Où sont-elles, ces deux chéries?

CENDRILLON.

Au bal du roi.

LA FÉE.

Je le savais.
(Au public :
Ce roi-là n'est pas trop mauvais.
Pourvu qu'il fume sa pipette,
Que le dimanche il soit pompette,
Qu'on rie et chante autour de lui,
Son vieux cœur est tout réjoui.
Aussi son peuple le supporte.
Au lieu de le mettre à la porte,
On attend qu'il meure, un beau jour,
Au son du fifre et du tambour.
Le peuple, alors, sera son maître.
Voilà ce qu'il a fait connaître
A Trubulu dernier, son roi,
Qui boit chopine et se tient coi.
(A Cendrillon :)
Si je raconte cette histoire,
C'est pour notre aimable auditoire,
Qui ne doit pas être au courant.

CENDRILLON, avec une ardente prière.

Ah! que mon plaisir serait grand
Si j'allais à ce bal, marraine!

LA FÉE, tranquillement.

Tu verrais madame la reine,
Qui garda les moutons, jadis,
Et le beau Galaor, son fils.
Il est jeune, il a le cœur tendre :
Qui sait s'il n'irait pas s'éprendre
De ma gentille Cendrillon?
(Cendrillon baisse la tête et paraît toute confuse.)
Te voilà peinte en vermillon,
Comme un roi qui lève le coude.

CENDRILLON, se détournant.

Vous êtes méchante.

LA FÉE.

On me boude?
(Avec tendresse :)
Allons, fillette, viens ici.
(Cendrillon s'approche de la Fée, qui reprend :)
Tu vas aller au bal...

CENDRILLON, avec élan.

Merci,
Ma petite marraine aimée!

LA FÉE.

Oui, c'est assez vivre enfermée :
Il faut qu'on t'admire; et je dis,
Moi, que dans le bleu paradis,
Pour le bon cœur et l'esprit sage,
Pour le charme exquis du visage,
Pour les beaux yeux au doux rayon,
Peu d'anges valent Cendrillon.

CENDRILLON, avec douceur.

Vous vous moquez de moi, marraine.

LA FÉE, sérieuse.

Non. Si le prince, pour étrenne,
T'offre la bague de son doigt,
Il ne fera que ce qu'il doit.
Mais je t'aime trop, ma chérie,
Pour souhaiter qu'on te marie
Dans un monde oisif et railleur.
N'épouse qu'un vrai travailleur.

CENDRILLON, avec une douce gravité.
Vous êtes sage autant que bonne.

LA FÉE, sur un ton gai et familier.
Il s'agit maintenant, mignonne,
De t'habiller à peu de frais.
Beau satin chatoyant et frais,
Fin velours, dentelles fleuries,
Or, argent, perles, pierreries,
Avec cette baguette-ci
J'en ai tant que je veux... Ainsi
Tu seras vêtue en princesse.
Mais à minuit le charme cesse :
Quand les douze coups sonneront,
Depuis les roses de ton front
Jusqu'à tes clairs souliers de verre,
Ainsi qu'une brume légère
Ta splendeur s'évanouira,
Et Cendrillon redeviendra,
Sans que ma baguette l'effleure,
L'humble enfant qu'elle est à cette heure.
Tâche donc de filer sans bruit,
Ma belle, avant qu'il soit minuit.

CENDRILLON.
Oui, marraine.

LA FÉE.
                Tu m'as comprise?
C'est avec cette robe grise
(Dont je ne dis, certe, aucun mal)
Que tu serais vue en plein bal.

CENDRILLON, vivement.
Je n'y tiens pas!

LA FÉE.
                Quant au carrosse,
Attelé non de tristes rosses,
Mais de coursiers fiers et légers,
Nous l'avons dans le potager :
Un potiron fera l'affaire.
On prendra dans la souricière
Quatre frétillantes souris

Pour en faire des chevaux gris.
Si nous trouvons dans la ratière
Un maître rat de mine altière,
Nous le changerons en cocher :
Je saurai bien l'empanacher.
Enfin six lézards, gens alertes,
Bien pris dans leurs casaques vertes,
Deviendront nos valets de pied,
Vite suspendus, comme il sied,
Derrière la riche voiture.

CENDRILLON, battant des mains.

O la merveilleuse aventure!

(Réflexion soudaine :)

Mais qui changera tout cela
En beau carrosse de gala,
En cocher, en...

LA FÉE, l'interrompant.

C'est ma baguette!

(Au public :)

Votre malin regard me guette;
Vous pensez : « Nous allons bien voir
Si cette fée a le pouvoir
Surprenant dont elle se vante. »
Mainte personne très savante
Dit : « Je n'en croirai que mes yeux. »
Alors, tant pis pour vous, messieurs;
Car j'opère dans la coulisse.
Pour qu'un miracle s'accomplisse,
Il faut — sachez-le maintenant —
Qu'il n'ait pas de témoin gênant.
On le fait dans un grand mystère;
Puis, pour en instruire la terre,
On déchaîne le carillon!

(Tranquillement :)

Viens, ma petite Cendrillon.

(Elle pose sa main sur l'épaule de Cendrillon et l'emmène vers la porte du fond. Rideau.)

ACTE II

Un salon dans le palais du roi. Des plantes et des fleurs.
Vers le milieu de la pièce, un sofa. Autres meubles çà et là.
A gauche, porte donnant sur les salons où l'on danse; à droite,
porte donnant sur un vestibule.

Dès que les trois coups sont frappés, on commence le prélude.
Un peu avant qu'il soit achevé, on écarte le rideau.

Après un court moment de silence, la reine entre par la
gauche, s'avance avec précaution, constate que la pièce est vide
et fait un signe en se tournant vers la gauche.

Le roi entre par ce côté.

SCÈNE I

LE ROI, LA REINE.

LA REINE, se retournant vers le roi.

Personne. On peut causer dans ce petit salon.

LE ROI.

Vraiment, ma femme, tu ne manques pas d'aplomb!
Pour tromper mon besoin de fumer une pipe,
Je faisais admirer ma plus rare tulipe
Au vieil ambassadeur de Tintinnabuli,
Qui gazouillait : « Zoli, zoli, beaucoup zoli »,
Tout en faisant tinter ses trois rangs de sonnettes;
Quand tu surviens, et, pour me conter des sornettes,
Vlan, tu m'enlèves, sans crier gare ! C'est fou.
Tout le monde va dire encor que je suis soûl.

LA REINE.

Quelle farce ! Chacun sait que tu n'es pas ivre.
Quant à l'ambassadeur, en fait de savoir-vivre
Il mange avec ses doigts le croupion du canard,
Il vole à ses voisins des croûtons d'épinards
Et jette ses noyaux de pêche dans leur verre.

LE ROI, indulgent.

Mon Dieu, dans son pays...

LA REINE.

C'est bon. A notre affaire.

LE ROI.

Qu'est-ce que c'est ?

LA REINE.
La chose est très grave. Voici.
Galaor, notre fils, me donne grand souci.
(Une pause. Puis, avec solennité :)
Après ta mort...

LE ROI, se récriant.
Mais je me porte comme un chêne !

LA REINE.
Je ne dis pas non plus que ta fin soit prochaine;
Cependant tu n'es pas immortel.

LE ROI, résigné.
Je l'admets.

LA REINE.
Tu sais que Galaor ne régnera jamais
Sur ton peuple.

LE ROI.
Il pourra, du moins, gagner sa vie
S'il le désire, ou bien, si telle est son envie,
Manger le bel argent laissé par son papa.

LA REINE.
Le peuple t'a posé ces conditions-là
Pour te laisser finir en vieux roi débonnaire.
Tu t'es soumis avec ta faiblesse ordinaire...

LE ROI, se rebiffant.
Diable ! et si l'on m'avait coupé la tête ?

LA REINE.
Enfin,
C'est dit ; n'en parlons plus.

LE ROI, philosophe.
Se plaindre est toujours vain.

LA REINE.
Si ton peuple, égaré par une affreuse clique,
S'est mis dans le coco de vivre en république,
Idée absurde, et dont il se mordra les doigts,
Je ne veux pas avoir, moi, pour fils un bourgeois.

LE ROI, tranquillement.
Il veut être ouvrier.

LA REINE, avec colère.
Quelle plaisanterie !

LE ROI.
Tu sais qu'il est expert dans la menuiserie ;
Il peut être patron, et non des moins cossus,
Demain, si ça lui plaît ; mais compte là-dessus !
« Puisque les compagnons ne peuvent passer maîtres,
Dit-il, sauf quelques-uns, qui deviennent des traîtres,
Méprisant les amis de la veille, — eh bien ! moi,
Je serai compagnon. »

LA REINE.
Vrai ! pour un fils de roi...

LE ROI.
« Non, m'a-t-il dit, je ne veux point faire un commerce.
Je veux, fier du métier utile que j'exerce,
Etre un vrai producteur... Gagner un salaire ? Oui !
Mais non pas m'engraisser de la sueur d'autrui. »

LA REINE.
Quoi ! tu peux approuver de telles âneries ?

LE ROI.
Mais je n'approuve rien... Ce sont les théories
De Galnor : chacun les siennes, voilà tout.

LA REINE.
Moi, ces histoires-là ne sont pas de mon goût.
Mon fils ne tombera jamais dans la bassesse ;
Et je veux qu'il épouse une belle princesse,
Pour être roi quand son beau-père sera mort.

LE ROI.
Tu veux le marier malgré lui ? C'est trop fort !
Il a, tu le sais bien, horreur de notre monde.
A notre dernier bal, cette petite blonde,
Fille de mon ami le roi des Kiosques-Verts,
Qui, d'un regard, vous met la cervelle à l'envers,
Lui faisait les doux yeux... Ah ! ouiche ! pour des prunes !
Même froideur envers la châtaine et la brune.
« Je ne veux pas, dit-il, de ces pécores-là,
Qui, pour raccommoder un de leurs falbalas,
Ne sauraient même pas enfiler une aiguille.
Ça babille et s'habille, et ça brille et frétille ;

Mais, s'il faut surveiller la marmite, bonsoir ! »
Voilà de ses propos.

LA REINE, grave et mystérieuse.

Tu regardes sans voir.
N'as-tu pas remarqué, ce soir, une personne
Si belle que chacun, en la voyant, frissonne ?

LE ROI.

Si fait; mais je n'ai pas frissonné. Mon vieux cœur
En fut ragaillardi.

LA REINE.

Galaor, si moqueur,
Ne la raillera point, celle-là, je t'assure.
Notre fils est touché. Profonde est sa blessure.

LE ROI.

Ah ! tu crois ?

LA REINE.

Il suffit de le voir, éperdu,
Tout blême et puis tout rouge, et comme suspendu
Aux regards, au sourire, aux lèvres de la belle.

LE ROI.

Alors c'est différent... Sais-tu comme on l'appelle ?

LA REINE.

Non. Je l'ai demandé ; mais nul ne la connaît.

LE ROI.

C'est étrange. Il faudrait savoir ce qu'il en est.

LA REINE.

Je l'interrogerai, moi seule, avec adresse.
Mais qu'importe ? Il est clair que c'est une princesse.

LE ROI.

Protocol, en ce cas, t'aurait bien dit son nom.

LA REINE, exaspérée.

Ah ! monsieur Trubulu, que tu m'agaces !

LE ROI, très calme.

Bon,
J'ai tort, comme toujours.

LA REINE.

Crois-tu qu'une bourgeoise
Puisse être, de la tête aux pieds, perle et turquoise,

Emeraude, saphir, diamant et rubis ?
Ton royaume pairait tout juste ses habits.

LE ROI, vexé.

Dis donc un peu, Toinon...

LA REINE, sèchement.

Je m'appelle Antoinette.

LE ROI, sans remarquer l'interruption.

Quand tu menais aux champs tes blanches brebinettes,
Filant d'un air songeur sous les ombrages frais,
Il te paraissait grand, mon royaume ; pas vrai ?

LA REINE.

Je n'ai que faire, ici, de brebinettes blanches.

LE ROI.

Très bien ; mais quand j'allais, moi, par les beaux dimanches,
Te faire danser...

LA REINE.

Chut !

(Elle vient d'apercevoir Protocol, qui entre par la gauche, s'arrête et
fait de profonds saluts au roi et à la reine.)

SCÈNE II

LE ROI, LA REINE, PROTOCOL.

LE ROI, quand Protocol a fini de saluer.

Que veux-tu, Protocol ?

PROTOCOL.

L'empereur Tronchibar demande à boire un bol
De bière chaude avec Votre Majesté, Sire.

LA REINE.

Que la peste l'étouffe !

PROTOCOL, scandalisé.

Oh !

LE ROI, conciliant.

Puisqu'il le désire...

LA REINE.

C'est la bière sucrée et non pas l'empereur,
Qui te plaît. Reste ici.

LE ROI.
Mais s'il entre en fureur?

LA REINE.
Eh bien, il cassera quelques pots de faïence.
C'est sa manière, à lui, de prouver sa vaillance.

LE ROI, à Protocol.
Va dire à l'empereur qu'il patiente un peu.
J'ai des affaires.

PROTOCOL.
Sire...

LA REINE, violemment.
As-tu fini, sang-dieu!

LE ROI, à la reine.
Ne le bouscule pas, voyons...
(A Protocol :)
Toi, parle.

PROTOCOL, avec des hésitations pleines de respect.
Sire,
Une telle réponse est, si j'ose le dire,
En quelque sorte et par façon de s'exprimer,
Peu conforme à l'usage.

LE ROI.
Eh bien, pour le calmer,
Fais-le boire.

PROTOCOL.
Mais, Sire...

LA REINE, à Protocol.
Une affaire très grave!
Dis-lui ça.

LE ROI, le poussant tout doucement vers la gauche.
Laisse-nous, Protocol. Va, mon brave.
(Protocol sort à gauche.)

SCÈNE III

LE ROI, LA REINE.

LE ROI.
Reprenons.

LA REINE.
Tu parlais de cette inconnue.

LE ROI.

Oui.

Je la vis tout à l'heure et je fus ébloui,
Toinon, je te l'avoue.

LA REINE, sèchement.

On m'appelle An-toi-nette.

LE ROI, sans remarquer l'interruption.

Mais d'où sort-elle, enfin? De quelque autre planète?
Du soleil? de la lune? En tout cas, je sais bien
Qu'elle est délicieuse, et ça ne gâte rien.
Bref, quel est ton projet?

(Musique ¹. La reine, tournée vers la gauche, regarde en silence pendant un moment.)

LA REINE.

Vois : le couple s'avance;
Pour fuir les importuns il a quitté la danse.

(Montrant la droite :)

Cachons-nous par ici : soudain tu surgiras
Et tu viendras offrir à la belle ton bras,
Afin de la mener boire une citronnade.
Fais demeurer ton fils. Il en sera malade;
Mais moi, tout doucement, je le confesserai;
Je guiderai sa voile au port tant désiré
Que lui fait entrevoir l'occasion unique,
Et je suis sûre...

LE ROI, l'interrompant.

Écoute.

(Une pause. Il reprend avec émotion :)

O la tendre musique!

LA REINE, émue aussi.

Oui, je reconnais l'air.

LE ROI.

Un passé qui m'est doux

Ressuscite...

LA REINE.

Voilà qu'ils viennent. Cachons-nous.

(Ils sortent à droite. Galaor et Cendrillon entrent par la gauche. Galaor, entré le premier, se trouve à droite. Ils sont tous deux émus et embarrassés. Ils écoutent en silence la musique près de finir et parlent quand elle s'est tue.)

1. N° 4 de la partition.

SCÈNE IV

GALAOR, CENDRILLON.

GALAOR.

C'est fini...

CENDRILLON.
Vous diriez un oiseau qui s'envole.

GALAOR.
Comment, sans aucune parole,
La musique peut-elle...
(Il hésite.)

CENDRILLON, achevant la pensée de Galaor.
Exprimer tout cela ?

GALAOR.
Oui.

CENDRILLON.
La musique est un mystère.

GALAOR.
Vous touchiez à peine la terre,
Pendant ce menuet céleste.

CENDRILLON.
Il flottera
Longtemps, longtemps, dans ma mémoire.

GALAOR.
Le maître l'écrivit pour deux jeunes époux.
Mais ce qui le rendait si divin, c'était vous.

CENDRILLON.
Hélas! comment puis-je vous croire?

GALAOR.
Si vous ne croyez pas mes paroles, croyez
Mon silence de tout à l'heure
Après des mots balbutiés;
Mon trouble...

CENDRILLON.
Ah! tout cela n'est qu'un rêve!
(Elle se détourne en portant la main à ses yeux.)

GALAOR, très ému.

Elle pleure?

(A Cendrillon :)

Oh! qu'avez-vous?

CENDRILLON.

Pardonnez-moi
Ce brusque et douloureux émoi.
Je ne suis qu'une enfant : ce serait mal, messire,
De me tromper.

GALAOR.

J'aimerais mieux
Ne plus vous voir que de faire pleurer vos yeux.
Laissez briller votre sourire
Comme, après l'ondée, un rayon joyeux.

CENDRILLON, se parlant à elle-même.

J'écoute, j'écoute, et j'ai tort, peut-être...
Pourquoi souhaitais-je ce bal?

GALAOR.

C'est mon cœur qui vous parle, et mon cœur est loyal.

CENDRILLON.

Peut-être avez-vous dit même chose à plus d'une.
On prétend que les amoureux
Sont inconstants comme la lune,
Chaque soir différente, et qu'ils raillent entre eux
Les pauvres filles délaissées.

GALAOR.

Que ne pouvez-vous lire au fond de mes pensées!
Certes, j'ai vu plus d'une fois
De beaux ou gracieux visages;
Même j'ai remarqué, c'est vrai, de douces voix,
Gazouillis d'oiseaux nés en cage,
Qui ne savaient parler ni du ciel ni des bois;
Mais je n'avais point vu la belle
Dont le profond regard contiendrait mon destin,
Ni reconnu la voix qui sur mon cœur rebelle
Prendrait un empire certain.
Pour la première fois je le sens qui palpite,
Qui palpite comme un fou.
Pourquoi battrait-il si vite,
O merveille, sinon pour se donner à vous?

CENDRILLON, faisant un pas vers la gauche.

Hélas! hélas! bonne marraine,
Vous m'aviez dit...

(Une pause; puis, avec angoisse :)

Mon Dieu, que vais-je devenir?

GALAOR, faisant un pas vers Cendrillon.

Dois-je éternellement bénir
Ou déplorer ce jour?

(Une pause. Il reprend d'une voix hésitante :)

Faut-il que je comprenne...

CENDRILLON, toute à sa pensée.

C'est un monde oisif et railleur,
Disiez-vous, marraine chérie.
Je crois que ses propos ne sont point raillerie;
Mais ce n'est pas un travailleur,
Ce prince aux tendres rêveries...

GALAOR.

Ah! répondez-moi, par pitié!

(Une pause. Cendrillon ne sait que répondre.)

Rien... Me laisserez-vous sans aucune espérance?

(Nouvelle pause. Cendrillon baisse la tête avec une expression douloureuse. Galaor reprend d'une voix faible :)

Alors, adieu...

(Il fait quelques pas vers la droite.)

CENDRILLON, à part.

Quelle souffrance!
Je me sens vaincue à moitié...

(Le roi entre par la droite. Très intimidé, il s'avance au milieu de la
scène, entre Galaor et Cendrillon, qui ne l'aperçoivent pas.)

SCÈNE V

LE ROI, GALAOR, CENDRILLON.

LE ROI.

Je crois bien que j'arrive en un moment critique.

(Il tousse pour avertir de sa présence :)

Hem!

(Galaor et Cendrillon tressaillent.)

GALAOR, apercevant le roi.

Mon père!

CENDRILLON, de même.
Le roi !
(Tous les deux restent immobiles, la tête basse et très embarrassés.)

LE ROI, à part.

Je manque de pratique,
Lorsqu'il s'agit d'offrir la main aux dames... Oui,
Je n'ai jamais été pataud comme aujourd'hui.
Certes, je serais plus à l'aise au Veau-qui-tette,
Parmi de francs lurons, ou même en tête-à-tête
Avec ma chope.

(Rassemblant son courage :)
Allons, du cœur!
(Faisant un pas vers Cendrillon, et très gracieusement :)
Jeune beauté...

CENDRILLON, d'une voix tremblante.

Sire?

LE ROI.

Vous offrirai-je une tasse de thé?
Ou plutôt, non; ma femme a dit : de l'orangeade.
Moi, je trouverais ça, je l'avoue, un peu fade;
Mais vous, qui dans les fleurs buvez la rosée...

(A part :)
Ouf!

Assez faire la bouche en cœur, vieux patapouf.
Il faut conclure.

(A Cendrillon :)
Bref, si vous daignez, princesse,
Vous suspendre à mon bras, c'est avec allégresse
Que je vous conduirai jusqu'au buffet.

CENDRILLON, d'une voix faible.

Merci...
(Le roi s'avance, arrondissant le bras droit.)

GALAOR, s'approchant du roi.

Père, souffrez que j'aille avec vous.

LE ROI, se retournant.

Reste ici :
Ta mère a quelque chose à te dire.
(Il fait un pas et dit à l'oreille de Galaor :)
Courage!
En vous séparant, fils, je fais de bon ouvrage.

GALAOR.

De grâce...

LE ROI, toujours à voix basse.

Je te dis que tu l'épouseras.
Tout va s'arranger.

GALAOR.

Mais...

LE ROI, de même.

Chut !

(S'avançant vers Cendrillon, et lui offrant le bras droit :)

Belle, votre bras.

(Musique [1]. Cendrillon prend le bras du roi, qui sort à gauche avec elle. Galaor fait quelques pas vers la gauche, regarde Cendrillon disparaître, puis revient sur ses pas, accablé de tristesse. Il s'assoit sur le sofa et reste immobile, le coude sur le genou, une main cachant son visage. La reine entre alors par la droite. Les yeux fixés sur son fils, elle s'avance vers lui sur la pointe du pied, passe derrière le sofa et s'assoit à côté de Galaor, sur la partie du sofa qui est à gauche par rapport au spectateur.)

SCÈNE VI

GALAOR, LA REINE.

LA REINE, affectueusement.

Mon fils...

GALAOR, tressaillant.

Mère ?

LA REINE, d'une voix douce et insinuante.

Quel est le chagrin qui t'oppresse ?
Il faut le confier bien vite à ma tendresse.
On allège parfois sa peine en la contant.
Fais-moi part de la tienne, à moi qui t'aime tant ;
J'y trouverai peut-être un remède.

GALAOR, tristement.

Non, mère.

LA REINE.

Non ? dis-tu. Quelle est donc cette souffrance amère ?

GALAOR, d'une voix suppliante.

Epargnez-moi.

1. N° 5 de la partition.

LA REINE, d'un air fin.

Je sais la cause de ton mal.
Une belle inconnue a troublé notre bal;
On ne parle que d'elle; on l'admire; on l'envie;
Et toi-même...

GALAOR, avec une profonde douleur.

Ah! ma mère, elle m'a pris ma vie!

LA REINE, avec tendresse.

Elle te la rendra, mon cher fils, en t'aimant.

GALAOR.

Elle ne m'aime pas.

LA REINE, s'animant.

Si : j'en ferais serment.

GALAOR, secouant la tête avec tristesse.

Non, non...

LA REINE.

Ne pas t'aimer! Elle serait donc folle?

GALAOR.

Elle ne m'a pas dit une seule parole
Quand mon cœur a crié son amour.

LA REINE, reprenant peu à peu son ton habituel.

Innocent!
Mais, dans un cas pareil, se taire en rougissant,
C'est tout ce que peut faire une jeune personne
Bien élevée... Allons, mon fils, tu déraisonnes.
Elle ne pouvait pas te faire ses aveux,
Comme ça, sur-le-champ; mais je n'ai pas les yeux
Dans ma poche, et j'ai vu qu'elle était fort sensible
A tes égards. Parbleu!

GALAOR, frémissant d'espoir.

Quoi! ce serait possible?

LA REINE.

Non, pas possible ni probable, mais certain!
Elle t'aime; et, pas plus tard que demain matin,
Ton père...

(Elle s'arrête.)

Ah! par exemple, il nous faudra l'adresse...
Mais nous l'aurons; et les parents de ta princesse
Recevront sans retard notre demande.

(En entendant le mot *princesse*, Galaor, qui écoutait avec passion, tressaille, puis il baisse la tête, consterné. La reine poursuit :)

Eh bien!
Tu n'as pas l'air content... Pourquoi ne dis-tu rien?

GALAOR, anxieux et hésitant.

Celle dont nous parlons... est donc... une princesse?

LA REINE, trouvant la question naïve.

Dame!

GALAOR, presque avec véhémence.

En êtes-vous sûre?

LA REINE.

Il n'est pas de richesse,
A moins que ce ne soit dans des coffres royaux,
Capable de payer le quart de ses joyaux.

GALAOR, se levant, avec une douleur mêlée de colère.

Non, je ne peux vous croire!

LA REINE, se levant.

Ah çà, tu perds la tête!
Depuis que l'inconnue a paru dans la fête,
Tu ne l'as pas quittée un instant : tu n'es pas
Aveugle, je suppose! A chacun de ses pas,
C'est un scintillement de perles et de pierres
Si merveilleux que l'on en baisse les paupières!
Même ses souliers ont l'air d'être en diamant!
C'est donc une princesse; et comme, heureusement,
Elle t'adore, — moi, je pense avec ivresse
Qu'un jour tu régneras, mon Galaor!

(Pendant ce discours l'irritation de Galaor est tombée; son visage s'est empreint d'une profonde tristesse.)

GALAOR, d'une voix amère.

Princesse...

(Puis, regardant la reine, et d'une voix douce et triste, qui s'anime peu à peu :)

Non, mère, je n'avais rien vu de tout cela.
« C'est elle! me disait mon cœur. Reconnais-la!
C'est elle! Tu l'avais cherchée en pure perte;
La voici devant toi, ta bien-aimée... » Ah! certes,
Je n'ai rien vu de ses misérables joyaux.
Mère, je l'admirais, mais pour ses yeux si beaux,
Rayonnants de candeur, de bonté, de tendresse;

Pour son sourire aimant, plus doux qu'une caresse,
Pour quelque chose de vaillant, de sérieux,   .
De pur, que je ne vis jamais en d'autres yeux...
Ah! vos princesses, vos baronnes, vos marquises,
Que je suis las de voir leurs personnes exquises!
Cette aimable enfant, seule, avait su me charmer.
Si vous croyez vraiment qu'elle aurait pu m'aimer,
Si ce n'est pas un rêve, une folle chimère...

LA REINE, l'interrompant avec vivacité.
C'est la vérité même!

GALAOR, avec une douleur profonde.
... Alors, ma bonne mère,
Je suis plus malheureux que je ne l'avais cru;
Car mon bonheur s'enfuit, dès qu'il m'est apparu!

LA REINE, bouleversée.
Comment? Que dis-tu là? Quelle est cette folie?

GALAOR, gravement.
J'ai fait aux compagnons un serment qui me lie:
Désormais je vivrai parmi les travailleurs;
Je gagnerai mon pain; je serai l'un des leurs
Par le travail, par l'âpre effort, par la souffrance,
Comme par l'invincible et la fière espérance!

LA REINE, exaspérée.
Non, j'ai beau faire, — vrai, je ne comprends pas!

GALAOR, avec une fierté douloureuse.
Moi,
Je puis comprendre, hélas! qu'une fille de roi,
Même ayant le cœur noble et pur que je devine,
Même avec ces beaux yeux pleins d'une âme divine,
Ne peut unir sa vie à la mienne; et je vois
Qu'à mon rêve apparu pour la première fois
Il me faut dire adieu, par un dur sacrifice.
Je n'aurai pour amour que la sainte justice.

LA REINE, éperdue.
Ah! mon Dieu, quel malheur! Mon pauvre fils est fou!
(Avec véhémence:)
Mais qu'importe un serment prêté je ne sais où,
Devant je ne sais qui, que tout le monde ignore,
Absurde et criminel!

GALAOR, avec une douce fermeté.

Mère, écoutez encore.
Si je n'étais lié par ma parole, — eh bien,
Même alors, ce bonheur ne pourrait être mien.
J'ai, par respect pour vous, vécu jusqu'à cette heure
Dans un monde égoïste et léger qui m'écœure.
Je ne puis sans mensonge y rester plus longtemps,
Et je veux m'en aller vers mes frères.

LA REINE, sèchement.

J'entends,

Et je ne dis plus rien.

(A part, avec élan :)

C'est toi, belle princesse,

Qui le sauveras!

(Musique¹. Elle sort vivement à gauche.)

GALAOR, après un long silence.

Seul...

(Il jette un regard vers la gauche ; puis il secoue la tête, et dit enfin :)

Hélas! quelle tristesse!

(Il sort lentement à droite, absorbé dans sa douleur. La scène reste
vide un instant; puis, la musique ayant cessé, on voit, à gauche, entrer
la reine et Cendrillon. La reine, qui a passé la première, entraîne doucement Cendrillon, et, tout en parlant, elle lui prodigue les démonstra-
tions affectueuses.)

SCÈNE VII

LA REINE, CENDRILLON.

LA REINE, très animée.

Oui, noble princesse, oui, miracle de beauté,
Vous sauverez mon fils, n'est-ce pas? J'ai tenté
Vainement de calmer son esprit en délire.

CENDRILLON, profondément troublée.

Madame...

LA REINE.

Rendez-lui l'espoir par un sourire,
Une parole. Il croit que vous le haïssez.

1. N° 6 de la partition.

CENDRILLON, d'une voix faible.

Moi?

LA REINE.

Guérissez ce cœur que vous avez blessé.
D'ailleurs, mon Galaor est une âme d'élite,
Un rêveur, un poète... O ma chère petite,
Une mère vous en conjure, ayez pitié!
Dites-lui gentiment quelques mots d'amitié;
Vous sauverez sa vie; et peut-être vous-même
L'aimerez-vous bientôt presque autant qu'il vous aime.
Quel joli couple vous feriez, ma belle enfant!

CENDRILLON, avec douleur, en se détournant.

Ah! c'est trop...

LA REINE, avec sollicitude.

Qu'avez-vous?

CENDRILLON, se maîtrisant.

Rien...

LA REINE.

L'air est étouffant,

N'est-ce pas? Trop de fleurs! — Adorable mignonne,
Vous lui pardonnerez, dites? s'il déraisonne.
On ne le comprend pas toujours. Il souffre tant!

(Elle fait un pas vers la droite et regarde dans cette direction. Puis elle revient et dit :)

Le voici. Je vous laisse.

CENDRILLON, suppliante.

Oh! madame...

LA REINE.

Un instant,

Ma belle, et je reviens.

CENDRILLON, éperdue.

Je ne sais que lui dire.

LA REINE.

Un mot compatissant, un regard, peut suffire
Pour que son désespoir s'apaise... Je m'en vais :
Ma vue, en ce moment, le rend presque mauvais!

(Elle passe derrière Cendrillon et sort vivement à gauche.)

SCÈNE VIII

CENDRILLON, seule.

J'aurais voulu m'enfuir : impossible... O marraine,
J'avais, en arrivant ici, l'âme sereine ;
Et jusqu'au fond du cœur je me sens troublée...

(Une pause.)
Oui,

Mon beau rêve sera bientôt évanoui.
J'en garderai longtemps une peine secrète ;
Nul ne soupçonnera tout ce que je regrette ;
La pauvre Cendrillon saura cacher ses pleurs.
Mais le voir? lui parler? affronter sa douleur,
Dont je fus, malgré moi, la cause... Ah! que lui dire?
Comment le consoler, le calmer, lui sourire?
Prolonger son erreur me serait odieux.
Je dois, en échangeant nos éternels adieux,
Lui dire qui je suis pour guérir sa folie.

(Galaor entre à droite, passe derrière Cendrillon, et va se placer à
gauche, à quelques pas d'elle. Cendrillon, à part, avec une profonde
tristesse :)

C'est cruel : je dois faire en sorte qu'il m'oublie...

SCÈNE IX

GALAOR, CENDRILLON.

GALAOR, s'efforçant de dominer son émotion.

Vous étiez seule ici?

CENDRILLON, de même.

Seule ; et j'allais partir.

GALAOR.

Souffrez que je vous dise, alors, mon repentir
D'avoir laissé paraître une âme aussi troublée.

CENDRILLON.

Moi-même, en vous quittant, honteuse et désolée,
Je dois vous confesser une faute.

GALAOR, très étonné.

Comment?

CENDRILLON.

Écoutez.

GALAOR.

Moi, je suis lié par un serment
Dont j'eus, certes, grand tort de ne pas vous instruire.
Sachez donc...

CENDRILLON, l'interrompant.

Pas avant que vous me laissiez dire
Comment, sans le vouloir, je vous ai trompé, moi.

GALAOR.

Vous?

CENDRILLON.

Oui. Je ne suis pas une fille de roi.

(Galaor tressaille; puis il écoute avec une émotion croissante.)

Malgré ces beaux atours, présent de ma marraine,
Ces perles, ces joyaux et cette longue traîne,
Je ne suis — il faut bien vous en faire l'aveu —
Qu'une humble enfant, toujours travaillant près du feu,
Pauvre, obscure, et qu'on a railleusement nommée
Cendrillon...

GALAOR, éperdu de joie.

Que dis-tu?

CENDRILLON, sans comprendre l'émotion de Galaor.

Mais...

GALAOR, s'avançant vers Cendrillon.

O ma bien-aimée!

CENDRILLON, suivant sa pensée.

Mais pouvais-je prévoir, en arrivant ici,
Que vous m'aimeriez, vous, noble prince?

GALAOR.

Oh! merci
Pour le prodigieux bonheur que tu me donnes!

CENDRILLON, stupéfaite.

Comment, messire?

GALAOR.

Il faut, chère, que tu pardonnes,
Si j'ai pu croire, hélas! fût-ce pour un instant,
Ce qui me paraissait absurde et révoltant!

Mais mon cœur, averti par ta grâce ingénue,
Dès le premier moment t'avait bien reconnue
Pour celle que je peux et que je dois aimer!

CENDRILLON.

Je ne vous comprends pas.

GALAOR.

Tu m'as dis te nommer
Cendrillon, n'est-ce pas?

CENDRILLON.

C'est ainsi qu'on m'appelle,
Moi, chétive servante.

GALAOR.

Oh! le doux nom, ma belle!
Et quelle ivresse, après un morne désespoir,
De ne plus séparer ma joie et mon devoir!

CENDRILLON.

Vous, fils de roi, comment m'aimeriez-vous?

GALAOR, avec emportement.

Personne,
Ici, n'a le pouvoir...

(Minuit commence à sonner lentement.)

CENDRILLON, bouleversée, interrompant Galaor.

Quelle est l'heure qui sonne?

GALAOR, étonné.

L'heure? Je ne sais pas. Je crois que c'est minuit.

CENDRILLON, jetant un cri.

Ah!

(Cendrillon sort à droite, en courant.)

GALAOR, interdit.

Mais qu'a-t-elle donc? Je rêve... Elle s'enfuit?

(Il sort précipitamment à droite en criant :)

Cendrillon! Cendrillon!

(La scène reste vide un instant; puis la reine entre, suivie par le roi.
Elle regarde autour d'elle, traverse la scène et va jusqu'à la sortie de
droite. Elle jette un regard de ce côté, puis revient vers le roi.)

SCÉNE X

LE ROI, LA REINE.

LA REINE.
                Ni l'un ni l'autre...

LE ROI.
                                Diable!

LA REINE.

Ils se sont envolés.

LE ROI.
                Ça, c'est invraisemblable.

LA REINE.

La princesse n'a pas la voix bien forte; et toi,
Tu parlais tout le temps. Je ne sais donc pourquoi
Notre Galaor s'est mis à chanter victoire,
Ni pourquoi cette fuite.

LE ROI.
                Oui; singulière histoire.

LA REINE.

Appelle Protocol, pour qu'il dise aux valets
D'explorer sans retard les abords du palais.

LE ROI, tourné vers la gauche.

Protocol!

PROTOCOL, hors de la scène, à gauche.
        Sire?

LE ROI.
                Il est à son poste.
                        (Protocol entre à gauche.)

SCÉNE XI

LE ROI, LA REINE, PROTOCOL.

LE ROI.
                                Cours vite

Et cherche Galaor.

PROTOCOL.
                Oui, Sire.
    (Le roi fait vivement passer Protocol devant lui. Protocol se trouve
entre le roi et la reine.)

LA REINE.

Je t'invite

A ne pas trop flâner, tortue.

(Tout en parlant, la reine fait passer Protocol devant elle et le pousse
vers la droite.)

PROTOCOL, scandalisé.

Oh !

LA REINE, entre ses dents.

Grand serin,

Si tu préfères.

LE ROI, à Protocol.

Va, mets tout le monde en train
Pour qu'on trouve le prince et la belle inconnue.

(Protocol, effaré, sort à droite en essayant de courir.)

SCÈNE XII

LE ROI, LA REINE, PUIS GALAOR.

LA REINE.

Je redoute une idée étrange et biscornue
De notre fils. Il est si drôle !

(Galaor entre vivement à droite, tenant à la main un des souliers de
Cendrillon.)

LE ROI.

Le voici.

LA REINE.

Ah! Galaor, tu nous en donnes, du souci !
D'où viens-tu? Qu'as-tu fait de la belle étrangère ?
Parle donc !

GALAOR.

Elle a fui, si vive et si légère
Que dans une seconde elle avait disparu.

LA REINE.

Quel malheur !

GALAOR.

Je me suis élancé, j'ai couru,
J'ai crié, mais en vain.

LA REINE.
Que tiens-tu donc là ?

GALAOR.

Mère,

C'est un de ses souliers.

LA REINE.
Voyons.

(Elle examine curieusement le soulier, que Galaor tient toujours à la main ; puis elle dit avec un peu de déception :)

Il est en verre...

Mais joli tout de même.

LE ROI, s'approchant.
O le gentil soulier !

GALAOR.
C'est dans la cour qu'il s'est échappé de son pied.

(Protocol rentre par la droite.)

SCÈNE XIII

LE ROI, LA REINE, GALAOR, PROTOCOL

LE ROI.
Protocol, as-tu vu la princesse ?

PROTOCOL.
Non, Sire.

LA REINE, agacée.
Oh ! celui-là, parbleu...

PROTOCOL.
Du moins, je peux vous dire
Que son carrosse d'or, ses laquais, son cocher,
Tout a disparu.

LE ROI, étonné.
Tiens...

LA REINE, très animée.
Nous la ferons chercher
Dans les pays voisins et par toute la terre !

GALAOR.
Écoutez : puisqu'il faut éclaircir un mystère,

Voici le talisman qui le fera pour vous.
(Il élève le soulier en l'air.)
Proclamez-le demain : je veux être l'époux
De celle qui sera parfaitement chaussée
Par ce soulier de verre.

LE ROI, approuvant.

Une heureuse pensée...

LA REINE.

Ce ne sera pas long; car les filles de rois
Sans doute ne sont pas nombreuses.

GALAOR.

Je le crois;
Mais je veux qu'on essaie à toute jeune fille
Ce cher petit soulier dont le cristal scintille,
Si, du moins, elle y veut aventurer son pied.

LA REINE.

Seul, un pied de princesse y tiendra tout entier.

GALAOR.

Soit; mais cherchons d'abord dans notre bonne ville.
Protocol s'en ira, d'une façon civile,
Essayer le soulier de maison en maison.
(Protocol ne peut s'empêcher de faire un haut-le-corps.)

LA REINE.

On en rira.

LE ROI.

Tant mieux! Je lui donne raison.

GALAOR.

Je veux que la plus humble et la plus délaissée
Tente l'épreuve et puisse être ma fiancée.

LA REINE, montrant le soulier.

Tu railles. Mon pied même y serait à l'étroit.

PROTOCOL, au roi.

Sire, je ne sais pas, vraiment, si j'ai le droit
D'accepter une tâche aussi peu distinguée.

LE ROI, se récriant.

Je n'en sais pas de plus aimable et de plus gaie!
S'il est de vilains pieds, il en est de charmants;
Et, tout roi que je suis, — gifle-moi si je mens,—
Je me chargerais bien de faire l'essayage.

LA REINE, à Protocol.

Prépare-toi, mon cher, à plus d'un long voyage.
Tu ne trouveras pas ici, bien entendu,
Le pied royal par qui ce soulier fut perdu ;
Donc, boucle ta valise.

GALAOR, contemplant le soulier.

O divine promesse !

LA REINE, tapant sur l'épaule de son fils.

Allons, viens, Galaor. Tu l'auras, ta princesse !

(Elle emmène Galaor vers la gauche. Le roi s'efface pour les laisser
passer et sort en parlant à Protocal, qui écoute respectueusement.
Rideau.)

ACTE III

Même décor qu'au premier acte.

Mathilde, assise devant la table à ouvrage, et face au spectateur, fait une réussite. Elle est profondément absorbée dans la
contemplation des cartes qu'elle tire de son jeu et qu'elle étale
sur la table. Pendant ce temps, Berthe, à droite, debout devant
la glace, achève d'arranger les frisettes de son front. Puis elle
se tourne vers Mathilde et la regarde avec pitié.

SCÈNE I

MATHILDE, BERTHE.

BERTHE, au public.

Elle fait une réussite.
Pauvre Mathilde ! Ça l'excite
Au point qu'elle n'a pas grogné
Depuis une heure. C'est toujours ça de gagné.

MATHILDE, absorbée dans sa réussite.

Roi de cœur, montre ton visage ;
Ce sera le meilleur présage.

BERTHE, agacée.

Que ce soit cœur, trèfle ou carreau,
Ton pied n'en sera pas moins gros.
Crois-tu donc épouser le prince ?

MATHILDE, aigrement.

Ton pied, à toi, peut être mince,
Mais il n'en finit plus, de la pointe au talon ;
Et ce ne sont pas tes frisettes,
Ni tes grâces ni tes risettes,
Qui te feront le pied moins long.

BERTHE, vexée.

Bien, ma grosse. Va donc brouter ton champ de trèfle.

MATHILDE.

Es-tu déjà princesse, par hasard ?

BERTHE.

Je le serai, si je veux, tôt ou tard.

MATHILDE, avec pitié.

Toi, ma pauvre sœur ?

BERTHE.

Moi qui te parle.

MATHILDE, sèchement.

Des nèfles !

BERTHE, à demi-voix.

L'âge vous aigrit joliment.

MATHILDE, avec colère, en se levant.

Qu'est-ce que tu dis de mon âge ?

BERTHE.

Rien. Et ta réussite ?

MATHILDE.

Avec ton bavardage,
On ne peut rien faire.

BERTHE.

Vraiment ?

Alors ton mariage est tombé dans l'eau.

MATHILDE, menaçante.

Berthe !

BERTHE, railleuse.

Mathilde ?

MATHILDE, sèchement.

Ça suffit.

BERTHE.

Rentre ton aiguillon :
Je suis tout miel.

MATHILDE.

Où donc est Cendrillon?

BERTHE.

Je viens de l'envoyer, vite, à la découverte :
Messire Protocol doit approcher d'ici.

MATHILDE, grincheuse.

Cendrillon en course? Merci!
Pour qu'elle passe une heure entière
A bavarder chez la fruitière!

BERTHE, avec suffisance.

Elle ne bavardera pas.
Je me fais obéir très bien de cette fille,
Sans la brusquer. Du reste, elle est de la famille.

MATHILDE, hautaine.

Qui, Cendrillon?

BERTHE.

J'entends son pas.
(Cendrillon entre par le fond.)

SCÈNE II

MATHILDE, BERTHE, CENDRILLON

MATHILDE, à Cendrillon.

Paresseuse, faut-il que tu flânes sans cesse?

CENDRILLON, s'excusant.

Mademoiselle...

BERTHE, coupant court à une explication.

Allons, c'est bien. Approche-t-il?

CENDRILLON

Il est en face.

MATHILDE, à part.

Ah! je suis sur le gril.

BERTHE, ironique.

Il n'a pas trouvé la princesse?

CENDRILLON, tranquillement.

Pas encore.

MATHILDE, avec une expression haineuse.
Elle est loin, cette fille de roi!

BERTHE
Aucun pied ne faisait l'affaire?

CENDRILLON
Pas un seul. Un soulier de verre,
Ce n'est pas souple; il faut y tenir juste.

MATHILDE
         Moi,
Je vais faire un tour dans la rue.
(Elle sort par le fond. Berthe la regarde sortir, puis elle s'approche
de Cendrillon comme pour lui parler en confidence.)

SCÈNE III

BERTHE, CENDRILLON

BERTHE, avec une gaîté railleuse.
Croirais-tu, Cendrillon, que Mathilde, malgré
Ses vingt-huit ans sonnés et sa mine bourrue,
  S'est niaisement figuré
  Que notre beau prince est pour elle?
  Je ne veux pas être cruelle;
Mais chacun de ses gros orteils est un boudin.
  Pendant une heure, ce matin,
  Elle a trempé ses pieds dans l'eau glacée
  Pour les amenuiser un peu...
        (Sérieusement :)
  Je veux bien t'en faire l'aveu :
  Je pense être la fiancée.
Car enfin j'ai le pied convenable...

CENDRILLON, avec une légère ironie.
        Oh! charmant.
Mais le prince est épris, dit-on, de l'étrangère;
En épousera-t-il une autre, simplement
  Parce que le soulier de verre
La chaussera tout juste?

BERTHE
     Il l'a fait proclamer.

La princesse, d'ailleurs, ne fut guère polie
De le planter là. Bref, s'il persiste à l'aimer,
  Ce sera bien pure folie.
       (D'un air malin :)
  Mais fin sourire et petit pied
Peuvent beaucoup : le prince aura vite oublié
Celle qu'il entrevit à peine.

   CENDRILLON, d'un air innocent.
     Elle est jolie?

     BERTHE
Pas trop mal.
  (Frappée par une idée subite, en regardant Cendrillon :)
   Tiens! c'est drôle... On dirait... Oui, ma foi!

     CENDRILLON
Quoi donc?

   BERTHE, étonnée de sa découverte.
    Tu lui ressembles!

   CENDRILLON, paraissant très surprise.
     Moi?

    BERTHE, riant.
Dame! en beaucoup moins bien, comme tu le supposes.

   CENDRILLON, avec un sourire.
  J'en suis heureuse, malgré tout.

     BERTHE
  Enfin, si le prince a bon goût,
Je crois, sans me flatter...
      (Elle s'arrête.)
    Mais, pendant que je cause,
L'heure passe, et voici venir
Le solennel instant. Je n'y peux plus tenir,
  Et je descends jusqu'à la porte.
    (Elle sort vivement par le fond.)

     SCÈNE IV

    CENDRILLON, seule.
Un espoir insensé l'emporte.
Moi-même, que puis-je espérer?
Me laisserai-je encor leurrer

D'une illusion trop charmante?
Une chose, hélas! me tourmente :
C'est le serment qu'il a prêté.
Tout respirait la vérité
Dans son tendre et pressant langage.
Quel est le lien qui l'engage?
Je n'ose pas même y penser...
Il m'aime, pourtant : c'est assez
Pour que l'espérance renaisse...
« Je ne suis pas une princesse »,
Lui disais-je; et des pleurs joyeux
Resplendissaient dans ses beaux yeux...
Un bonheur si grand m'épouvante.
Peut-il aimer une servante
Et joindre son labeur au mien?
Ah! c'est fou...

(Elle est interrompue par Berthe, qui entre précipitamment par le fond
et va se placer à droite, Condrillon étant au milieu.)

SCÈNE V

BERTHE, CENDRILLON

BERTHE
Le voilà qui vient!

CENDRILLON, à part.
Protégez-moi, bonne marraine!

BERTHE
Il paraît que le roi, la reine
Et le prince, anxieux du résultat final,
Viennent de sortir en voiture.
Ils sont tout près d'ici...

(Gaîment :)
La princesse future
A bien failli se trouver mal
En apprenant cette nouvelle.

CENDRILLON, naïvement.
Quelle princesse?

BERTHE
Eh bien! Mathilde.

CENDRILLON, ayant jeté un regard vers le fond.

La voilà.

(Mathilde entre au fond, tout essoufflée, et parle en entrant. Elle vient se placer entre Berthe et Cendrillon, qui fait quelques pas vers la gauche.)

SCÈNE VI

MATHILDE, BERTHE, CENDRILLON

MATHILDE

Dans un carrosse de gala,
Le roi, la reine...

BERTHE, lui coupant la parole.

C'est connu, ma toute belle.

MATHILDE

Le prince était impatient
De savoir si...

BERTHE, de même.

Connu! connu!

(Protocol paraît au fond. Cendrillon est à gauche, Mathilde et Berthe sont à droite.)

SCÈNE VII

PROTOCOL, BERTHE, MATHILDE, CENDRILLON

PROTOCOL, au fond, faisant un grand salut.

Mesdemoiselles...

BERTHE, saisie.

Ha!

MATHILDE, la main sur son cœur.

Dieu! mon cœur!

(Les trois jeunes filles saluent en faisant la révérence, tandis que Protocol s'avance vers elles. Puis Cendrillon va s'asseoir devant la table à ouvrage et se met à travailler, en s'efforçant de maîtriser son émotion.)

PROTOCOL

Je vous salue, en vous priant
De permettre que je mesure

Vos petits pieds avec cette aimable chaussure,
(Il montre le soulier de verre. Puis, s'adressant à Mathilde :)
Vous êtes l'aînée?

MATHILDE
Oui, messire.

PROTOCOL, montrant une chaise placée un peu à droite.
Asseyez-vous.

(Mathilde s'asseoit; elle est à peu près de trois quarts par rapport au spectateur. Protocol s'agenouille, tournant le dos à Cendrillon; il prend le pied droit de Mathilde et lui ôte son soulier; puis il regarde le pied en disant :)
Un pied charmant.

BERTHE, à part.
Il en faut bien pour tous les goûts.
(Protocol mesure le pied de Mathilde avec le soulier, puis il essaie de le faire entrer dedans, mais il s'aperçoit que c'est impossible.)

PROTOCOL
Circonstance que je regrette :
Il est juste assez court, mais trop large.

MATHILDE, vexée, et tâchant de mettre son pied dans le soulier.
Pourtant...

PROTOCOL, retirant le soulier.
Vous feriez éclater le verre en insistant.

MATHILDE, furieuse.
Grand imbécile!

PROTOCOL
Oh! quel vilain mot!
(Mathilde remet vivement son soulier et se lève. Passant derrière Berthe, elle se place à droite sur le devant de la scène, renfrognée, et tournant le dos aux autres personnages. Après un silence, Protocol, avec résignation :)
La cadette.
(Berthe s'asseoit sur la chaise précédemment occupée par Mathilde. Même jeu de scène que tout à l'heure. Protocol reprend :)
Pied ravissant.

MATHILDE, à part, avec rage.
Et fait comme une anguille.

PROTOCOL, encourageant.
Allons,
Je crois qu'il entrera.

BERTHE, souriant.
Sans nul effort, messire.

PROTOCOL, avec regret.

Oui, mais pas tout entier.

BERTHE

Si fait.

PROTOCOL

Je le désire;

Mais je vois, hélas! un talon
Qui vainement frappe à la porte.

BERTHE.

Il entrera.

PROTOCOL.

Non.

BERTHE.

Si, vous dis-je; il entrera!

PROTOCOL, retirant le soulier.

Ah! si vous persistez, le verre éclatera.

BERTHE, furieuse.

Alors, que le diable t'emporte!

PROTOCOL.

Oh! l'horrible souhait, mademoiselle!

(Berthe remet son soulier, se lève, et se place auprès de Mathilde, qui reste à l'extrémité droite.)

MATHILDE, amère.

Eh bien,

Ma sœur, chacun son tour.

BERTHE, avec colère.

Toi, je ne te dis rien :
Tâche de me laisser tranquille.

PROTOCOL, toujours agenouillé.

La plus jeune.

(Sans se lever, Cendrillon cesse de travailler et pose son ouvrage. Elle écoute avec une vive émotion.)

MATHILDE, étonnée, se tournant à demi vers Protocol.

Comment?

BERTHE, de même.

Nous ne sommes que deux.

(Protocol se lève et regarde un papier qu'il tire de sa ceinture.)

PROTOCOL.

Sur les registres de la ville

Vous êtes trois ; et j'ai vu de mes yeux
Une troisième jouvencelle.

MATHILDE, avec un suprême dédain.

C'est une Cendrillon : ça ne compte pas.

PROTOCOL.

Celle
Que j'ai vue en entrant ici
M'a paru de tout point charmante.
Laide ou belle, d'ailleurs, demoiselle ou servante,
Elle doit essayer aussi
De mettre le soulier.

BERTHE, violemment.

C'est une extravagance !

PROTOCOL.

Notre prince le veut ainsi.
Donc, faites-la venir.

(Les deux sœurs se consultent du regard ; elles ne bougent pas et
gardent un silence rageur. Alors Cendrillon se lève.)

CENDRILLON, d'une voix douce.

Messire, me voici.

(Indignation des deux sœurs.)

PROTOCOL, se retournant.

Bonjour, ma belle enfant.

MATHILDE, à Berthe.

Vois-tu les manigances
De cette Cendrillon, ma sœur ?

PROTOCOL, à Cendrillon.

En cas d'échec, me tiendrez-vous rancune ?

CENDRILLON, souriant.

Oh ! pas du tout.

PROTOCOL.

Bien.

(A part :)
En voilà donc une
Qui prendra la chose en douceur.
Ce sera la première.

(A Cendrillon :)
Asseyez-vous.

(Cendrillon place sa chaise de façon à regarder Protocol, tout en étant assise ; puis elle s'assooit, Protocol s'agenouille, déchausse un de ses pieds, le mesure avec le soulier de verre, s'étonne, recommence, chausse enfin Cendrillon avec le petit soulier et s'écrie :)

Miracle !

MATHILDE, brusquement.

Eh bien, quoi ?

PROTOCOL.
Le soulier la chausse exactement.

MATHILDE, faisant un pas vers Protocol.

Ah çà ! vous êtes fou ?

BERTHE, de même.
Pensez-vous donc, vraiment,
Qu'on vous croira comme un oracle ?

PROTOCOL, se levant.
Eh ! regardez vous-même. On ne saurait nier
Qu'un mystérieux cordonnier
Le fit pour elle, et sur mesure.
(Mathilde reste clouée sur place ; Berthe s'approche et regarde avec une jalousie méfiante.)

BERTHE, après un long silence.
Son pied semble y tenir, je n'en disconviens pas ;
Mais elle ne pourrait, là-dedans, faire un pas.
(Cendrillon se lève et s'avance entre Protocol et les deux jeunes filles.)

CENDRILLON, à Berthe.
Sans me forcer, soyez-en sûre,
Je pourrais en faire un millier.
Certain soir, même, ayant au pied ce fin soulier,
J'ai dansé deux heures de suite ;
Et je l'ai perdu dans ma fuite.

PROTOCOL, stupéfait.
Quoi ! vous seriez...

CENDRILLON.
Je fus princesse tout un soir.
Maintenant, sans avoir changé pour mon miroir,
Je ne suis qu'une humble servante.

PROTOCOL, profondément troublé.
Je cours chercher le prince.
(Il sort par le fond aussi vivement que sa dignité le lui permet.)

MATHILDE, à part, exaspérée.

Oh ! la voir triomphante...
Non, vrai, j'aimerais mieux crever !

(Elle sort à droite, furieusement.)

SCÈNE VIII

BERTHE, CENDRILLON.

BERTHE, à part, après un silence.

Quoi ! Cendrillon ?... Je crois rêver.
Le prince ne va pas l'épouser, je suppose !

(Après avoir réfléchi :)

Autrement, il faudrait lui dire quelque chose
De très aimable...

CENDRILLON, à part, tout émue.

Il va venir.

BERTHE, toujours à part.

Que, par hasard, son pied ait pu tenir
    Dans le petit soulier de verre,
Soit ; et, d'ailleurs, j'ai dû le constater ;
    Mais, lorsqu'elle vient nous conter
    Que la belle et noble étrangère,
Dont la robe étalait de si rares trésors,
    N'est autre qu'elle-même, alors
    Je trouve la chose un peu raide !

CENDRILLON, joignant les mains.

Marraine, venez à notre aide !
Faites que nous soyons unis !

BERTHE.

J'avais bien remarqué certaine ressemblance ;
Oui. Mais enfin...

(Musique¹. On entend le bruit d'un pas ; toutes deux écoutent. Galaor
paraît au fond.)

CENDRILLON, sans se retourner.

C'est lui.

1. N° 7 de la partition.

BERTHE, ayant jeté un coup d'œil vers le fond.
Le prince !
(Galaor reste un moment au fond, les yeux fixés sur Cendrillon ; puis, très ému, il s'avance vers elle et la regarde, anxieusement d'abord, puis avec la joie intense de la reconnaître. Galaor est à gauche. Cendrillon, au milieu, ne bouge pas ; Berthe, à droite, tend l'oreille. La musique cesse.)

SCÈNE XI

BERTHE, CENDRILLON, GALAOR.

CENDRILLON, avec angoisse.
Quel silence !
(Galaor fait encore un pas vers elle et la regarde comme en extase.)
GALAOR.
Tourne vers moi tes yeux bénis ;
Illumine les miens de leur clarté céleste !
C'est toi, c'est bien toi, je l'atteste.
Ma joie est de le proclamer :
Dès le premier regard tu pris toute mon âme ;
Et c'est toi qui seras ma femme,
Si vraiment tu me fais la grâce de m'aimer !
(Cendrillon s'est lentement tournée vers Galaor.)
CENDRILLON, profondément émue.
Telle que me voilà, messire,
Telle je resterai. Comment m'aimeriez-vous ?
GALAOR.
O Cendrillon, si je t'admire,
Si je t'aime, c'est pour ton délicat sourire,
Pour ton visage pur et doux,
Pour ce qui m'apparaît de ton âme chérie
Dans ton regard et dans ta voix.
Telle qu'ici je te revois,
Sans riches vêtements, perles ni pierreries,
Je t'adore ; et j'aime bien mieux
Cette modeste robe grise
Que tous les brocarts somptueux,
Car elle rend pour moi ta grâce plus exquise
Et ton charme plus pénétrant.

BERTHE, à part, avec stupeur.

Tout cela, certes, me surprend.

CENDRILLON, hésitant.

Oserai-je, à mon tour...

(Elle s'arrête.)

GALAOR.

Parle, je t'en supplie !

CENDRILLON, d'une voix tremblante.

Puis-je savoir quel est le serment qui vous lie ?

GALAOR, remarquant la présence de Berthe.

On nous écoute.

(Berthe s'avance, très inquiète, mais en s'efforçant de cacher son trouble sous une animation factice.)

BERTHE.

Ah ! c'est avec bonheur,
Cendrillon, que j'apprends ta joie inespérée.
Toujours je t'ai considérée,
N'est-il pas vrai ? comme une sœur.
Mathilde contre toi se déchaînait sans cesse ;
Mais tu n'oublieras pas, quand tu seras princesse,
Combien je lui ressemblais peu...

CENDRILLON, avec émotion, mais d'une voix ferme.

Aucune de vous deux ne m'a beaucoup aimée,
Je le sais trop ; mais moi, princesse ou non, je veux
Que tout soit oublié d'un passé douloureux.
Amenez donc ici Mathilde enfin calmée :
Je vous embrasserai, Berthe, — toutes les deux.

(Berthe, ayant perdu ce qui lui restait d'assurance, salue Cendrillon et le prince, et sort à droite, toute troublée.)

SCÈNE X

GALAOR, CENDRILLON

GALAOR, après un silence.

Tout ce que vous avez souffert, je le soupçonne.
Pour vivre des jours plus heureux,
Libre, du moins, et sans obéir à personne,
Sûre à peu près du lendemain,
Voulez-vous, Cendrillon, accepter cette main ?

Elle est, je vous l'ai dit, loyale.
Elle ne peut offrir ni vanité royale,
   Ni luxe dans l'oisiveté,
  Rien de ce qui flatte et qui brille;
   Elle vous offre, ô jeune fille,
Une laborieuse et fière pauvreté.
C'est l'unique serment qu'à d'autres j'ai prêté.
   J'ai dit aux compagnons, mes frères :
« Triste et seul, jusqu'ici, de loin je vous aimais.
Parmi vous, comme vous, je vivrai désormais;
   Tendez-moi vos mains ouvrières. »

(Une pause.)

Cendrillon, voulez-vous être ma compagne?

CENDRILLON

Oui;

   J'accepte et je suis bien heureuse.
   Votre âme est tendre et généreuse;
Et moi, dont le regard ne fut point ébloui
   Par des magnificences vaines,
   Croyez-moi, c'est avec fierté
Que je partagerai vos soucis et vos peines.
   C'est avec joie, ô mon époux,
Que je travaillerai dans l'ombre auprès de vous.
Voici ma main.

GALAOR

Voici la mienne, ô mon épouse.

(Ils se donnent la main. En même temps, par la droite, entrent Mathilde et Berthe, la tête basse et l'air contrit.)

SCÈNE XI

GALAOR, CENDRILLON, MATHILDE, BERTHE

BERTHE, à Cendrillon.

Nous venons l'une et l'autre...

MATHILDE, de même.

Et nous vous demandons

Très humblement...

BERTHE

Toutes les deux...

MATHILDE et BERTHE

Notre pardon.

CENDRILLON, souriant.

N'ayez point contre moi de rancune jalouse :
Je ne serai jamais princesse...

(Avec émotion :)

Et maintenant,

Avant que je vous quitte, embrassons-nous.

(Cendrillon et Mathilde s'embrassent; puis Cendrillon et Berthe. En même temps, le roi apparaît au fond.

SCÈNE XII

LE ROI, GALAOR, CENDRILLON, MATHILDE, BERTHE

LE ROI, s'avançant.

Mazette!

On s'embrasse déjà?

Il se dirige vers la gauche, entre Cendrillon et Galaor, à qui il dit à part :)

Ta mère, en bougonnant,
A déclaré qu'une grisette
Ne serait point sa bru. Mais au fond, tu le sais,
Ta mère n'est pas inhumaine;
On laissera finir l'accès,
Puis tout s'arrangera. Protocol nous l'amène.
En le laissant se débrouiller,
Moi, je me suis donné des ailes.

(Les jeunes filles ont aperçu le roi; Mathilde et Berthe sont à la fois très fières et très troublées.)

MATHILDE, à demi-voix.

Berthe, le roi chez nous!

LE ROI

Salut, mesdemoiselles.

(Toutes les trois font la révérence. Puis le roi s'approche de Cendrillon et la prend par la main, en lui disant :)

Ni la splendeur de l'or ni l'art du joaillier
Ne sauraient embellir la beauté souveraine.
Par la grâce vous êtes reine,
O mignonne; c'est bien; j'approuve et je bénis.

Mais dans ce long discours ma langue s'embarrasse.
    Afin qu'il soit plutôt fini,
    Permettez que je vous embrasse.

(Il embrasse Cendrillon. A ce moment la reine apparaît au fond, suivie par Protocol. Elle se placera entre Cendrillon et le roi ; Protocol restera un peu en arrière.)

SCÈNE XIII

LE ROI, LA REINE, GALAOR, CENDRILLON, MATHILDE, BERTHE, PROTOCOL

LA REINE, s'avançant.

Moi, je n'approuve pas ; je bénis encor moins ;
    Et je vous prends tous à témoin
Que je m'oppose à cet hymen inconcevable !
Galaor ne veut pas régner, soit ; mais, que diable,
    C'est tout de même un fils de roi !

(Cendrillon n'a pu retenir ses larmes ; Mathilde et Berthe l'entourent comme pour la consoler.)

GALAOR, d'une voix suppliante.

Épargnez une enfant, ma mère.

LE ROI, à la reine.

                              Écoute-moi.
Il était convenu que le soulier de verre
Fixerait sans appel le choix de Galaor...

LA REINE, très vivement.

    C'est vrai ; mais je croyais alors
    Que la prétendue étrangère
    Était princesse pour de bon.

LE ROI.

Et qui t'obligeait de le croire ?

LA REINE.

La chose paraissait notoire.

LE ROI.

Tant pis pour toi. Chacun doit se soumettre.

LA REINE.

                                        Non !

(Un silence. Puis le roi prend la reine par la main, la conduit sur le devant de la scène et lui parle affectueusement, d'abord à demi-voix, puis de façon à être entendu de tous.)

LE ROI

Rappelle-toi, chère Antoinette
(Je ne t'appelle pas Toinon),
Que tu fus autrefois petite bergerette.
Un jour — pourrais-tu l'oublier? —
Je m'arrêtai devant le jardin de ton père.
Je me rappelle encor ton rose tablier,
Ta blanche coiffe si légère.
« Belle, te dis-je, voulez-vous
Me faire un bouquet de ces roses,
Ou de ce blanc muguet, dont le souffle est si doux? »
Alors, toi, toute pâle et les paupières closes,
Tu semblas près de défaillir.
Moi, je m'approche : tu tressailles.
« Avez-vous froid? repris-je. Un beau feu de broussailles
Ne vous ferait-il pas plaisir?
— Non, non, répondis-tu, je n'ai pas froid, messire;
Mais je souffre d'un mal dont je ne guérirai.
Faites ma fosse et m'enterrez!
— Vous enterrer? criai-je. Ah! qu'osez-vous me dire?
Plutôt que d'entendre pleurer
Vos chers parents désespérés,
Et moi, ma belle, ma chérie,
Moi qui ne m'en consolerai,
Vaut-il pas mieux qu'on nous marie? »
Et l'on nous maria, Toinette; souviens-toi...
Une chanson en fut rimée,
Que tous deux nous avons aimée;
Je crois qu'on l'appelait *La bergère et le roi*.

(A Cendrillon :)

La savez-vous, mignonne?

CENDRILLON

Oui, Sire.

LE ROI

Chantez-la donc avec mon fils [1]; et le sourire,
Eclairant les fronts soucieux,

1. Si l'on trouve préférable que la chanson soit chantée par le roi,
dira :

Nous allons la chanter ensemble; et le sourire...

Reparaîtra dans tous les yeux.

(Musique [1]. La reine, très émue par le récit du roi, s'écarte du groupe dès que l'on attaque le prélude de la chanson, et, passant derrière le roi et Galaor, elle s'assoit sur la chaise que Cendrillon occupait précédemment.)

La bergère et le roi

GALAOR

Belle, n'as-tu point l'âge,
L'âge où le cœur fleurit?
Belle, veux-tu mon page,
Mon page pour mari?

CENDRILLON

Sire, je n'ai point l'âge,
L'âge où le cœur fleurit.
Ah! gardez votre page
Pour qui veut un mari...

ENSEMBLE [2]

Va, dit la pâquerette,
Aime sans nul effroi!
Vive la bergerette
Et vive aussi le roi!

(Pendant la reprise du prélude, le roi jette un coup d'œil sur la reine de plus en plus émue, et toute à ses souvenirs.)

GALAOR

Page ne peut te plaire,
Et je te vois venir;
C'est à mon jeune frère
Que nous allons t'unir.

CENDRILLON

Page ne peut me plaire,
Je ne vois rien venir;
A votre jeune frère
Pourquoi veut-on m'unir?

1. N° 8 de la partition.
2. Cendrillon chante la première partie de l'ensemble avec Mathilde et Berthe; Galaor chante la seconde avec le roi et Protocol, Cendrillon et Galaor peuvent aussi chanter seuls, ou être soutenus chacun par une voix. On peut admettre encore que Mathilde et Berthe chantent avec Cendrillon, tandis que Galaor serait soutenu par une seule voix, celle du roi ou de Protocol.

ENSEMBLE

Va, dit la pâquerette, etc.

(A la reprise qui précède le troisième couplet, la reine cache ses larmes
en portant une main à ses yeux; le roi s'approche d'elle et lui prend
l'autre main, qu'il tient jusqu'au moment du refrain¹.)

GALAOR.

Si tu ne veux mon frère,
Belle aux regards si doux,
Dis, me veux-tu, bergère,
Moi-même pour époux?

CENDRILLON.

Page ni jeune frère
N'a vos regards si doux;
Sire, aimez la bergère,
Soyez son cher époux!

ENSEMBLE.

Va, dit la pâquerette,
Aime sans nul effroi;
Vive la bergerette
Et vive aussi le roi!

(Pendant le dernier refrain, la reine s'est levée. Quand le chant est
fini, le roi la conduit au centre du groupe. Elle a les yeux fixés sur
Cendrillon. Moment de silence.)

LA REINE, tendant les bras à Cendrillon.

Ma fille!

GALAOR, très ému.

Merci, mère.

CENDRILLON.

Ah! que vous êtes bonne!

(Elle se jette dans les bras de la reine, qui l'embrasse affectueusement.)

LA REINE.

Cette vieille chanson m'a remué le cœur.
Oui, c'est à votre tour d'être heureuse, mignonne.

LE ROI.

Bravo, ma femme! Et maintenant, chantons en chœur
    Comme les noces de village,
    En nous en allant au château;

1. Pantomime impossible, naturellement, si le roi chante le solo à la
place de Galaor.

Car il convient de prendre un soupçon de potage
   Et de grignoter un gâteau.

LA REINE.

Quand ferons-nous le mariage?

LE ROI.

Au premier jour du joli mois
Où le muguet fleurit au bois.

LA REINE.

Pour ajouter du lustre à la cérémonie,
Enfants, votre union pourrait être bénie
Par messire Oremus, aumônier de la cour.

GALAOR.

Pour votre intention je vous rends grâces, mère;
Mais n'est-ce pas à ceux qui m'accueillent en frère
De bénir les époux quand viendra le grand jour?
Les métiers seront là, leurs bannières en tête;
Ce sera la plus douce et la plus noble fête,
Car le Travail peut seul sanctifier l'Amour.

LA REINE.

Soit. J'appréhende un peu toutes ces belles choses;
Mais je suis résignée à tout.

LE ROI.

          Les compagnons
Sont plus civilisés que tu ne le supposes;
   Ne t'inquiète pas, Toinon.

CENDRILLON, à part.

Je pense à vous, chère marraine!

LE ROI.

Il est temps que je vous apprenne
Ma chanson villageoise. Elle n'a qu'un couplet.
   La reprise en chœur, s'il vous plaît!

(Musique[1].)

Chanson de la Mariée.

LE ROI.

La marié' s'en va devant;
Le marié la sive.

1. N° 9 de la partition.

CHŒUR.

La marié' s'en va devant ;
Le marió la sive.

LE ROI.

'La hé raison, 'la hé raison,
Car elle est hé jolie.

CHŒUR.

'La hé raison, 'la hé raison,
Car elle est hé jolie.

LA REINE, après un silence.

Alors c'est tout ?

LE ROI.

C'est tout.

(A Cendrillon :)
Daignez prendre mon bras,

Ma toute belle.

(Cendrillon prend le bras gauche du roi, qui continue, s'adressant à
Galaor :)

Toi, mon gros, tu conduiras

Ta mère, n'est-ce pas ?

(Galaor donne le bras gauche à sa mère, et ils se placent derrière le
roi et Cendrillon, qui sont face au public. Le roi continue :)

Et, pour fermer la marche,

De même que Jacob, l'illustre patriarche,

Épousa, paraît-il, deux sœurs,

Aussi charmantes que fidèles,

De même Protocol a pour ces demoiselles

Deux bras, et peut-être deux cœurs !

(Protocol offre un bras à Mathilde, l'autre à Berthe, et se place derrière la reine et Galaor. Le roi reprend :)

Nous voici dans l'ordre classique.

Tous en chœur, cette fois ! En avant, la musique !

(Tandis qu'on reprend le prélude de la *Chanson*[1], le cortège marque le
pas sur place ; puis, dès la première note du chant, il se met en route
en partant du pied gauche. Il se dirige une première fois par le flanc
gauche, c'est-à-dire vers la droite du spectateur, puis une seconde fois
par le flanc gauche, c'est-à-dire vers le fond, et sort en chantant, pendant que la toile tombe sur le couplet inachevé.)

1. Reprise du n° 9, la chanson étant, cette fois, chantée en chœur d'un
bout à l'autre.

ACTE IV

Une place publique. On y accède par une rue à droite et par une rue à gauche.

Vers le milieu de la scène une estrade a été dressée et couverte d'une étoffe rouge. Au lever du rideau, un compagnon et un apprenti, chacun à une extrémité de l'estrade, achèvent de clouer l'étoffe. Derrière et contre l'estrade s'élève un mât au sommet duquel flotte la bannière des compagnons menuisiers.

Le compagnon est à gauche, l'apprenti à droite.

L'apprenti, ayant donné deux ou trois coups de marteau, s'arrête; sa besogne est achevée. Le compagnon travaille encore un moment; puis, ayant fini, il lève la tête et regarde l'apprenti.

SCÈNE I

UN COMPAGNON MENUISIER, UN APPRENTI MENUISIER.

LE COMPAGNON.

Tu as fini?

L'APPRENTI.

Oui, compagnon.

LE COMPAGNON.

Alors, ça y est. Voilà le dernier clou planté. L'estrade est gentiment habillée de rouge, et au bout du mât flotte la bannière des compagnons menuisiers. Ah! dame, si le mariage d'aujourd'hui intéresse tous les travailleurs, il est surtout notre affaire, à nous autres... Où as-tu mis la bouteille?

L'APPRENTI, prenant la bouteille à terre et la posant sur l'estrade.

La voici.

LE COMPAGNON, s'asseyant sur l'estrade.

Tu comprends bien, fiston, qu'on ne fait pas tous les jours un travail comme celui-là, pour lequel, moi qui te parle, je n'aurais pas accepté un liard. Après ça, on peut boire un verre de vin.

L'APPRENTI, s'asseyant.

Alors, compagnon, ça vous fait bien plaisir, ce mariage-là?

LE COMPAGNON.

Tu peux le dire, mon garçon. Passe-moi la demoiselle.

L'APPRENT

Quelle demoiselle?

LE COMPAGNON.

La princesse Glouglou, avec son petit page.

(L'apprenti prend le verre au pied de l'estrade et le passe au compagnon avec la bouteille. Le compagnon reprend :)

Tu ne dois pas savoir encore ce que c'est qu'un verre de vin?

L'APPRENTI, souriant.

J'en ai entendu parler.

LE COMPAGNON.

Eh bien, pour ton instruction, je vas te faire connaître ça.

(Il remplit le verre, le porte à sa bouche et le vide tranquillement. L'apprenti, déçu, le regarde faire.)

L'APPRENTI, après que le compagnon a bu.

Vous savez, compagnon, je ne suis pas plus avancé que tout à l'heure.

LE COMPAGNON.

Est-ce que tu voudrais, par hasard, que l'apprenti ait le pas sur le compagnon?

L'APPRENTI.

Je n'ai pas dit ça. L'apprenti vient après le compagnon, je le sais bien, comme le compagnon vient après le maître.

LE COMPAGNON, vivement.

Ah! mon gaillard, ça, c'est une autre paire de manches. Les maîtres sont d'un côté; de l'autre, il y a les compagnons et les apprentis. Qui est-ce donc qui a fait ton éducation? Tu retardes, mon petit; tu retardes. J'ai bien vu le temps... Ou plutôt, non, je ne l'ai pas vu. Mais, quand j'étais gros comme deux liards de beurre, il y avait des vieux qui se souvenaient d'avoir vu ça, ou qui l'avaient entendu dire à leurs anciens : dans le temps jadis, un compagnon pouvait encore devenir maître. Ça n'allait pas toujours bien entre les uns et les autres; des fois les compagnons

s'entendaient pour ne plus travailler à trop bas prix,
ou pendant des quinze et seize heures; alors les
hallebardiers leur tombaient dessus, ils trouaient la
peau à quelques-uns, on en pendait quelques autres,
et tout rentrait dans l'ordre. Mais le fossé n'était tout
de même pas aussi profond qu'aujourd'hui; ou, si tu
veux, il y avait une planche pour le traverser. A la
fin, les maîtres se sont entendus pour nous barrer le
chemin. Pour être reçu parmi eux, il a fallu fabriquer
un chef-d'œuvre qui coûtait des années de travail sans
rapporter un quart d'écu. Après ça, on devait répondre
à toutes les questions biscornues qu'ils vous posaient,
graisser la patte aux uns et aux autres, et finalement
les inviter à un dîner monstre, où on n'épargnait ni le
bon vin, ni les truffes, ni les liqueurs des îles. Tu
penses qu'avec ce régime, seuls, les fils à papa en
venaient à leurs fins. Alors les maîtres sont devenus
de plus en plus riches, insolents et durs pour nous
autres. Ça fait que chacun est allé de son côté, et
maintenant on n'est pour ainsi dire plus de la même
espèce. Veux-tu boire?

L'APPRENTI.

Ma foi oui, compagnon. Ça donne soif, de s'instruire.

LE COMPAGNON, après avoir rempli un verre.

Tiens, siffle-moi ça à la santé du camarade Antoine.

L'APPRENTI.

Qui c'est-il, Antoine?

LE COMPAGNON.

Antoine, c'est Galaor.

L'APPRENTI.

Pourquoi a-t-il changé de nom?

LE COMPAGNON.

Parce qu'étant devenu un des nôtres, il n'a pas voulu
porter un nom de prince.

L'APPRENTI.

Mais pourquoi s'appelle-t-il Antoine?

LE COMPAGNON.

Sa mère s'appelle Antoinette : eh bien, a-t-il dit, je
m'appellerai Antoine.

L'APPRENTI.

Ça, c'est une raison.

LE COMPAGNON, posant le verre plein sur l'estrade.

Il y a aussi une drôle de petite femme, avec un chaperon rouge et un museau éveillé, qui est venue nous apporter des nouvelles de très loin. Cette petite-là, je l'ai vue autrefois chez nous, quand ça chauffait avec les maîtres, et qu'il fallait se sentir les coudes. Elle nous a toujours donné de bons conseils : « Ne cassez pas les vitres pour rien, disait-elle; mais ne vous laissez pas entortiller par les belles phrases de vos maîtres. Soutenez-vous les uns les autres; et, quand vous avez posé vos conditions, ne reculez pas d'une semelle. » Voilà ce qu'elle disait. Eh bien, elle a reparu, la petite femme. Elle nous a dit que dans un pays, par là-bas, — moi, je n'entends rien à la géographie, — on avait jeté par terre une bâtisse où le roi coffrait les gens quand ça lui faisait plaisir. Il paraît que cette affaire-là va changer bien des choses. Ça s'est donc passé dans un faubourg où les compagnons n'ont pas froid aux yeux, et qu'on appelle là-bas le faubourg Antoine. Et c'est aussi à cause de ça que le camarade Galaor, c'est-à-dire, non, le prince Galaor, est devenu le prince Antoine, ou plutôt, non, le camarade Antoine. En voilà assez sur ce chapitre. Lampe-moi ça, si tu ne veux pas que je te le boive.

(Il tend le verre à l'apprenti.)

L'APPRENTI, prenant le verre et le levant.

A la santé du camarade Antoine!

(Il vide le verre et le repose sur l'estrade.)

LE COMPAGNON.

Eh bien, comment trouves-tu ça?

L'APPRENTI.

Pas désagréable.

LE COMPAGNON.

Fichtre! tu m'as l'air difficile.

L'APPRENTI.

Mais dites-moi un peu, compagnon : c'est-il un vrai travailleur, le camarade Antoine?

LE COMPAGNON.

Mon garçon, je te souhaite de raboter une planche
aussi artistement que lui. Voilà quatre mois que nous
travaillons dans le même atelier : alors, tu penses, j'ai
l'occasion de le voir à la besogne. Il faut dire que papa
Trubulu, qui n'est pas une bête, lui avait fait apprendre
le métier, comme ça, par manière de passe-temps.
Pour un bon ouvrier, c'est un bon ouvrier. Et je suis
sûr que, dans les jours difficiles, celui-là ne lâchera
pas les camarades.

L'APPRENTI.

Oui; mais, quand même, il n'aurait pas été roi.

LE COMPAGNON.

Bien sûr. Ça n'est pas pour rien que notre cher
monarque s'appelle Trubulu dernier. Mais le jeune
homme aurait pu être un bourgeois comme les autres.
Enfin, je te dis, moi, que c'est un ami, et son mariage
avec la petite Cendrillon fait plaisir à tous les camarades. Ça sera la fête des travailleurs.

L'APPRENTI.

A propos, je crois qu'il est temps d'aller faire un
bout de toilette.

(Il se lève.)

LE COMPAGNON, se levant aussi.

On ne s'endimanche pas, aujourd'hui. Tous en costume de travail! Ça sera plus beau.

(Regardant vers la droite :)

Bon, voilà les fillettes qui arrivent. Je vas m'asti-
quer un peu tout de même.

L'APPRENTI.

Moi aussi, alors.

(Ils sortent à gauche, le compagnon emportant la bouteille à peu près
vide, et l'apprenti emportant le verre. En même temps, par la droite,
entrent les jeunes filles, qui se groupent auprès de l'estrade, à droite
par rapport au spectateur.)

SCÈNE II

LES JEUNES FILLES.

UNE JEUNE FILLE.
Tiens! nous arrivons les premières.
UNE DEUXIÈME.
On va dire que nous sommes plus curieuses que tout le monde.
UNE TROISIÈME.
Nous sommes plus empressées; voilà tout.
LA PREMIÈRE.
C'était bien dû à une aussi gentille épousée.
LA DEUXIÈME.
Vous savez, il paraît qu'elle sera en robe courte.
LA PREMIÈRE.
Ah! pourquoi?
LA DEUXIÈME.
« Les robes à longue traîne, a-t-elle dit, c'est pour les grandes dames. Je suis une fille du peuple et j'épouse un ouvrier : j'irai en robe courte. »
LA TROISIÈME.
Elle n'en sera que plus mignonne.
LA PREMIÈRE.
Chère Cendrillon! que son mariage me fait plaisir!
LA DEUXIÈME.
Et à moi, donc!
LA TROISIÈME.
A nous toutes, bien sûr, à nous toutes!
(Les autres donnent des marques d'assentiment. Musique [1].)

CHANT DES JEUNES FILLES.
Elle est si mignonne,
Si vaillante et si bonne,
Sa douceur rayonne,
Si charmante, en ses yeux;

1. N° 10 de la partition.

Tout le voisinage
La proclame si sage,
Que son mariage
Rend chacun joyeux.

Fraîchement coiffée
De tes fleurs d'oranger,
Viens, gentille fée,
De ton pas si léger;
Viens, Cendrillonnette,
Toi qui plais sans atours,
Viens, toujours simplette,
La plus belle toujours!

(Un silence. Puis, hors de la scène, à gauche, l'apprenti menuisier
interpelle les jeunes filles.)

LA VOIX DE L'APPRENTI.

Ohé! ohé! les petites perruches!

PREMIÈRE JEUNE FILLE.

Voilà les apprentis.

LA DEUXIÈME.

Si ce n'était pour Cendrillon, je m'en irais, tant je
déteste ces garnements.

LA PREMIÈRE.

Ça ne t'empêchera pas de danser ce soir avec eux,
et même plus souvent qu'à ton tour.

(Musique¹. Les apprentis entrent par la gauche, vivement, et se groupent auprès de l'estrade, à gauche par rapport au spectateur.)

SCÈNE III

LES JEUNES FILLES, LES APPRENTIS.

CHANT DES APPRENTIS.

Près d'un vin joli
Comme on va rire,
Tirelirelire! . .
Près d'un vin joli
Comme on va rire,
Tirelireli!
Vivent les bons garçons,

1. N° 11 de la partition.

Mes frères,
Vivent les bons garçons !
Dansons !
Vivent les verres,
Vivent les verres
Pleins
De vin !

(Un silence.)

DEUXIÈME JEUNE FILLE.

Vous nous traitez de perruches; et, pour une pauvre syllabe que nous disons, vous en placez quatre, vilains perroquets que vous êtes !

L'APPRENTI MENUISIER, avec une emphase comique.

Nos paroles, à nous, ont un sens !

DEUXIÈME JEUNE FILLE.

Un joli sens, ma foi ! Pour faire les hommes, vous ne parlez que de bouteilles; on s'attendrait à voir de grosses trognes rouges; et, si on vous presse le nez, il en sort du lait.

L'APPRENTI.

C'est vrai que vous êtes plus avancées que nous : vous papotez déjà comme de vieilles commères.

PREMIÈRE JEUNE FILLE.

Impertinent !

DEUXIÈME JEUNE FILLE.

Museau de singe !

L'APPRENTI.

Tenez, vous allez voir comment vos langues travaillent quand vous cheminez ensemble vers le moulin de Patipata.

(Musique [1].)

DEUXIÈME CHANT DES APPRENTIS.

Babillez sans trêve,
Babillez, filles d'Éve,
Babillez en rêve,
Patati, patata;

1. N° 12 de la partition.

Égrenez vos notes,
Mes bavardes linotes,
Égrenez vos notes,
Patati, patipatipata...

(Les jeunes filles haussent les épaules et se détournent avec mauvaise humeur, pendant que les apprentis leur font des grimaces, puis reprennent :)

Sans toucher à l'eau,
Comme on va boire,
Tirelireloire!
Sans toucher à l'eau,
Comme on va boire,
Tirelirelo!
Vivent les bons garçons,
Mes frères,
Vivent les bons garçons!
Dansons!
Vivent les verres,
Vivent les verres
Pleins
De vin!

(Pendant la ritournelle qui suit le chant, les mères entrent par la droite; elles se groupent auprès des jeunes filles, de façon à former avec elles un quart de cercle allant de l'estrade à l'extrémité droite de la scène.)

SCÈNE IV

LES MÈRES, LES JEUNES FILLES, LES APPRENTIS.

UNE MÈRE, quand la musique s'est tue.

Je parierais bien que, selon votre habitude, vous vous disputiez entre garçons et filles.

PREMIÈRE JEUNE FILLE.

Mère, ces vauriens se moquent de nous.

L'APPRENTI MENUISIER.

Avec ça que vous ne nous rendez pas la pareille, mes petites chattes, quand vous riez à la fenêtre en nous voyant plier sous de lourds fardeaux, ou, la truelle en main, grimper à l'échelle de corde!

LA MÈRE.

Tant que le monde sera monde, mes enfants, vous vous disputerez; mais il n'en faudra pas moins vous

tirer à quatre chevaux pour vous arracher du bal,
quand il sera déjà plein jour. Réconciliez-vous donc
en l'honneur de Cendrillon, dont le mariage fait penser
à bien d'autres accordailles, peut-être assez prochaines.

(Musique[1].)

Chant des mères, des jeunes filles et des apprentis.

LES MÈRES.

Que ce mariage,
Mes amis, soit un gage,
Un joli présage
Pour des couples heureux!
Par un doux mystère
Tout rira sur la terre,
Quand l'amour sincère
Fleurira pour eux.

LES APPRENTIS.

Effeuillez, fillettes,
De vos doigts indiscrets,
D'humbles pâquerettes,
Pour savoir leurs secrets.

LES JEUNES FILLES.

Nous saurons attendre,
Mes espiègles garçons,
Qu'un accent plus tendre
Fasse aimer vos chansons.

LES TROIS GROUPES ENSEMBLE.

Que ce mariage,
Mes amis, soit un gage,
Un joli présage
Pour des couples heureux!
Par un doux mystère
Tout rira sur la terre,
Quand l'amour sincère
Fleurira pour eux.

(Un silence.)

L'APPRENTI MENUISIER.

Avec tout ça, les compagnons se font attendre.

1. N° 13 de la partition.

PREMIÈRE JEUNE FILLE.

C'est qu'ils sont allés prendre leurs bannières à la Maison commune.

LA MÈRE.

Mon homme porte celle des maréchaux; et je vous réponds qu'il en est fier.

L'APPRENTI.

Ah! les voici.

(Musique [1]. Tous regardent vers la gauche.)

LA MÈRE, quand la musique s'est tue.

Allons, jeunesse : honneur à vos pères! Chantons le Salut aux métiers.

(Musique [2].)

Salut aux métiers.

LES MÈRES, LES JEUNES FILLES, LES APPRENTIS.

Salut, métiers! honneur à vous!
C'est jour de joie et de repos.
Vibrez, chansons! flottez, drapeaux!
Bons travailleurs, salut à vous!

(Tandis qu'on chantait, les compagnons sont entrés à gauche et se sont groupés dans la partie de la scène restée libre, formant avec les apprentis un quart de cercle qui part de l'estrade et va jusqu'à l'extrémité gauche de la scène. Plusieurs compagnons portent des bannières.)

SCÈNE V

LES COMPAGNONS, LES MÈRES, LES JEUNES FILLES, LES APPRENTIS, PUIS LA FÉE.

LE COMPAGNON MENUISIER, après un silence.

Chers compagnons, et vous, mes enfants, nous vous remercions de votre salut aux métiers. Je voudrais pouvoir dire toutes les belles choses que je pense là-dessus; mais je ne fais pas les phrases aussi aisément que les copeaux.

(A ce moment, la fée, venant de la gauche, passe entre les compagnons et les apprentis. Sa baguette est passée dans sa ceinture.)

1. Nº 14 de la partition.
2. Nº 15 de la partition.

LA FÉE, au compagnon.

Tant mieux, camarade! Car il y aura toujours assez de phraseurs, mais il n'y aura jamais trop de bons ouvriers!

LE COMPAGNON.

Tiens! c'est le petit Chaperon rouge.

VOIX DANS LES QUATRE GROUPES.

C'est le petit Chaperon rouge... C'est le petit Chaperon rouge...

LA FÉE.

Oui, chers amis, c'est le petit Chaperon rouge, qui ne pouvait rester loin de vous dans une heure comme celle-ci. Le travail et la joie ne se rencontrent pas tous les jours. Pourtant, soyez en sûrs, il n'y a point de véritable joie sans le travail; et l'homme ne sera jamais heureux si dans son travail même, fût-ce le plus rude, il n'y a pas une part de joie. Nous marions aujourd'hui un couple digne d'amour : nous chanterons sa joie tout à l'heure; mais d'abord chantons le travail, bien que trop souvent il soit servile et douloureux; chantons le travail, et aussi notre espérance de le voir un jour libre et fraternel!

(Musique¹.)

Le chant du travail.

Qui donc à toute la Cité
Doit faire enfin la loi?
Qui donc fait notre dignité?
Puissant Travail, c'est toi!

Nous avons droit au fruit de notre effort commun.
Chacun pour tous, amis! Mes frères, tous pour un!
Il faut s'aimer, il faut s'unir,
Et nous triompherons.
Voyez, voyez, c'est l'avenir
Qui vient dorer nos fronts!

Qui donc à toute la Cité
Doit faire enfin la loi?
Qui veut bien-être et liberté?
Puissant Travail, c'est toi!

(Un silence.)

1. Nᵒ 16 de la partition. La fée peut chanter avec le chœur

L'APPRENTI MENUISIER, *ayant regardé vers la gauche.*
Voilà le cortège.

LA FÉE.
Diable! Où vais-je me cacher?

LE COMPAGNON MENUISIER.
Pourquoi faire?

LA FÉE.
Je ne veux pas être vue tout de suite... L'estrade n'est pas assez haute : cachez-moi, fillettes... Ne dites rien, vous tous,... (*malicieusement :*) et vous toutes!

LE COMPAGNON.
Bien sûr, qu'elles ne diront rien. On sait que les femmes ont l'habitude de garder les secrets!

LA FÉE.
Surtout ceux qu'elles ignorent.
(*Murmures parmi les jeunes filles. La fée se cache derrière elles.*)

L'APPRENTI.
Silence! les voici qui viennent.
(*Musique[1]. Par la gauche entrent les époux, Antoine tenant dans sa main gauche la main droite de Cendrillon, puis le roi et la reine, Protocol et les deux sœurs. Antoine et Cendrillon entrent seuls dans le demi-cercle formé par les quatre groupes; les autres restent, un peu dissimulés, entre les compagnons et les apprentis.*)

SCÈNE VI

LES MÊMES, LE ROI, LA REINE, ANTOINE, CENDRILLON
PROTOCOL, MATHILDE, BERTHE.

Salut aux époux.

LES QUATRE GROUPES.

Salut et joie au couple auguste
Qui veut sa part du saint labeur!
Gardez toujours la paix du juste,
Le tendre amour, le fier honneur!

(*Antoine et Cendrillon, tournés vers les compagnons, les saluent.*)

1. N° 17 de la partition.

LES COMPAGNONS.

Salut, mon frère! Un peuple t'aime,
Tu l'as voulu : sois l'un de nous.

(Le couple s'avance vers les mères et les salue, ainsi que les jeunes
filles.)

LES MÈRES ET LES JEUNES FILLES.

Tu resteras pour nous la même,
Gentille amie aux yeux si doux.

(Le couple salue les apprentis.)

LES APPRENTIS.

Princesse et prince, à vous salut,
Et gloire à vous, puisqu'il vous plut
D'être des nôtres pour toujours,
Mes beaux amours...

LES QUATRE GROUPES.

Salut et joie au couple auguste
Qui veut sa part du saint labeur!
Gardez toujours la paix du juste,
Le tendre amour, le fier honneur!

(Antoine quitte la main de Cendrillon. Ils sont l'un et l'autre au centre
du demi-cercle, devant l'estrade.)

ANTOINE.

Merci de votre affectueuse bienvenue. Amis, ceux qui
jusqu'à cette heure ont exercé le pouvoir, rendu la
justice, tenu dans leur main la paix ou la guerre,
n'étaient que l'apparence d'une chose auguste. En
chacun de nous et en nous tous est la souveraineté; et
pour la première fois je me réjouis de ma qualité de
prince, puisqu'il m'est permis de la rejeter loin de moi
pour m'en aller joyeusement vers la cité des hommes.
C'est vous, compagnons et apprentis, c'est vous, mères
et jeunes filles, qui bénirez notre chère union. Pour
nous il n'y a pas de plus sainte bénédiction que la
vôtre.

CENDRILLON.

Chères compagnes, mères, et vous tous, amis, c'est
du fond de mon cœur que je vous remercie à mon
tour. Et pourtant quelque chose m'attriste. Celle qui
a voulu mon bonheur, celle qui l'a rendu possible, où
donc est-elle? Je ne puis verser le trop-plein de ma

joie dans un cœur de mère; et c'est elle, c'est ma
marraine chérie que je voudrais, en ce moment, serrer
dans mes bras !

LA FÉE, s'avançant.

Ton souhait, chère enfant, est exaucé...

CENDRILLON, s'élançant vers elle.

Ah !

LA FÉE, prenant Cendrillon dans ses bras.

... Et ta petite marraine est bien heureuse que tu
ne l'aies pas oubliée dans ton bonheur.

(Elles s'embrassent. La fée, s'avançant entre les deux époux :)

Donnez-moi vos mains pour que je les unisse.

(Musique¹. Elle prend la main droite de Cendrillon, la main droite
d'Antoine, et les unit. Les époux se tiennent par la main pendant tout
le chant nuptial. La fée est derrière eux.)

Chant nuptial.

LES COMPAGNONS ET LES APPRENTIS.

Chers amis, c'est une heure solennelle;
Pour vous deux quel splendide jour a lui !

LES MÈRES ET LES JEUNES FILLES.

Jeune époux, que ton âme soit en elle !
Que ta joie, ô mignonne, soit en lui !

ANTOINE.

Douce main qui palpites dans la mienne,
Tendrement guide-moi, petite main.

CENDRILLON.

Tu sais bien que ma force est dans la tienne :
Bien-aimé, soutiens-moi sur le chemin!

LES QUATRE GROUPES².

Chers amis, que toujours il vous souvienne
Du serment qui, loyal, unit vos mains.

(Un silence.)

1. Nº 18 de la partition.
2. A ce moment la fée, le roi, la reine, Protocol, Mathilde et Berthe
pourront chanter avec le chœur, chacun dans la partie qui conviendra
à sa voix.

LA FÉE.

Dans un instant, mes chers amis, nous nous atta-
blerons autour d'un vaste repas dont le menu ne sera
pas compliqué, mais que la joie de tous rendra succu-
lent. Permettez, toutefois, que je retarde un peu votre
plaisir. Je sollicite la faveur d'être présentée au bon
roi Trubulu, très apprécié de son peuple, je le sais, et
d'autant plus qu'il n'aura point de successeur. Je voudrais aussi présenter mes hommages à madame la
reine.

(Le roi s'avance avec la reine.)

LE ROI.

Je suis à vos pieds, mademoiselle.

LA FÉE.

Sire, je ne vous en demande pas tant.

LE ROI.

Et voici ma chère Toinon... c'est-à-dire Antoinette,
ma noble épouse.

LA FÉE.

Je vous félicite l'un et l'autre de la délicieuse belle-
fille que vous avez eu le bon goût d'accepter.

LE ROI.

Elle sera le doux rayon de notre automne.

LA REINE.

Je vous remercie bien, ma petite demoiselle. Et je
vous déclare qu'après une aussi belle cérémonie je ne
regrette plus rien.

LA FÉE, avec malice.

Pas même la bénédiction de messire Oremus ?

LA REINE, stupéfaite.

Quoi ! vous savez...

LA FÉE, tranquillement.

Je suis bien obligée de tout savoir, puisque je suis
fée.

LE ROI.

Vous l'êtes, je le vois, et de plus d'une façon. Mais,
dans mon enfance, on racontait que vous aviez été
mangée par un loup. J'ai même versé bien des larmes
sur votre sort.

LA FÉE, *gaîment*.

Vous ne saviez pas la fin de l'histoire. Le loup était si affamé qu'il nous avala, grand'mère et moi, sans nous mâcher. Après quoi il creva. Ma mère-grand, qui était dans le fond, sortit... je n'ose dire par où ; et moi, je revins à la lumière par la gueule du monstre. Mon petit jupon rouge était un peu froissé, comme un coquelicot prisonnier dans son vert calice ; mais je l'étalai au soleil, et, une heure après, il n'y paraissait plus.

LE ROI.

Quoi ! vous avez réellement séjourné dans le corps d'un loup !

LA FÉE.

Jonas a bien passé trois jours dans le ventre d'une baleine !

LE ROI.

C'est juste.

LA FÉE, *prenant peu à peu un ton plus sérieux*.

Pendant que j'occupais ce bizarre logement, je fis de si profondes réflexions que, du coup, je devins fée ; et, quelques siècles plus tard, j'en ai profité pour marier ma chère filleule. Mais j'ai maintenant à faire des choses plus difficiles, et qui appellent d'autres moyens. Aussi, devant vous tous, amis, je vais briser ma baguette, car elle pourrait tomber en de plus mauvaises mains que les miennes.

(Elle retire sa baguette de sa ceinture, la brise et en jette les morceaux.)

LA REINE.

Ah ! c'est bien dommage !

LA FÉE, *d'un ton ferme et fier*.

Non : car, après avoir été la dernière des fées, je deviens la première des citoyennes. Et maintenant, la chanson finale !

LE COMPAGNON MENUISIER.

Pardon, citoyenne, — puisque vous vous appelez ainsi, — je n'ai pas monté une estrade pour le plaisir d'enfoncer des clous. Grimpez là-dessus, et dites-nous quelque chose.

LA FÉE.

Il est bien tard, compagnon ; et nous mourons tous
de faim.

LE COMPAGNON.

Tant pis. D'ailleurs, comme dit l'autre, l'homme ne
vit pas seulement de pain. C'est-il vrai, compagnons ?

LES COMPAGNONS.

Oui ! oui ! parlez ! parlez !

LA FÉE.

Allons, puisqu'il le faut...

(Elle monte vivement sur l'estrade et parle avec une extrême animation.)

Camarades ! les discours les plus brefs sont les meilleurs : je vais tâcher d'en faire un bon. Isolés, vous
n'étiez rien : unis, vous serez tout. Mais il ne suffit pas
de vous rallier à la bannière corporative : menuisiers,
forgerons, tailleurs, cordonniers, tisserands, faites
entre vous tous, avec vos mains, une chaîne que rien
ne pourra briser ! Ne croyez pas, cependant, que vous
triompherez, sans un âpre et patient effort, de vos
misères et de vos servitudes. L'heure viendra où une
fée plus puissante que moi rendra presque inutile la
force de vos bras ; et ce qui pourrait être un allége-
ment pour le travail fera une plus dure servitude, une
misère plus cruelle. Des monstres de fer vous pren-
dront vos femmes, vos enfants ; ils vous forceront à
vous arracher les uns aux autres le pain de la bouche.
Mais le salut sera dans votre union, dans votre courage, dans votre persévérant effort vers l'harmonie
fraternelle ! Bien des pièges vous seront tendus, bien
des erreurs seront commises, bien des querelles vous
diviseront ; mais ne désespérez jamais de l'avenir ; et
si, dans les heures de trouble, vous hésitez sur le
chemin à suivre, ralliez-vous, camarades, à mon chaperon rouge : vous le trouverez toujours sur le chemin
de la liberté !

(Après avoir jeté les dernières phrases avec un enthousiasme véhé-
ment, elle descend très vite de l'estrade, tandis que s'élève et se pro-
longe l'acclamation du peuple.)

LES QUATRE GROUPES [1].
Vive le Chaperon rouge ! Vive le Chaperon rouge !

LA FÉE.

Avant de passer à table, une chanson est de rigueur.
Que l'époux chante le premier couplet, l'épouse
répondra, et les compagnons diront leur mot pour
finir. Par exemple, je voudrais que ce ne fût pas trop
sentimental, et qu'il y eût même un brin de gaîté dans
la chanson. A toi, camarade Antoine !

(Musique [2].)

Chanson finale.

ANTOINE.

O mon cher petit grillon,
Qui chantais près de la flamme,
O mon cher petit grillon,
Je t'adore, ô Cendrillon !
Les grands bois sont pleins de nids :
Viens-nous-en et sois ma femme ;
Les grands bois sont pleins de nids :
Pour jamais soyons unis !

LES COMPAGNONS ET LES APPRENTIS.

Les grands bois sont pleins de nids :
C'est l'instant de prendre femme ;
Les grands bois sont pleins de nids :
Pour jamais soyez unis !

LA FÉE.

L'intention était bonne : nous ne vous chicanerons
pas sur les détails. Voyons maintenant ce qui se passe
dans une petite cervelle de mariée.

(Musique [3]).

Premier couplet de Cendrillon.

CENDRILLON.

Quelle joie et quel honneur,
Pour la pauvre délaissée,
Quelle joie et quel honneur
D'épouser son cher seigneur !

1. Auxquels s'adjoindront Antoine et Cendrillon et même les autres
personnes du cortège, gagnées par l'enthousiasme général.
2. N° 19 de la partition.
3. N° 20 de la partition.

LA FÉE, très vivement.

Ah! non, ma fille, pas de ça! Qu'est-ce que tu nous chantes, avec ton honneur et ton seigneur? L'honneur est pour lui autant que pour toi; et des seigneurs, il n'en faut plus. Arrange-nous ça autrement.

(Musique[1].)

Deuxième couplet de Cendrillon.

CENDRILLON.

Menuisier ou grand seigneur,
Il sera pour moi le même;
Menuisier ou grand seigneur,
Il aura toujours mon cœur.
Il sera toujours chéri,
Car je l'aime autant qu'il m'aime;
Il sera toujours chéri,
Mon gentil petit mari.

LES MÈRES ET LES JEUNES FILLES.

Il sera toujours chéri,
Elle l'aime autant qu'il l'aime;
Il sera toujours chéri,
Son gentil petit mari.

LA FÉE.

Allons, la petite ne s'en est pas trop mal tirée. Maintenant, pour finir, à vous, compagnons; et, dans votre couplet, n'oubliez pas de glorifier le travail!

(Musique[2].)

Couplet des compagnons.

LES COMPAGNONS.

Camarade menuisier,
Aime bien Cendrillonnette;
Camarade menuisier,
Fais honneur à ton métier.
Tous les deux, en travaillant,
Aimez-vous d'un cœur honnête;
Tous les deux, en travaillant,
Aimez-vous d'un cœur vaillant!

1. N° 21 de la partition.
2. N° 22 de la partition.

LES QUATRE GROUPES [1].
Tous les deux, en travaillant,
Aimez-vous d'un cœur honnête;
Tous les deux, en travaillant,
Aimez-vous d'un cœur vaillant!

(Rideau sur les dernières paroles du chœur.)

[1]. Auxquels se joindront le roi, la reine, Protocol, Mathilde, Berthe et la fée. Antoine et Cendrillon chanteront aussi, avec cette variante : *Aimons-nous...*

INDICATIONS PRATIQUES

PERSONNAGES

Le Roi. — Ce rôle demande beaucoup de bonhomie et de finesse. Ce serait un contre-sens absolu de le pousser à la charge. Trubulu n'est pas sot, il est même philosophe, il a du cœur, un grain de poésie à l'occasion, et de la gaîté; il doit inspirer une sympathie croissante, à mesure que l'action se déroule.

Age : de cinquante à soixante ans. Un peu de corpulence ne nuirait pas.

Il faut qu'il soit capable de chanter juste une petite chanson villageoise fort simple : *La mariée s'en va devant*, etc. S'il chante assez bien, il pourra être substitué à Galaor dans *La Bergère et le Roi*. Ce n'est pas difficile et cela requiert une voix très ordinaire; mais il faut une diction expressive.

Si c'est Galaor qui chante, Trubulu le soutiendra au refrain, à moins que, du côté féminin, il n'y ait pas de voix capable de soutenir Cendrillon.

Trubulu peut chanter encore, dans la partie qui lui conviendra le mieux, à la fin du chant nuptial et au dernier couplet (reprise) du chœur final.

La Reine. — Ce rôle exige une véritable comédienne. Antoinette est une ancienne bergère; c'est une parvenue, aux sentiments bourgeois, aux manières communes. Cela ne l'empêche pas d'aimer bien son mari et son fils et d'être, au fond, une brave femme. Son rôle est assez nuancé. Il doit être bien étudié, dans les attitudes, les gestes, les intonations, de manière à donner une vive impression de vérité. La reine peut faire rire par la naïveté de son esprit bourgeois; mais l'actrice ne doit pas chercher à faire rire. Elle doit plutôt l'éviter à certains passages du second acte, où elle dit des choses un peu ridicules, mais où la situation est sérieuse et où l'auditeur doit être pris par la profonde émotion de Galaor.

La reine approche de la cinquantaine.

Elle n'a pas besoin d'être musicienne. Si elle a de la voix, elle chantera, au dernier acte, les mêmes passages que Trubulu, en choisissant la première ou la seconde partie.

GALAOR. — La difficulté est autre, pour ce rôle, mais elle n'est pas moindre. Le prince est un noble jeune homme, d'esprit sérieux, aux sentiments délicats et fiers. Il doit être de physique agréable, de taille élancée, élégant avec simplicité. Son rôle sera dit avec une émotion sincère, profonde à certains passages. Il faut qu'il ait un vif sentiment de la musique du vers. Age : environ vingt-cinq ans.

Il doit, en outre, pouvoir chanter seul, et de façon plutôt agréable, un court passage du chant nuptial et son couplet dans la chanson qui termine la pièce. Au troisième acte, il peut être suppléé, comme je l'ai dit, par Trubulu dans les couplets de *La Bergère et le Roi*. Si la substitution a lieu, il reprendra au refrain, Mathilde ou Berthe, ou les deux, soutenant Cendrillon. Il chantera, avec le reste du cortège, la chanson de la mariée.

Au cas où la pièce serait interprétée par des artistes des deux sexes, le rôle de Galaor pourrait être joué en travesti, si l'on avait trop de peine à trouver un jeune homme capable de le bien représenter. Autrement je préférerais m'en tenir à un interprète masculin.

PROTOCOL. — Un fin comédien peut faire de ce rôle une amusante silhouette. Chercher à être vrai et ne pas charger.

Age indécis : par exemple, quarante à cinquante ans. L'essentiel est d'être la correction même. J'imagine Protocol assez mince et plutôt grand.

Il peut n'être pas musicien. S'il l'est, il reprendra le refrain de *La Bergère et le Roi* avec Galaor et Trubulu, pourvu que Mathilde et Berthe reprennent avec Cendrillon; il chantera la chanson de la mariée; il fera sa partie à la fin du chant nuptial et au dernier couplet (reprise) du chœur final.

MATHILDE. — Je conçois que l'on aime mieux représenter Cendrillon que ses désagréables sœurs; mais tout le monde ne peut pas être Cendrillon! Il ne s'agit pas, d'ailleurs, de se tailler un petit succès personnel, chose toujours mesquine, mais de faire œuvre d'art, ce qui est possible à Mathilde comme à Cendrillon, et de concourir à une impression d'ensemble en vue de laquelle l'auteur, les interprètes et le public sont tous collaborateurs.

Donc, mademoiselle, je vous remercie bien d'accepter le rôle, en apparence ingrat, de Mathilde. Je dis : *en apparence*, car, si vous composez un personnage vrai et amusant, vous y prendrez vous-même plaisir.

Mathilde est une personne un peu étoffée, majestueuse. Age : vingt-huit ans.

Elle chantera, si elle a la voix juste, les refrains de *La Bergère et le Roi*, la chanson de la mariée, la fin du chant nuptial et du chœur final.

BERTHE. — Les réflexions qui précèdent s'appliquent à Bertha aussi bien qu'à Mathilde. Cependant Bertha est plus séduisante. Elle a vingt-quatre ans. Elle est mince.

Son personnage est plus nuancé que celui de sa sœur. Mathilde est hautaine, emportée; Bertha, aussi profondément égoïste, mais de nature moins revêche, se croit meilleure et vaut peut-être moins.

Pour le chant, comme Mathilde.

CENDRILLON. — Il sera bon qu'elle soit jolie, évidemment; mais la physionomie importe plus que les traits. Il faut surtout du charme, et qu'il révèle une âme exquise. Voix très douce, ferme et grave à l'occasion; simplicité parfaite; émotion contenue, mais profonde.

Age : de dix-huit à vingt-deux ans [1].

Un filet de voix, juste et agréable, pour chanter, seule, La Bergère et le Roi, un passage du chant nuptial, un couplet et demi dans le chœur final.

Si la pièce est exclusivement interprétée par des jeunes filles, il va de soi que le prince devra être AU MOINS aussi grand que Cendrillon. De façon générale, les rôles masculins devront être confiés, de préférence, à des jeunes filles de belle taille.

LA FÉE AU CHAPERON ROUGE. — *Last, not least*, dirait le vieux Lear en souriant à sa fille préférée. Pour mieux pénétrer l'esprit de son rôle, l'interprète fera bien de lire, d'abord, La Belle au bois dormant (2ᵉ et 4ᵉ actes), puis La Chasse et la Pêche. Ensuite viendra l'étude du rôle. La Fée est une petite créature très vive, très sensible, très vibrante, très enthousiaste, et en même temps assez railleuse. Elle n'a pas froid aux yeux. Elle est, jusqu'à la moelle des os, gamine de Paris.

Je ne saurais dire son âge; une fée n'a pas d'âge; elle paraît très jeune, mais elle a beaucoup d'autorité. Mince et plutôt petite. Si elle est de moyenne taille, ce n'est pas une affaire.

Elle peut n'être pas musicienne. Si elle l'est tant soit peu, elle chantera le *Travail* avec le peuple; elle fera sa partie à la fin du chant nuptial, ainsi qu'au dernier couplet (reprise) du chœur final.

LE COMPAGNON. — Du naturel, de la bonhomie, de la verve. Trente à cinquante ans.

Accent faubourien, sans exagération. S'abstenir fréquemment des liaisons et ne pas faire un sort à tous les *e* muets.

Il chante comme les autres compagnons. Au besoin, on prendrait un acteur incapable de chanter, pourvu qu'il jouât bien.

L'APPRENTI. — Une physionomie éveillée, à la fois naïve et gouailleuse. Seize à dix-huit ans.

Il chantera comme les autres apprentis. S'il n'a pas la voix juste, il fera semblant de chanter.

1. *Sweet two-and-twenty.*

UNE MÈRE, TROIS JEUNES FILLES. — Ces petits rôles demandent à être tenus avec naturel, avec aisance, mais ils n'exigent pas de qualités bien particulières.

COMPAGNONS, APPRENTIS, MÈRES, JEUNES FILLES. — En dehors des chœurs, leurs rôles se bornent à quelques paroles collectives, murmures, acclamations, etc., qui doivent être réglés avec soin.

COIFFURES, BARBES, COSTUMES

Si l'action a lieu dans un pays vague, la date en est très précise : c'est peu de temps après la prise de la Bastille. Il s'agit donc de costumes Louis XVI; mais on pourra y apporter quelque fantaisie, pourvu qu'elle ne soit pas de mauvais goût.

PERSONNAGES MASCULINS. — Par exemple, si la troupe comporte des artistes des deux sexes, le roi pourra fort bien être un roi barbu [1]. Même liberté en ce qui concerne les autres personnages masculins. Car enfin je ne peux pas exiger, à moins de nécessité bien urgente, qu'un homme se coupe la barbe ou la moustache pour jouer, une fois par hasard, une de mes pièces!

Si l'on était rasé, la perruque Louis XVI, poudrée, irait très bien. Mais, chacun gardant sa barbe, on gardera aussi sa coiffure habituelle, voire sa calvitie.

La perruque poudrée, si on l'adoptait (avec face rasée), ne conviendrait, d'ailleurs, qu'à deux personnages : le roi et Protocol. Galaor porterait les cheveux longs, sans poudre, attachés derrière par un ruban.

De même les compagnons et les apprentis.

Suivant toute probabilité, chacun gardera sa barbe, et, par suite, ni la perruque ni la simple queue, nouée par un ruban, ne seront de mise. Mais on adoptera, dans ses grandes lignes, le costume Louis XVI, ou, plus largement, celui du XVIIIᵉ siècle.

Le roi, Protocol, Galaor, porteront l'habit à la française, le jabot de dentelle, le gilet à grandes basques, la culotte, les bas et les souliers à boucles; l'épée, si cela leur fait plaisir. Galaor et Protocol auront le tricorne aux deux derniers actes [2], à moins qu'ils ne préfèrent s'en passer. J'ai dit que le roi porterait couronne, s'il était barbu; autrement, le tricorne conviendrait.

Les habits seront somptueux pour le roi, plus simples pour Galaor; plutôt neutres, ou au contraire bizarres, pour Protocol.

Au dernier acte, Galaor portera un nouveau costume : ceci est indispensable. Il sera vêtu élégamment, mais très simplement,

1. Dans ce cas il porterait la couronne et pourrait même avoir un manteau royal.
2. Le mieux serait de le tenir à la main, sauf en entrant et en sortant, au troisième acte. Pour l'essayage du soulier, Protocol poserait son chapeau sur une chaise.

d'une étoffe ordinaire (ni soie ni velours), aux couleurs peu voyantes. Je conseillerais, comme coupe, l'espèce de veston à pèlerine, cambré à la taille et si gracieux, que Watteau a donné au personnage le plus en vue dans son *Embarquement pour Cythère* [1]. Une carte postale de deux sous en donnera une idée très suffisante.

Si les rôles masculins sont tenus par des jeunes filles, elles noueront leurs cheveux, tombant sur le dos, avec un ruban. Le roi et Protocol pourront être poudrés. On n'aura point à s'affubler de barbes ni de moustaches [2].

Les figurants, compagnons et apprentis, sont en costume de travail : donc ils peuvent, sauf en ce qui concerne le pantalon, être vêtus comme des ouvriers d'à présent, faisant leur besogne quotidienne. Je parle, bien entendu, d'ouvriers appartenant aux métiers dont la physionomie n'a pas changé : forgerons, menuisiers, tailleurs, cordonniers, maçons, charpentiers. Rien qui sente l'ouvrier d'usine.

Ah! par exemple, le pantalon serait fâcheux. Je sais bien qu'une culotte est un vêtement de luxe; mais peut-être, avec de l'adresse, parviendrait-on à transformer un pantalon en culotte, sans y donner un coup de ciseaux; et des bas de nuances diverses, bleus, jaunes, rouges, gris, rayés, suffiraient pour la « couleur locale ».

Nos compagnons et apprentis peuvent avoir la tête nue, ou être coiffés d'un chapeau mou ou d'un bonnet; ils sont, pour la plupart, en bras de chemise. Un tablier de cuir, un tablier vert, feraient merveille.

Les apprentis ont de quatorze à dix-huit ans : les compagnons sont des hommes faits, jeunes, mûrs ou vieux.

Pour les costumes masculins ou féminins, prière de s'inspirer des tableaux ou gravures du XVIIIe *siècle. Un détail bien choisi, facile à reproduire, suffira parfois à donner l'impression désirable. Il existe maintenant d'excellentes reproductions, en cartes postales, des tableaux du Louvre et d'autres musées. Le prix en est si minime qu'on serait impardonnable de ne pas consulter Watteau, Chardin, Latour, Greuze, Fragonard, etc. Voyez aussi, pour le peuple, les gravures du temps de la Révolution.*

PERSONNAGES FÉMININS. — La reine se fera telle coiffure Louis XV ou Louis XVI, poudrée ou non, qui lui plaira : les portraits de reines et de grandes dames ne manquent pas. Il pourra y avoir un peu d'outrance, mais n'allant pas jusqu'au ridicule [3]. Même chose pour le costume. La robe est très riche, à longue traîne. Éventail si l'on veut.

1. Ce personnage est vu de dos.
2. Voir, à la fin des Indications qui suivent *Nausicaa*, comment on peut imiter la trace bleue que laisse le rasoir.
3. Donc, que la coiffure ne soit pas trop volumineuse.

Mathilde et Berthe, en principe, devraient avoir plusieurs toilettes ; l'une, de bal, au premier acte ; l'autre, d'intérieur, au troisième ; une autre encore au quatrième. Mais on peut supposer que, pour recevoir Protocol, elles ont revêtu leurs plus belles parures. Elles les remettront le jour du mariage.

Elles seront poudrées ou non, à volonté ; mais il faudra que l'une et l'autre adoptent le même système. (La reine pourrait être poudrée sans que les deux jeunes filles le fussent ; elles ne le seront pas, si la reine n'est pas poudrée.)

Robes à traîne.

Il va de soi que la seule chaussure possible est le soulier découvert.

Cendrillon sera coiffée à la mode du temps, mais sans poudre. Elle aura trois costumes. J'en suis bien fâché, mais cela est obligatoire. Costume gris tout simple, au premier et au troisième actes ; costume de bal, éblouissant de pierreries, au second ; costume de mariée, au quatrième. Roses dans les cheveux, au second acte.

La robe de bal est à longue traîne. On sait que les pierres précieuses ne coûtent pas si cher que les naïfs se l'imaginent. Quant au soulier de verre, je me persuade qu'avec quelques paillettes d'argent il ne sera pas difficile à fabriquer [1].

La robe de la mariée est une robe courte.

La fée se coiffera et s'habillera comme elle voudra, pourvu que ce soit joli et sente un peu l'époque. Le chaperon et la jupe (courte) doivent être rouges. Baguette mince et dorée.

A mon avis, si la coupe des vêtements garde quelque chose de rustique, l'étoffe doit néanmoins en être assez fine. C'est bien notre petit Chaperon rouge, mais devenu fée, et femme en même temps.

Les mères, les jeunes filles, sont des femmes du peuple ; elles ne sont pas endimanchées. Cela n'empêche pas un brin de coquetterie, en ce qui concerne la jeunesse. Jupes courtes, s'il est possible, et petits souliers. Pas de bottines ! J'aimerais encore mieux des pantoufles... Un bonnet, un fichu, un tablier, seront, faute de mieux, la signature du xviiie siècle [2].

Les jeunes filles ont de seize ans à vingt-cinq ans ; les mères ont passé la quarantaine.

1. A propos de ce soulier, je ferai observer à MM. les Érudits qu'un soulier de « Vair » ou même de « Contre-Vair » n'aurait pour moi aucune espèce d'intérêt. Je suis trop peuple dans mes goûts pour renoncer à l'absurde et charmant soulier de « verre » que, par une heureuse bévue, la Tradition nous a donné.

2. Toutes les mères pourraient avoir des bonnets ; quelques jeunes filles en auraient aussi, mais d'une coupe plus coquette ; les autres seraient en cheveux. Deux ou trois jolis chapeaux de paille à la mode du temps ne seraient pas désagréables.

Inutile de spécifier qu'il est *au moins aussi facile de se vieillir que de se rajeunir*. Le crayon bleu, graveur de rides, un peu de poudre sur les cheveux, la coupe du bonnet, le talent des actrices et la complaisance des spectateurs y pourvoiront suffisamment [1].

DÉCOR

Il a été suffisamment décrit au commencement des actes. On fera ce que l'on pourra. Ici on aura des toiles de fond et des coulisses; là, de simples toiles de fond; ailleurs, on se contentera du mobilier, j'entends les sièges indispensables, la table à ouvrage de Cendrillon, l'estrade au quatrième acte. Il serait pourtant fâcheux de n'avoir pas même un simulacre de cheminée.

Comme le décor représente, au premier et au troisième acte, le petit salon des jeunes filles, et au second acte un petit salon chez le roi, on pourrait, avec quelques changements vite faits, utiliser à deux fins le même décor. Il faudrait, au premier entr'acte, enlever la table à ouvrage, dissimuler la porte du fond et la cheminée. Le sofa et les plantes achèveraient de dépayser le spectateur.

Pour la place publique, on se servira de n'importe quel modèle, pourvu qu'il ait un peu de caractère et qu'il ne paraisse ni trop ancien, ni trop moderne.

MUSIQUE DE SCÈNE

On voudra bien apporter la plus grande attention à ne commencer chaque numéro musical qu'au moment spécifié par telle ou telle réplique. De plus, il ne faudra reprendre le dialogue que lorsque la musique se sera tue, en ce qui concerne les numéros 1, 2 et 5. Au numéro 4, la reine et le roi parlent sur la musique, depuis le moment où elle commence à se faire entendre, et pendant la plus grande partie de sa durée; au numéro 6, le prince dit quelques mots seulement, peu après que l'on a commencé à jouer; au numéro 7, Cendrillon et Berthe disent chacune un mot à l'instant où la musique commence.

Le numéro 3 est le prélude du second acte. On écartera le rideau un peu avant la fin de ce prélude.

MUSIQUE VOCALE

Les chœurs sont faciles; cela ne veut pas dire qu'il ne faille pas les étudier avec soin [2].

1. Voir les Indications à la suite de *Nausicaa*.
2. Notamment en ce qui concerne de légères variantes entre tels et tels passages de la même mélodie, identiques, sauf pour ces variantes.

Chacun des quatre groupes comporte des premières et des
secondes parties : lorsque plusieurs groupes chantent ensemble,
chacun d'eux chante à deux parties.

Du reste, on pourra toujours chanter à l'unisson, en suppri-
mant la seconde partie; dans ce cas, il pourra être utile de transposer la première, un demi-ton ou un ton plus bas.

À l'accompagnement de piano, qui est indispensable, a été
joint un accompagnement *facultatif* de violon et de violoncelle.
L'effet en sera très heureux, si l'exécution est bonne; mais il
vaudra mieux y renoncer, si les artistes ne sont pas « de tout
repos ». Un pianiste peut taper à côté, et c'est toujours fâcheux;
mais, si maladroit soit-il, un *mi* bémol, quand il le touche, est
bien un *mi* bémol. Avec les instruments à cordes, on n'a pas
toujours la même sécurité. Donc, péchons plutôt par excès de
prudence que par excès d'ambition [1].

1. Pour quelques autres recommandations ou renseignements, je me
permets de renvoyer à l'Avertissement de la partition.

TABLE DES MATIÈRES

994-06. — Coulommiers. Imp. Paul BRODARD. — 11-06.

Librairie Armand Colin, 5, rue de Mézières, Paris.

La Vie simple, par M. Charles Wagner.
1 vol. in-18 jésus, broché. 3 50

Le sentiment pénible que la vie moderne devient de plus en plus compliquée s'impose à beaucoup de nos contemporains. Mais la plupart d'entre eux sont persuadés qu'il y a là une invincible fatalité. — Pour redevenir simple dans l'organisation extérieure de l'existence, il faut s'inspirer du but même de la vie humaine. Ce but est de servir la Justice, la Vérité, la Solidarité. Dès que ce point principal est accepté, l'ordre et l'unité se font, la simplicité pénètre dans les goûts, les habitudes et jusque dans l'intelligence elle-même.

Voilà l'idée génératrice du livre. Nous la suivons dans une série de chapitres pratiques consacrés aux besoins, aux plaisirs, à l'action, à la mondanité, à l'orgueil, au culte de l'argent, etc. Plusieurs chapitres, notamment ceux sur la beauté simple et la vie d'intérieur, ont un intérêt spécial pour les dames et les jeunes filles.

Auprès du Foyer, par M. Charles Wagner.
1 vol. in-18 jésus, broché. 3 50

Le Foyer, asile de la famille, est l'image réduite de la cité. Il est la première école, le sanctuaire le plus ancien; il est la petite patrie qui nous prépare à aimer la grande.

Un pareil sujet devait tenter l'auteur de *la Vie simple* et de tant de livres sains et réconfortants. Il l'a traité en moraliste familier et en poète. Il s'adresse à tous les âges, il dit à chacun les choses qui conviennent, il conseille, il encourage, il persuade, il entraîne avec une éloquence simple, où éclatant les mots heureux. Ce bréviaire de la famille sera lu « auprès du foyer » par les grands et les petits, par les jeunes et par les vieux, car M. Wagner a réussi à nous donner, comme il le voulait, un livre destiné à nous conduire, à travers les imperfections de nos existences fragmentaires, sur les sommets de l'idéal, où les choses vraiment humaines deviennent révélatrices des choses divines.

N° 304bis.

Librairie Armand Colin, 5, rue de Mézières, Paris.

L'Art de dire *dans la lecture et la récitation, dans la causerie et le discours*, par JEAN BLAIZE. 1 vol. in-18 jésus, broché. 3 50

Relié toile. 4 50

Importance de la diction. — La voix : la respiration; le son; la pause; le ton. — Le mot : la prononciation; la liaison; la prosodie. — Le débit : mécanisme de l'animation; la ponctuation et l'inflexion; les vers. — L'expression : les trois styles; le mouvement; l'opposition; l'émotion. — Le geste : l'expression mimique; la beauté mimique. — L'art oratoire : le sentiment; l'improvisation; l'action, etc.

Récits à dire *et comment les dire*, par JEAN BLAIZE. 1 vol. in-18 jésus, broché. . . . . 4 »

Conseils de diction. — Récits extraits de : Chénier, Chateaubriand, Balzac, Flaubert, Michelet, Lamartine, Alfr. de Musset, Victor Hugo, Renan, Taine, Guyau, Alph. Daudet, Ém. Zola, Edgar Poë, Gogol, Korolenko, Tolstoï, P. Hervieu, H. Rosny, J. Renard, Sully Prudhomme, Catulle Mendès, Fr. Coppée, J. Richepin, A. Theuriet, M. Bouchor, Alb. Samain, etc. (Chaque texte est étudié au point de vue de la ponctuation orale, des liaisons, des inflexions, du ton, du mouvement, de l'expression du sentiment). — Liste de plus de deux cents autres récits. — Dictionnaire de prononciation, etc.

Comédies et Saynètes *(pour la jeunesse)*, par E. VESCO. 1 vol. in-18 jésus, broché. 3 50

Relié toile. 4 50

Répétition générale, *saynète.* — Comme autrefois, *paysannerie.* — Le bon truc ! *comédie.* — Le phonographe, *saynète.* — Les domestiques de M. Vieupot, *charade bouffe.* — Un sauvetage, *saynète.* — Le docteur Serge Narcotikoff, *comédie bouffe.* — Ce pauvre commandant, *saynète.*

N° 137.

www.ingramcontent.com/pod-product-compliance
Lightning Source LLC
Chambersburg PA
CBHW071853020726
47502CB00003B/730